시인

그들만의 아름다운 사랑이야기

시인 그들만의 아름다운 사랑이야기

엮은이 심재방
발행일 1판 1쇄 2007년 6월 24일
발행인 김윤태
발행처 도서출판 善
디자인 디자인 광

등록번호 15-201
등록날짜 1995. 3. 27

주소 서울시 종로구 낙원동 58-1 종로오피스텔 314호
전화 02-762-3335 **팩스** 02-762-3371

ISBN 978-89-86509-97-7 03810

시인

그들만의
아름다운 사랑이야기

심재방 엮음

선

차례

들어가는말 6

현대편

김소월_죽어도 아니 눈물 흘리오리다 10
한용운_님의 침묵을 휩싸고 돕니다 29
이상화_나의 침실로… 51
이상_박제가 되어버린 천재의 노래 63
박인환_지금 그 사람 이름은 잊었지만… 77
박목월_기러기 울어예는 하늘 구만리 88
유치환·이영도_사랑하였으므로 진정 행복하였네라 97
백석_나와 나타샤와 흰 당나귀 108
천상병_나 하늘로 돌아가리라 127

조선편

황진이_보내고 그리는 정… 146
임제_로맨티시스트의 사랑 171
홍랑_밤비에 새닙곳 나거든 183
계랑_이화우 흩날릴 제 192
이옥봉_절필로 사랑을 쓰다 201

서구편

단테_구원의 여인 베아트리체 210

괴테_베르테르의 슬픔 217

푸슈킨_삶이 그대를 속일지라도 230

루 살로메_나의 누이여! 나의 신부여! 239

헤르만 헤세_지와 사랑의 노래 254

부록

시에 관한 명언 모음 272

사랑에 관한 명언 모음 278

러브스토리 속의 스타들의 사랑 명언 284

들어가는 말

시란 무엇인가?
사랑이란 무엇인가?
동서고금에 시와 사랑의 아포리즘은 무수히 많다.
그러므로 답이 없는 우문愚問인지 모른다.
아니 오히려 답이 너무 많아서 답이 없다 함이 옳을 듯하다.
셰익스피어는 연인과 광인과 시인은 동일한 존재라 했다.
플라톤은 사람은 사랑을 할 때 누구나 시인이 된다고 했다.
바이런은 시인이 되려면 사랑에 빠지거나 불행해져야 한다 했다.
이 또한 무수한 복수 정답 중 하나일 것이다.

세상에는 하늘의 별만큼이나 많은 사랑시가 있다.
이는 사랑이 없이는 시를 쓸 수 없다는 방증이기도 하다.
시는 사랑으로 시작해서 사랑으로 끝난다 해도 과언이 아닐 듯하다.
시인에게 사랑은 빛이요 소금이요 물이요 공기이다.
시인은 사랑을 통해서 우주로 통한다.
시에 궁극적 구원이 있다면 바로 이 점 때문일 것이다.
사랑 없이 시를 쓰는 시인은 단 한 사람도 없을 것이다.

우리가 읽는 주옥같은 시 중에는
사랑의 일화가 전해져 오는 것들이 많이 있다.
그 시와 사랑의 이야기를 통해
어쩌면 우리는 구원의 길을 발견할지도 모른다.
괴테도 파우스트 마지막 구절에서
'영원히 여성적인 것이 우리를 인도한다' 하지 않았던가.
이 책에서 전하는 시와 사랑이야기에서
독자 여러분들의 구원의 메시지를 얻을 수 있기 바란다.

현대편

시인 그들만의 아름다운 사랑 이야기

김소월 죽어도 아니 눈물 흘리오리다 • 한용운 님의 침묵을 휩싸고 돕니다 • 이상화 나의 침실로 • 이상 박제가 되어버린 천재의 노래 • 박인환 지금 그 사람 이름은 잊었지만 • 박목월 기러기 울어예는 하늘 구만리 • 유치환 이영도 사랑하였으므로 진정 행복하였네라 백석 나와 나타샤와 흰 당나귀 • 천상병 나 하늘로 돌아가리라

김소월

죽어도 아니 눈물 흘리오리다

소월의 본명은 김정식金廷湜이다. 부친 공주 김씨 김성도와 모친 장경숙 사이에 1902년 평안북도 구성군 왕인동 외가에서 장남으로 태어났다. 백일 후 고향 정주군 곽산면 남산리로 돌아와 성장했다. 이곳은 명산 능한산凌漢山이 있고 남쪽으로 서해가 바라다 보이는 산자수명山紫水明의 고장이다.

소월의 유년은 그다지 밝지 못했다. 소월의 나이 두 살 때, 그의 부친은 정주와 곽산 사이의 철도 부설 공사 중 일본인 목도꾼에게 폭행을 당해 정신질환을 앓게 된다. 하여 소월은 광산업을 하던 조부의 보살핌과 가르침을 받으며 성장한다.

이런 가정 분위기는 소월이 나이를 먹을수록 우울하고 내향적인 성격이 되게 한다. 어머니는 마음 넉넉하고 부지런하며 솜씨도 뛰어난 여자였으나, 문맹이었던 탓으로 소월은 모친과의 대화에서 단절감을 느껴야 했고 맹목적인 모친의 사랑에 오히려 심리적 부담감마저 느끼게 된다.

이런 정신적 공항에서 소월에게 영향을 준 사람은 첫째 숙모 계희영 여사였다. 그녀의 집안은 부유했고 신학문에도 일찍 눈을 떴다. 오산 중학에 입학하기 전까지 10년 동안 소월은 숙모로부터 고대소설, 전설 등 옛날이야기들을 많이 듣게 된다. 오늘날로 말하면 구연동화를 통해 소월의 문학적 자질이 길러진 셈이다. 숙모로부터 들은 이야기를 훗날 시로 형상화한 작품 중에 〈접동새〉, 〈물마름〉 등이 있다.

소월은 1909년 향리에 세워진 남산 보통학교에 정식으로 입학한다. 남산학교 시절 소월의 문학적 재능을 발견하고 눈을 뜨게 한 선생이 서춘 선생이었다. 서춘 선생의 하숙집을 드나들면서 문학책 50여 권을 읽었다 한다. 이는 숙모에게서 구연동화로 들었던 것을 직접 책으로 접하게 된 귀한 문학 체험이 되었던 것이다.

고향의 남산초등학교에서 소월은 무용과 음악을 가르치는 여선생을 사모하게 된다. 그 여선생과 자기네 원두막에서 많은 대화를 나누었고, 초등학교 때 흔히 느끼게 된 선생님에 대한 사모의 정을 느끼게 된다. 그러나 그 여선생이 서울에서 직업여성(?)이었다는 사실이 발각되어 그만 학교를 떠나게 된다. 소월은 당시 여선생을 모델로 훗날 단편소설 〈함박눈〉을 쓰게 된다.

이후 소월이 처음으로 사랑을 느낀 여자는 같은 반 오순吳順이라는 여학생이었다. 건넛마을에 사는 어부의 딸로 둘은 옥녀봉 냉천터에서 자주 만났다. 함께 피리도 불고 노래도 부르며 입포면 해변을 자주 산책(밀회)을 하게 된다. 오순이 노래를 잘 불렀으므로 이를 소재로 〈님의 노래〉를 시로 쓰기도 하였다. 소월의 시에 나오는 '님'을 모두 오순이라 할 수는 없겠지만 오순이라는 소녀가 소월의 마음의 고향이었을 것임은 부정할 수 없을 것이다. 시골서 자란 사람들의 첫사랑이란 대개 그런 의미를 갖게 된다.

그리운 우리 님의 맑은 노래는
언제나 제 가슴에 젖어있어요

긴 날을 문밖에서 서서 들어도

그리운 우리 님의 고운 노래는
해지고 저물도록 귀에 들려요
밤들고 잠들도록 귀에 들려요

고이도 흔들리는 노랫가락에
내 잠은 그만이나 깊이 들어요
고적한 잠자리에 홀로 누워도
내 잠은 포스근히 깊이 들어요

그러나 자다 깨면 님의 노래는
하나도 남김없이 잃어버려요
들으면 듣는 대로 님의 노래는
하나도 남김없이 잊고 말아요

〈님의 노래〉 全文

동시처럼 순수하고 자연스러운 시다. 자나 깨나 님의 노래에 깊이 젖어 살지만 자다 깨면 임의 노래를 다 잊고 만다는 그래서 다시 듣고 싶다는 애틋한 마음을 표현하고 있다.

남산학교를 졸업한 소월은 1915년 13세 되던 해 고향을 떠나 오산중학교에 진학하게 된다. 오산 중학교는 많은 선각자를 배출한 민족사학의 요람이었다. 이승훈 선생이 교장이었고, 소월이 존경하는 조만식 선생도 재직하고 있었으며, 여기서 운명적으로 국어선생 안서 김억을 만나게 된다.

김억은 국어 숙제를 검사하던 중 그가 숙제로 내 준 글쓰기에서 소월의 '애모'를 우연히 보게 된다. 이 시에서 안서는 소월의 시인으로서의 재능을 발견하게 된다.

왜 아니 오시나요.
영창映窓에는 달빛, 매화梅花꽃이
그림자는 산란散亂히 휘젓는데.
아이. 눈 꽉 감고 요대로 잠을 들자.

저 멀리 들리는 것!
봄철의 밀물소리
물나라의 영롱玲瓏한 구중궁궐九重宮闕, 궁궐宮闕의 오요한 곳,
잠 못 드는 용녀龍女의 춤과 노래, 봄철의 밀물소리.

어두운 가슴속의 구석구석……
환연한 거울 속에, 봄 구름 잠긴 곳에,
소솔비 내리며, 달무리 둘려라.
이대도록 왜 아니 오시나요. 왜 아니 오시나요.
〈애모愛慕〉 全文

중학생의 시라고 믿기지 않는 수준이다. 그밖에도 안서 선생을 감동시킨 시가 여러 편 있었다. '가는 길', '못 잊어', '예전엔 미처 몰랐어요', '진달래꽃', '접동새', '엄마야누나야' 등 소월의 대표작들이 이미 중학시절에 씌어졌다. 천재적 소질이 아닐 수 없었다. 스승 안서의 주목을 받기에 충분하였다.

봄가을 없이 밤마다 돋는 달도
예전엔 미처 몰랐어요.

이렇게 사무치게 그리울 줄도
예전엔 미처 몰랐어요.

달이 암만 밝아도 쳐다볼 줄을
예전엔 미처 몰랐어요.

이제금 저 달이 설움인 줄은
예전엔 미처 몰랐어요.
〈예전엔 미처 몰랐어요〉 全文

시적 자아의 첫사랑으로 인한 눈뜸을 형상화한 시로 볼 수 있는 작품이다. 첫사랑은 모든 것을 새롭게 인식하게 한다. 무심히 보아 온 달, 아무렇지도 않았던 감정, 그런데 그 달이 설움으로 다가온 것이다. 사랑은 기쁨만 있는 것이 아니다. 더구나 멀리 떨어져 그리워도 볼 수 없다거나 이루어질 수 없는 사랑이라면 슬픔이 더 크게 작용하게 될 것이다. 아픔만큼 성숙한다는 말이 있다. 흔한 말이지만 진리의 말이다. 이 시의 시적 자아는 곧 시인 김소월로 보아도 좋을 것이다. 그리고 그를 새로운 눈뜸으로 달라지게 한 장본인은 오순이일 거라는 생각이 든다. 소월은 그렇게 그리움으로, 설움으로 그의 자아를 키워 나갔던 것이다.

한편 남산학교 시절의 절친한 친구 김상섭이 열다섯의 나이로 장티푸스에 걸려 죽게 되자 소월은 큰 충격을 받아 훗날 〈초혼〉이라는 명시를 남기게 된다.

산산이 부서진 이름이어!
허공중虛空中에 헤어진 이름이어!
불너도 주인主人업는 이름이어!
부르다가 내가 죽을 이름이어!

심중心中에 남아 잇는 말 한 마듸는
끗끗내 마자하지 못하엿구나
사랑하든 그 사람이어!
사랑하든 그 사람이어!

붉은 해는 서산西山 마루에 걸니웠다.
사슴의 무리도 슬피 운다.
떠러저 나가 안즌 산山 우헤서
나는 그대의 이름을 부르노라.

서름에 겹도록 부르노라,
서름에 겹도록 부르노라.
부르는 소리는 빗겨 가지만
하눌과 땅 사이가 넘우 넓구나.

선 채로 이 자리에 돌이 되여도
부르다가 내가 죽을 이름이어!
사랑하든 그 사람이어!
사랑하든 그 사람이어!

〈초혼招魂〉 全文

죽은 사람을 다시 살려 내려는 의식을 고복 의식皐復儀式이라 하고, 죽은 혼을 부르는 것을 초혼招魂이라 한다. 그 의식은 사람이 죽은 직후, 그가 생시에 입던 저고리를 왼손에 들고 지붕이나 마당에서 북쪽을 향해 죽은 이의 이름을 세 번 부르는 행위를 중심으로 이루어진다. 따라서 초혼은 죽은 이를 소생시키려는 의지를 표현한 '부름의 의식'이라 할 수 있다.

일반적으로 소월의 시는 님을 떠나보낸 후의 상실감, 비탄감을 체념적, 수동적 어조로 노래한 데 비해 이 작품은 사랑하던 그 사람에 대한 사무친 그리움으로 님(망자)의 이름을 반복적으로 부름으로써 격정적이고 능동적 자세를 보여 주고 있다.

님의 갑작스런 죽음을 대하는 시적 자아는 '사랑한다'는 말도 '끝끝내

마저 하지 못한' 한恨을 가슴속에 새겨 넣고 붉은 해가 서산마루에 걸린 석양에 슬피 우는 사슴의 울음소리 들으며 허탈한 모습으로 그대의 이름을 부른다. 님과 나는 결코 이어질 수 없는 '하늘과 땅 사이' 만큼의 절망적 거리로 멀어져 있음에 체념하지만, '선 채로 이 자리에 돌이 되어도 / 부르다가 내가 죽을' 님의 이름을 부르며 님을 그리워하고 있다. 망부석 모티브까지 차용하여 설움의 극한을 보여 주고 있다.

이 시는 사랑의 좌절을 맛보는 사춘기 시절의 청소년들에 의해 널리 애송되어 왔다. 사랑의 좌절은 죽음을 생각하게 한다. 실연의 아픔으로 죽고 싶도록 절망에 빠진 독자의 감정에 잘 부합하는 노래다. 친구의 갑작스런 죽음에서 훗날 오순이의 요절을 예감하였던 것일까.

소월은 1916년 14세 되던 해, 조부의 강요로 고향 구성군 평지동의 홍명희의 딸 단실과 결혼을 하게 된다. 이는 집안 어른들끼리 짝지어진 결혼일 뿐 사랑해서 한 결혼이 아니었다. 그럴수록 첫사랑에 대한 회한은 클 수밖에 없었을 것이다. 남산학교 시절 옥녀봉 냉천터에서 밀회를 나누던 오순이를 소월은 끝내 잊을 수가 없었다. 오순에 대한 애틋한 사랑과 가슴 아픈 이별을 제재로 '못잊어', '그리움', '꿈자리' 같은 시를 낳게 되었다.

못 잊어 생각이 나겠지요
그런대로 한세상 지내시구려
사노라면 잊힐 날 있으리다

못 잊어 생각이 나겠지요
그런대로 세월만 가라시구려

못 잊어도 더러는 잊히오리다

그러나 또 한끝 이렇지요
그리워 살뜰히 못 잊는데
어쩌면 생각이 떠지나요?

〈못잊어〉 全文

못 잊는 마음으로 한 세상 지내노라면 잊히리라고, 세월이 가면 더러는 잊히리라고, 그래도 잊을 수 없어 어떻게 하면 잊을 수 있느냐고 방법을 묻고 있다. 그만큼 첫사랑 오순이는 잊을 수 없는 애틋함이었다. 기억 상실증에 걸리지 않는 한 첫사랑을 잊는 사람은 없을 것이다.

민족사학 오산학교가 폐교된 후, 김억의 권유로 1922년 소월은 서울의 배재학당 5학년에 편입하게 된다. 배재학당 교지 〈배재〉에 설화에서 소재를 차용한 민요적 분위기의 〈접동새〉를 발표한다. 유년시절 소월의 숙모 계희영 여사에게 들었던 전설을 형상화한 것이다.

접동
접동
아우래비 접동

진두강津頭江 가람가에 살던 누나는
진두강 앞 마을에
와서 웁니다.

옛날, 우리 나라
먼 뒤쪽의
진두강 가람가에 살던 누나는
으붓어미 시샘에 죽었습니다.

누나라고 불러 보랴

오오 불설워
시샘에 몸이 죽은 우리 누나는
죽어서 접동새가 되었습니다.

아홉이나 남아 되던 오랩 동생을
죽어서도 못 잊어 차마 못 잊어
야삼경夜三更 남 다 자는 밤이 깊으면
이 산 저 산 옮아가며 슬피 웁니다.

〈접동새〉 全文

전해 오는 전설은 다음과 같다.

옛날 평안북도 진두강가에 한 소녀가 부모와 아홉 동생과 함께 살고 있었다. 그러던 어느 날, 어머니가 죽고 계모가 들어왔다. 계모는 포악하여 생모의 유품을 모두 없애 버렸으며, 10남매에게는 밥도 주지 않고 집에다 가두기도 하였다. 소녀는 나이가 들어 박천의 어느 부잣집 도령과 혼약을 맺게 되었다. 부자인 약혼자 집에서 많은 예물을 보내오자, 이를 시기한 계모는 예물을 빼앗고 소녀를 장롱 속에 가두고는 불에 태워 죽였다. 누나의 죽음을 슬퍼하며 동생들이 재를 파헤치자, 잿 속에서 한 마리 접동새가 날아올랐다. 이를 안 관가에서 계모를 잡아다 같은 방법으로 계모를 죽였는데, 그 때는 까마귀가 날아올랐다. 접동새가 된 소녀는 죽어서도 계모가 무서워 대낮에는 나오지 못하고 깊은 밤에만 조심스레 동생들이 자는 창가에 와 슬피 울었다.

일반적으로 새를 자유와 비상의 상징으로 표현하지만, 누나의 분신인 접동새는 동생들 때문에 자유롭게 날아가지 못하고 지상에 남아 있다. 이렇듯 자유와 구속의 모순된 이중성을 갖는 접동새는 '한恨'의 표상이 된다. 작품의 동기가 오순이든 아니든 이 작품은 바로 한국인의 의식 구조에 내재해 있는 한의 세계를 표상하는 것으로 볼 수 있다.

1923년 3월 소월은 배재고보를 졸업하고 처가의 도움으로 동경東京 유학길에 오른다. 소월은 시를 쓰려는 굳은 의지는 간직하였지만, 한 집안의 종손이자 가장으로서의 책임감을 느끼고 동경상대에 진학한다. 하지만 학업을 외면하고 방탕한 생활에 젖어들어 기생집을 드나들기도 하고, 하숙집 딸과 교제를 하기도 하며 문란한 생활로 시간을 보낸다.

그 무렵 관동 대지진으로 일본의 조선인 학살에 큰 충격을 받아 동경유학을 중단하고 서울로 돌아와 버린다. 이 무렵 그가 쓴 시들은 일련의 저항시들이었다. '낙천', '봄', '밭고랑위에서', '나무리벌 노래' 등이다.

소월이 1920년 〈창조〉에 〈浪人의 봄〉 등 5편의 시로 등단한 이래 문단의 큰 주목을 받기 시작하였으며, 1923년, 월탄 박종화가 소월 시를 민족시라고 크게 호평한 것도 한 몫을 하였다. 한편 소월은 자신을 민요 시인으로 평가하는 것에 대해 시인이면 시인이지 민요라는 한정 언어를 사용할 게 무어냐고 마뜩찮게 생각했다 한다. 그런 평가는 서구의 문예사조들이 혼류해 들어올 때 자칫 시대에 뒤떨어진 시로 폄하될 수도 있는 일이었다.

서울에 머물던 1924년, 소월은 시인으로서의 이름을 얻었지만, 취업이 되지 않아 고향인 정주로 귀향한다. 소월은 조부가 경영하는 광산 일을 돌보면서 소일한다. 그가 유년시절 많은 영향을 준 숙모 계희영 여사마저

숙부를 따라 평양으로 이사가 버림으로써 대화 상대도 없고 쓸쓸한 삶을 살아가게 된다.

오랜만의 귀향이었지만 그동안의 실의와 좌절이 컸던 탓인지 마음의 안정을 찾기 힘들었다. 그래서 울적한 마음을 달래기 위해 여행도 하고 영변에 머물면서 마음을 안정시키고 있었다. 김동인金東仁·김찬영金瓚永·임장화林長和 등과 '영대靈臺' 동인으로 활동하며 자연과 인간의 영원한 거리를 보여준 '산유화山有花'를 비롯하여 '생生과 사死' 등을 발표한다.

소월이 영변에 머물고 있을 때, 우연히 한 기녀를 만나게 된다. 이 기녀는 어릴 때 정신병을 앓던 아버지가 집을 나가 편모슬하에서 자랐다. 열세 살이 되었을 때 어머니는 개가할 밑천을 장만하려고 자신을 전라도 행상에게 팔아 버린다.

이 기녀가 바로 진주가 고향인 채란이다. 당시 진주는 관기 제도의 폐지로 교방도 폐지되었고, 진주기녀들은 새로운 시대에 걸맞은 직업형태로 바꾸기 위해 기생 조합을 조직했다. 이 기생조합이 다시 권번券番으로 바뀌어 교방의 전통을 이어오고 있었다.

채란은 진주 권번에서 정식 가무를 익힌 기녀가 아니고, 손님을 따라 떠도는 들병이(삼패기생)였을 것으로 짐작되는 여자였다. 13세 때 전라도 행상에게 팔려 팔도를 떠돌면서 뿌리 없는 몸으로 이리저리 팔려 다니다가 춤과 노래를 익혔을 것으로 짐작된다.

어린 나이에 고향을 떠나 홍콩, 중국 등지를 떠돌다 조선에 돌아와 고향과 천리나 떨어진 영변 땅에 도착한 채란은 고향 생각에 잠을 이룰 수가 없었다. 멀리 남쪽 고향 진주 땅을 바라보며 처연한 목소리로 노래 한 곡조를 부른다.

첫날에 길동무
만나기 쉬운가
가다가 만나서
길동무 되지요

날글다 말아라
家長님만 님이랴
오다 가다 만나도
정붓들면 님이지.

花紋席 돗자리
놋燭臺 그늘엔
七十年 苦樂을
다짐 둔 팔베개.

드나는 곁방의
미닫이 소리라
우리는 하룻밤
빌어얻은 팔베개.

朝鮮의 강산아
네가 그리 좁더냐.
三千里 西道를
끝까지 왔노라.

三千里 西道를

내가 여기 왜 왔나
西浦의 사공님
날 실어다 주었소.

집 뒷山 솔밭에
버섯 따던 동무야
어느 뉘집 家門에
시집가서 사느냐.

嶺南의 晋州는
자라난 내故鄕
父母없는
故鄕이라우.

오늘은 하룻밤
단잠의 팔베개
來日은 相思의
거문고 베개라.

첫닭아 꼬꾸요
목놓지 말아라
품속에 있던 님
길차비 차릴라.

두루두루 살펴도
金剛 斷髮令
고갯길도 없는 몸
나는 어찌 하라우.

嶺南의 晋州는
자라난 내 故鄕
돌아갈 故鄕은

우리 님의 팔베개

〈팔베개 노래〉 全文

진주기녀 채란이 고향을 생각하며 처연히 불렀던 '팔베개 노래'이다. 이때 소월은 문득 담을 사이에 두고 골목길 저편에서 들려오는 슬프고 절절한 노래를 듣게 된다. 그리고 그 노래를 듣고 채록하여 '팔베개의 노래조調'라는 민요시를 지었다. 지금 전하는 것은 소월의 시밖에 없으므로 채란이 불렀던 노래는 정확히 알 수는 없으나 소월의 시와 대동소이하지 않을까 생각된다.

채란은 자신의 신세를 한탄하면서 한편으로는 반겨줄 사람도 없는 고향을 그리워하여 타령조로 불렀던 노래로 보여진다.

"집 뒷山 솔밭에/버섯 따던 동무야/어느 뉘집 家門에/시집가서 사느냐.//嶺南의 晋州는/자라난 내故鄕/父母없는/故鄕이라우."

평범한 부모를 만나 고향에서 평범한 사내에게 시집가서 행복하게 살고 싶었던 채란의 바람이 노래 속에 녹아 있다. 하지만 현실은 어쩔 수 없었다.

"嶺南의 晋州는/ 자라난 내 故鄕/돌아갈 故鄕은/우리 님의 팔베개"

고향이 있지만 돌아갈 수 없고, 오직 자신을 따뜻하게 해 줄 수 있는 님의 팔베개만이 채란의 안식처가 될 수밖에 없었다. 진주 기녀 채란은 떠도는 들병이 기녀에 불과했지만 천리 땅 영변에서 그가 태어난 고향을 그리면서 부른 노래 곡조가 소월의 마음에 메아리쳐서 아름다운 민요시로 재탄생 된 것이다. 소월과 채란의 사실적 연애담은 남아있지 않다.

1925년에 그의 불후의 명시집 〈진달래꽃〉이 매문사에서 출간된다. 대개 시집의 제호는 자신이 가장 아끼는 시의 제목으로 붙이기 마련이다. 이 시는 이미 오산학교 시절에 쓴 것으로 1925년 개벽지에 실렸다. 시집의 제호로 사용한 만큼 〈진달래꽃〉은 소월 자신이 대표작으로 생각한 시로 볼 수 있다. 시적 동기는 오순과의 사랑이야기가 바탕이 된 거라고 형에게 들은 이야기라며 훗날 소월의 동생이 밝히게 된다.

나 보기가 역겨워
가실 때에는
말없이 고이 보내 드리오리다.

영변寧邊에 약산藥山
진달래꽃,
아름 따다 가실 길에 뿌리오리다.

가시는 걸음 걸음
놓인 그 꽃을
사뿐히 즈려 밟고 가시옵소서.

나 보기가 역겨워
가실 때에는
죽어도 아니 눈물 흘리오리다.

〈진달래꽃〉 全文

우리 국민들이 널리 애송하는 시 중의 하나가 〈진달래꽃〉이다. 그런데 크게 오해하는 점이 하나있다. 이 시가 이별한 님, 가신님을 노래한 것으로 이해되고 있다는 점이다. 그러나 이 시는 이별을 가정한 가정법을 쓰고 있다. 님이 '나 보기가 역겨워 / 가실 때에는' 이라는 전제로 님이 아직 떠난 것은 아니다. 화자는 님이 떠나리라는 것을 전제하고 이별의 상황을 가상하여 노래하고 있는 것이다. 이것은 이별의 현실을 유보시키고 싶은 간절한 화자의 소망이기도 하다. 그렇지만 끝내 님(오순)은 1926년 이 세상을 떠나고 만다.

소월은 처가인 구성으로 삶의 터전을 옮긴다. 적유령 산맥이 흐르는 깊은 산골 마을이었다. 이 무렵의 심경을 소월은 이렇게 노래하고 있다.

공중에 떠다니는
저기 저 새여
네 몸에는 털 있고 깃이 있지.

밭에는 밭곡식
논에 물벼
눌하게 익어서 수그러졌네!

초산楚山 지나 적유령狄踰嶺
넘어선다
짐 실은 저 나귀는 너 왜 넘니?

〈옷과 밥과 자유〉 全文

사람에게 있어 최소의 생존 조건은 밥과 옷과 집이다. 동시에 인권으로는 자유와 평등을 들 수 있을 것이다. 그러한 기본권인 '옷과 밥과 자유'가 없는 당대 식민지 현실을 노래한 시다. 이는 우리 민족의 일제강점기의 간고한 삶이자 소월 자신의 고달픈 삶이기도 하였다.

김억의 주선으로 개설한 동아일보 정주지국도 경영 미숙에다 일본 주재소의 감시로 여의치 않았고, 소월의 삶은 술과 담배로 얼룩져 갔다. 1925년 〈진달래꽃〉 발간 후 시 창작도 손을 뗐다. 설상가상으로 1926년 첫

사랑 오순이 사망했다. 이는 줄곧 그가 예감한 일인지도 모른다. 소월은 오순의 죽음 앞에서 절망감과 죄책감으로 그녀의 죽음을 애도했다. 급기야 1927년에는 그의 유일한 문우였던 배재학당 동기 나도향마저 요절하자 그의 절망은 극에 다다랐다. 이 두 사람의 사망으로 소월은 죽음에 대한 강한 충동을 느꼈으며 술로 지새우는 날이 많아졌다.

1927년 동아일보 지국을 정리한 소월은 조부로부터 돈을 얻어 내 고리대금업을 시작했으나. 이 또한 경영 부족으로 돈만 떼고 그만두게 된다.

1929년 9월에는 시인 이장희가 자살한 소식을 접하게 된다. 오순과 나도향의 요절은 병사였지만 이장희의 죽음은 자살이었다. 이는 소월의 자살 충동에 부채질을 한 계기가 된다.

1932년엔 친구 배찬경의 망명과 남산학교 시절 여교사를 소재로 한 단편소설 〈함박눈〉으로 소월에 대한 일경의 감시는 더욱 심화된다.

십 년간의 구성에서의 칩거 생활은 그를 절망의 벼랑으로 몰아갔다. 종손으로서의 한계, 가까운 인연들의 죽음, 나라 망한 식민지 백성으로서의 설움과 분노, 문학인으로서의 절필, 그의 세속적 삶에서의 패배는 그를 죽음으로 몰아갔던 것이다.

1934년 12월 23일 소월은 고향 곽산에 들러 조상의 묘소에 성묘했다. 그의 자살 행보가 시작된 것이다. 그리고 장터에서 아편을 다량 사가지고 돌아왔다. 그날 밤 부인과 함께 술을 마시고 밤늦게 잠자리에 들었다. 다음 날 아침 소월의 몸은 싸늘하게 식어 있었다. 다량의 아편이 그를 죽음에 이르게 한 것이다. 그의 시신은 고향으로 옮기지 못하고 구성군 서산

면 평지동 고개 위에 안장되었다. 그의 세수 32세였다.

소월의 스승 안서 김억은 1935년 신동아 2월 호에 〈김소월씨 행장〉을 실어 소월의 삶을 회고하였고, 193 9년 유고시들을 모아 〈소월시초〉을 간행하였다. 이후 1968년 3월 한국일보사 주관으로 서울 남산 시립도서관 아래에 〈산유화〉를 새긴 시비를 건립하였다. 그의 모교 배재학당 교정(강동구 명일동)에도 〈진달래꽃〉 의 시비가 세워졌다.

소월은 남산학교 시절 여선생에 대한 연모의 정을 느꼈으며, 소년시절 오순과의 밀애를 통해 사랑의 슬픔을 체험했다. 조부의 강요로 이루어진 아내에겐 연인으로서가 아닌 그저 부부로서의 감정 이상은 없었던 듯하다. 팔베개의 노래를 통해 기생 채란을 알게 되었으나 채란과의 구체적 러브스토리는 찾기 어렵다.

이것이 그의 여성 편력의 전부다. 그럼에도 그의 시에는 사랑의 시가 가장 많은 비중을 차지하고 있다. 그의 시 속의 님은 대체로 부재不在하는 님이다. 그의 삶이 그랬고 당시의 시대 상황이 그랬다. 이룰 수 없었던 비극적 사랑과 나라 잃은 현실이 그랬던 것이다.

소월 시의 시적 화자는 대체로 여성으로 되어 있다. 민요적 율격에 정서는 애이불비哀而不悲가 주조를 이루고 있다. 민족의 보편적 정서인 한恨은 소월의 시에서 만개하였다. 그래서 그는 민족 시인으로 높이 추앙받고 있다. 그의 많은 시들은 가곡으로 작곡되어 노래 불리어지고 있다. 소월의 시는 한국 현대시의 금자탑으로 영원히 빛날 것이다.

한용운

님의 침묵을 휩싸고 돕니다

만해卍海 한용운은 충남 홍성군 결성면 성곡리에서 부 한응준韓應俊씨와 어머니 온양 방씨에게서 차남으로 태어났다. 본관은 청주淸州. 속명은 유천裕天. 자는 정옥貞玉. 용운은 법명이며 득도할 때의 계명은 봉완奉玩, 법호는 만해萬海 또는 卍海. 한국 근대시사의 불후의 명작인 시집〈님의 침묵〉을 펴냈고, 한국 근대 불교계에서 혁신적인 사상과 활동을 펼쳤으며, 3·1독립선언에 민족대표로 참가하는 등 일제강점기의 혁명적인 독립운동에도 앞장섰다.

유년시절에 대해서는 자세히 알려진 것이 없다. 어릴 때 고향에서 한학을 배웠고, 14세 때인 1892 천안 전씨와 결혼, 18세 때인 1896년 고향을 떠나 백담사 등을 전전하며 수년 간 불교서적을 읽었다고 한다. 출가의 원인은 정확하게 알려져 있지 않으나, 당시 고향 홍주에서도 갑오농민전쟁과 의병운동이 전개된 것으로 미루어 역사적 격변기의 상황에 영향을 받은 것으로 추정된다.

1905년 백담사에서 김연곡에게 득도한 다음 전영제에게 계戒를 받아 승려가 되었고, 이후 수년 간 불교활동에 전념했다. 이즈음에 불교 관련 서적뿐만 아니라 양계초梁啓超의 〈음빙실문집 飮氷室文集〉등을 접하면서 근대사상을 다양하게 수용했으며, 1908년 일본 각지를 돌아다니며 견문을 넓혔다. 이러한 다양한 경험이 그의 사상 형성에 큰 영향을 미친 것으로 보인다.

1911년 송광사에서 박한영·진진응·김종래 등과 승려궐기대회를 개최

하여 일본의 조동종曹洞宗과 한국불교의 통합을 꾀한 이회광 등의 친일적인 불교행위를 규탄 저지했다. 1913년 박한영 등과 불교종무원을 창설했고 1917년 8월 조선불교회 회장에 취임했다. 그해 12월 어느 날 밤 오세암에서 좌선하던 중 바람에 물건이 떨어지는 소리를 듣고 진리를 깨우쳤다고 한다.

1918년 불교잡지 〈유심惟心〉을 창간했으며 이 잡지를 통해 불교 논설만이 아니라 계몽적 성격을 띤 글을 발표했고, 또 신체시를 탈피한 신시 〈심心〉을 발표하여 문학에 대한 관심을 보였다. 1919년 3·1운동 때 민족대표 33인의 한 사람으로 참여했으며, 일제에 체포되어 복역 중 옥중에서 〈조선독립의 서〉를 썼다. 출옥 후인 1922~23년 민립대학 설립운동과 물산장려운동 등의 민족운동에 참여했다.

1924년 조선불교청년회 회장에 취임했고, 1925년 그의 불멸의 시집 〈님의 침묵〉을 발간했으며, 1927년 신간회 결성에 적극 참여해 중앙 집행위원과 경성지회장에 피선되어 활동했고, 1931년 잡지 〈불교〉를 인수하여 사장으로 취임했다. 같은 해 김법린·최범술·김상호 등이 조직한 청년법려비밀결사인 만당卍黨의 당수로 추대되었으며, 1936년 신채호의 묘비건립과 정약용 서세100년 기념회 개최에 참여했다.

1940년 창씨개명 반대운동과 1943년 조선인 학병출정 반대운동을 전개했다. 일제의 극심한 탄압 속에서도 굴하지 않고 비타협적인 독립사상을 견지하다가, 조선총독부와 마주보기 싫다며 북향으로 지은 성북동 〈심우장〉에서 66세의 나이로 입적하였다. 1962년 대한민국 건국공로훈장 중장重章이 수여되었다.

만해의 님은 누구일까? 만해는 일찍이 14살 때 아내 전정숙과 결혼하여 첫 번째와 두 번째 출가 사이에 보국이라는 아들도 얻었지만, 그는 몰인정스러울 정도로 철저하게 가족을 외면했다. 그런 가운데 그의 종교적 고향인 금강산과 설악산에서 속초의 미망인 서여연화와 인연을 맺게 된다. 그리고 말년 성북동 심우장(한용운이 말년을 보낸 그의 집 이름)에서 55세 때에 36세의 유숙원과 호적에도 올리지 않은 결혼생활을 다시 시작하여 영숙이라는 딸까지 얻게 된다. 첫 아내와 아들에게와는 달리 그는 이 모녀에 대해서는 그 어떤 사람에 대한 것보다 더할 수 없는 애정을 쏟는다. 결국 만해에게는 어머니, 아내, 서여연화, 유숙원 네 여성이 있었던 셈이다.

하늘과 땅이 있고, 음과 양이 있듯이 사람으로 태어난 이상 이성에 관심이 없는 사람은 없을 것이다. 만해가 승려의 신분이라 해도 또한 예외일 수 없다. 1925년 그의 불멸의 시집 〈님의 침묵〉의 모델은 서여연화로 알려져 있다. 〈님의 침묵〉 집필 당시 그녀가 백담사를 자주 출입한 사실은 '님'의 정체에 대한 해명의 열쇠를 제시해 주고 있다. 한용운의 유일한 상좌 이춘성은 이렇게 말하고 있다.

"첫 여름의 오세암에서 〈십현담주해〉의 집필에 열중하고 있을 때, 서여연화 보살의 시봉은 극진했지요. 그런가 하면 가을 한 철을 백담사에 계실 적에도 그 보살은 거의 백담사 거실에서 살다시피 했지요."

오랫동안 승가에서는 〈님의 침묵〉의 '님'이 곧 그 보살이라는 풍문이 떠돌았다. 실지로 그런 소문은 중앙선리참구원의 수좌들 사이에도 다 알려진 일이었다. 이는 일단 그의 시를 이해하는 입장에서 보면 그의 시의 세계에 그녀가 자리 잡고 있는 것은 부정할 수 없는 사실인 듯하다. 그러나 그녀가 시집 〈님의 침묵〉의 모델이 되었다 하더라도 만해의 '님'은 다양성을 내포하고 있으며 시적 모호성을 띠고 있다. 만해의 〈님의 침묵〉에 실린 거의 모든 시는 연인으로서의 님과 민족과 조국과 불도가 오버랩 되어 있다.

그럼 시집 〈님의 침묵〉의 서시序詩 격인 〈군말〉에서 님의 정체를 알아보기로 하자.

> 님만 님이 아니라 긔룬 것은 다 님이다. 중생衆生이 석가釋迦의 님이라면 철학哲學은 칸트의 님이다. 장미화薔微花의 님이 봄비라면 마시니의 님은 이태리伊太利다. 님은 내가 사랑할뿐아니라 나를 사랑하나니라.
> 연애戀愛가 자유自由라면 님도 自由일 것이다. 그러나 너희는 이름조은 自由에 알뜰한 구속拘束을 밧지안너냐. 너에게도 님이 잇너냐. 잇다면 님이 아니라 너의 그림자니라.
> 나는 해저문 벌판에서 도러가는 길을 일코 헤매는 어린 양羊이 긔루어서 이 시詩를 쓴다.
>
> 시집 「님의 침묵」(회동서관刊, 1926년)중에서 〈군말〉 全文

만해는 '님'의 실체를 이성의 님, 중생, 철학, 봄비, 이태리 등 다양하게 열거하고 있다. 그리고 마지막에 가서 '길을 잃고 헤매는 어린 양이 긔루어서 이 시를 쓴다' 하고 있다. 그런데 첫 시행 '님만이 님이 아니라 긔룬 것은 다 님이다.'를 이성적 연인에 해당하는 '님'은 배제한 것으로 오해하는 사람이 많다.

오히려 「님만이 님이 아니라」라 한 것은 님의 전제로 연인으로서의

'님'을 더 강조하고 있는 표현인 것이다. 그러니 '님'을 조국 또는 부처님으로 풀이해 이성으로서의 님을 배제하는 누를 범하지 말아야 할 것이다. 시집 〈님의 침묵〉의 시편들은 연시戀詩로서도 훌륭한 시인 것이다. 그의 시를 애국시 또는 종교시의 이데올로기로서만 보려하는 것은 시인의 의도에서 크게 빗나가는 감상이 아닐 수 없다. 만해의 '님'은 서여연화에서 시작하여 불도와 조국과 중생으로 확대된 님으로 보아야 할 것이다.

'님'이라는 한국말의 원형적 의미는 사랑하는 이성적 님, 부모님, 선생님이라고 할 때의 그 존경의 대상으로서의 님, 해님 달님 등의 자연과 하느님 같은 초월적인 존재의 님에 이르기까지 다양하다. 그러므로 만해의 '님'을 어느 한정된 대상에 국한시키려 하는 것은 한국의 전통적인 '님'에 대한 개념에서도 어긋나는 것이다. 만해의 「님」 역시 이처럼 다양한 층위를 내포하고 있다. 때문에 그의 시는 범속하고 진부한 사랑시를 뛰어넘고 있다.

그럼 다시 서여연화 보살 얘기로 돌아가 보자. 서여연화는 아름다운 보살이었다. 불교에서 여신도를 보살이라 한다. 그녀는 만해가 승려가 된 후 건봉사에 머물던 시절부터 인연을 맺게 된다. 불가에서는 어떤 만남도 우연은 없다고 설명한다. 다만 중생들은 그 인연을 알지 못한다. 서여연화와 만해는 전생에 무슨 인연이 있었던 것일까? 만해는 둘의 인연을 알고 있었을까.

서여연화의 남편은 강원도 속초에서 해운업을 하던 사업가였는데 일찍 세상을 떠났다. 남편을 잃은 충격과 인생의 허무를 절감한 그녀는 한적한 절을 자주 찾아가곤 하였다. 물려받은 유산도 많았으며, 게다가 혼자 살아가기에는 너무 젊고 아름다웠다. 그녀는 남편의 영가靈駕를 천도하는 천도제를 건봉사에서 치르게 된다. 하얀 소복차림으로 자주 그곳을 드나들었다. 소복 차림은 죽은 영혼을 조상하는 의미지만 그것이 산 사람에게는 애련미를 느끼게 하기도 한다. 이때 만해는 동안거冬安居에서 해제되어 조용한 시간을 보내고 있었다. 서여연화 보살은 만해 스님의 예지에 찬 눈빛에 감화를 받게 된다. 그로부터 두 사람은 은연중에 이성으로서의 관심을 갖게 된다.

서여연화 보살은 만해 스님에게 자신의 외로운 심경을 은연 중 내비쳤으리라. 그럴수록 만해는 승려로서의 본분에 충실하려는 냉정한 태도로 그녀를 대하였으리라. 이때 만해는 서여연화에 대한 사랑과 구도자의 엄정함이 뒤엉켜 갈등하고 있었던지 소리 소문 없이 건봉사를 떠난다.

그가 찾아간 곳은 금강산 유점사였다. 하지만 그곳에서도 만해는 서여연화의 청초한 잔상을 지워내지 못했다. 이후 일본을 다녀오고, 전국 여러 사찰을 다니며 불교 개혁 운동을 하였으며, 독립운동에 헌신적인 노력을 쏟게 된다. 그러다가 3년의 감옥살이도 하게 된다. 드디어 1925년 여름부터 설악산 백담사에 머물며 불멸의 시집 〈님의 침묵〉을 탈고한다. 이때 시인으로서의 만해를 내조하며 시봉을 맡은 보살이 바로 서여연화였다.

그녀는 만해 주변을 그림자처럼 뒤따르며 극진한 시봉과 뒷바라지를 하였다. 이 내조에 힘입어 〈십현담주해〉라는 불경 번역이 이루어졌다. 이때 서여연화는 시봉은 물론 경제적 후원까지 아끼지 않았던 것으로 알려졌다. 그런 그녀에 대한 사무치는 애정이 바탕이 되어 시집 〈님의 침묵〉도 세상에 나올 수 있었던 것이다.

당신의 맑은 새벽에 나무 그늘 사이에서 산보할 때에 나의 꿈은 작은 별이 되어서 당신의 머리 위에 지키고 있겠습니다.
당신이 여름날에 더위를 못 이기어 낮잠을 자거든, 나의 꿈은 맑은 바람이 되어서 당신의 주위에 떠돌겠습니다.
당신이 고요한 가을밤에 그윽이 앉아서 글을 볼 때에 나의 꿈은 귀뚜라미가 되어서 책상 밑에서 '귀뚤귀뚤' 울겠습니다.

〈나의 꿈〉 全文

적어도 영혼만은 만해도 서여연화와 일체가 되어 있음을 알 수 있는 작품이다. 당신을 지키는 별이 되고 싶고, 당신의 주위를 떠도는 바람이 되고 싶고, 당신을 위해 귀뚜라미가 되어 '귀뚤귀뚤' 울겠다 하면 이보다 더한 세레나데가 있겠는가. 승려 신분에 차마 보살에게 사랑 고백을 하진 못해도 마음속으로는 이미 마음도 혼도 다 허락한 상태가 아닌가.

불가의 6가지 식(안이비설신의) 중에 마지막 식識이 의意다. 이 의意가 짓는 업이 의업意業이다. 전생의 연緣이 있어 만해는 서여연화를 만나게 된 것이었을까. 불가에서는 인연을 매우 소중하게 여긴다. 그리고 어떤 인연이든 선연으로 가꾸어가야 하는 것이다. 이 시에서 적어도 만해는 의업意業을 지은 셈이다.

서여연화 또한 만해를 정신적 지주로서 늘 마음속에 모시며 사모하였을 것이다. 불경을 번역하여 그것을 책으로 발간하는 사업에 직접 자금을 보조하는가 하면, 만해가 어려운 고비를 겪을 때마다 보살피고 도와주었다. 만해는 이러한 서여연화의 사랑 속에서 한 편 한 편 주옥같은 시작품들을 엮어갔으리라. 그러므로 만해의 시집 〈님의 침묵〉에서 반짝이고 있는 무수한 님의 이미지들 가운데 상당한 부분은 서여연화를 모태로 한 것으로 볼 수 있을 것이다. 시집 〈님의 침묵〉은 만해와 서여연화 사이에 태어난

옥동자라 해도 좋을 것이다. 원효와 요석공주 사이에 태어난 설총처럼.

당신이 가신 뒤로 나는 당신을 잊을 수가 없습니다.
까닭은 당신을 위하느니보다 나를 위함이 많습니다.

나는 갈고 심을 땅이 없으므로 추수秋收가 없습니다.
저녁거리가 없어서 조나 감자를 꾸러 이웃집에 갔더니 주인主人은 "거지는 인격이 없다. 인격이 없는 사람은 생명이 없다. 너를 도와주는 것은 죄악이다"고 말하였습니다.
그 말을 듣고 돌아 나올 때에 쏟아지는 눈물 속에서 당신을 보았습니다.

나는 집도 없고 다른 까닭을 겸하여 민적民籍이 없습니다.
"민적 없는 자者는 인권이 없다. 인권이 없는 너에게 무슨 정조냐"
하고 능욕凌辱하려는 장군將軍이 있었습니다.
그를 항거抗拒한 뒤에 남에게 대한 격분이 스스로의 슬픔으로 화化하는 찰나에 당신을 보았습니다.

아아, 온갖 윤리, 도덕, 법률은 칼과 황금을 제사지내는 연기烟氣인 줄을 알았습니다.
영원의 사랑을 받을까, 인간역사人間歷史의 첫 페이지에 잉크칠을 할까, 술을 마실까 망설일 때에 당신을 보았습니다.

〈당신을 보았습니다〉 全文

이 시에는 식민지 백성의 설움이 짙게 깔려 있다. 극한 상황에서 존재의 본질을 드러낸다고 전제한 문예사조가 실존주의다. 우리가 가장 큰 어려움에 봉착했을 때 자기도 모르게 하느님을 찾고 부처님을 찾는다. 조국의 주권을 잃었을 때 뭔가 구원의 대상을 찾게 됨은 당연한 이치이다. 절망에 빠져 본 사람은 알 것이다. 그때는 부모 형제가 그리워지고, 우정과 사랑이 그리워짐을. 식민지 백성으로 부끄러움 속에서 가장 가까이 위로받을 수 있는 것은 무엇이었을까. 다양한 의미의 '님' 중에 어느 님이었을까. 속내를 드러낼 수는 없었지만 만해에게는 서여연화 보살이 아니었을까. 만해는 서연화 보살에게서 구원을 찾고 싶은 건 아니었을까. 괴테도 파우스트에서 '영원히 여성적인 것이 우리를 인도하는도다.' 하지 않았던가.

나의 노래 가락의 고저장단은 대중이 없습니다.
그래서 세속의 노래 곡조와는 조금도 맞지 않습니다.
그러나 나는 나의 노래가 세속 곡조에 맞지 않는 것을 조금도 애달파하지 않습니다.
나의 노래는 세속의 노래와 다르지 아니하면 아니 되는 까닭입니다.
곡조는 노래의 결함을 억지로 조절하려는 것입니다.
곡조는 부자연한 노래를 사람의 망상으로 토막쳐 놓은 것입니다.
참된 노래에 곡조를 붙이는 것은 노래의 자연에 치욕입니다.
님의 얼굴에 단장을 하는 것이 도리어 흠이 되는 것과 같이, 나의 노래에
곡조를 붙이면 도리어 결함이 됩니다.

나의 노래는 사랑의 신神을 울립니다.
나의 노래는 처녀의 청춘을 쥐어짜서, 보기도 어려운 맑은 물을 만듭니다.
나의 노래는 님의 귀에 들어가서 천국의 음악이 되고
님의 꿈에 들어가서 눈물이 됩니다.

나의 노래가 산과 들을 지나서
멀리 계신 님에게 들리는 줄을 나는 압니다.
나의 노래 가락이 바르르 떨다가 소리를 이루지 못할 때에
나의 노래가 님의 눈물겨운 고요한 환상으로 들어가서
사라지는 것을 나는 분명히 압니다.

나는 나의 노래가 님에게 들리는 것을 생각할 때에
광영에 넘치는 나의 작은 가슴은
발발발 떨면서 침묵의 음보를 그립니다.
〈나의 노래〉 全文

만해의 〈나의 노래〉는 한용운의 시론이기도 하며, 불교의 청정법신에 대한 흠모이기도 하며, 자연의 노래에 대한 무구성을 주장한 것이기도 하다. 만해의 서여연화에 대한 사랑은 곧 청정법신에 대한 사랑이기도 하다. 불교에 개유불성個有佛性이란 말이 있다. 벌레 하나 풀 한 포기에도 불성이 있다는 것이 불가의 우주관이다.

또한 천억화신불이란 말도 있다. 서여연화는 만해에게 불성 가득 넘치는 관세음보살이 아닐 수 없다. 그 서여연화에 대한 사랑 노래에 곡조를 붙여 형식의 틀을 지워 노래 부를 수는 없었을 것이다. 무엇으로도 형용할 수 없는 경건한 노래였을 것이다. 진리를 문자로 세울 수 없는 불입문자不入文字처럼.

꽃은 떨어지는 향기가 아름답습니다
해는 지는 빛이 곱습니다

노래는 목바친 가락이 묘합니다
님은 떠날 때의 얼굴이 더욱 어여쁩니다

떠나신 뒤에 나의 환상이 눈에 비치는
님의 얼굴은 눈물이 없는 눈으로는
바로 볼 수가 없을 만치 어여쁠 것입니다

님의 떠날 때의 어여쁜 얼굴을
나의 눈에 새기겠습니다

님의 얼굴은 나를 울리기에는 너무도
야속한 듯하지만

님을 사랑하기 위하여는
나의 마음을 즐겁게 할 수가 없습니다

만일 그 어여쁜 얼굴이
영원히 나의 눈을 떠난다면

그때의 슬픔은 우는 것보다도
아프겠습니다.

〈떠날 때의 님의 얼굴〉 全文

만해는 서여연화에게 마음이 쏠릴 때마다 이별을 생각하지 않을 수 없었을 것이다. 그렇지 않다면 만해는 파계를 하고 환속하는 길밖에 달리 선택의 여지가 없었을 것이다. 그러니 아무리 사무치고 가슴 아파도 이별을 각오해야만 했을 것이다. 이루지 못하는 사랑이 더 아름다운 법이다. 그런 의미에서 서여연화는 만해에게 지고지순한 여인상으로 남아야만 했을 것이다.

이별은 미美의 창조創造입니다.
이별의 미美는 아침의 바탕[質] 없는 黃金과 밤의 올[絲]없는 검은 비단과 죽음 없는 영원永遠의 생명生命과 시들지 않는 하늘의 푸른 꽃에도 없습니다.
님이여, 이별이 아니면 나는 눈물에서 죽었다가 웃음에서 다시 살아날 수가 없습니다. 오오, 이별이여.
미美는 이별의 창조創造입니다.

〈이별은 미의 창조〉 全文

만해의 〈님의 침묵〉 시에서 선언하였듯이 만해에게 이별은 곧 만남이다. 회자정리요 거자필반인 것이다. 〈알 수 없어요〉에서는 색즉시공이요 공즉시색임을 역설적으로 표현하고 있다. 서여연화와의 만남과 이별의 상념 속에서 만해의 시편들은 아름답게 승화한 것이다.

이 세상에는 길도 많기도 합니다.
산에는 돌길이 있습니다. 바다에는 뱃길이 있습니다.
공중에는 달과 별의 길이 있습니다.
강가에서 낚시질하는 사람은 모래위에 발자취를 내입니다.
들에서 나물 캐는 여자는 芳草를 밟습니다.
약한 사람은 죄의 길을 좇아갑니다.
義있는 사람은 옳은 일을 위하여는 칼날을 밟습니다.
서산에 지는 해는 붉은 놀을 밟습니다.
봄 아침의 맑은 이슬은 꽃 머리에서 미끄럼 탑니다.
그러나 나의 길은 이 세상에 둘밖에 없습니다.
하나는 님의 품에 안기는 길입니다.
그렇지 아니하면 죽음의 품에 안기는 길입니다.
그것은 만일 님의 품에 안기지 못하면, 다른 길은 죽음
의 길보다 험하고 괴로운 까닭입니다.
아아 나의 길은 누가 내었습니까.
아아 이 세상에는 님이 아니고는 나의 길을 내일 수가 없습니다.
그런데 나의 길을 님이 내었으면, 죽음의 길은 왜 내셨을까요.

〈나의 길〉 全文

이승에서 만해와 서여연화는 다른 길을 걸을 수밖에 없었다. 둘은 운명적으로 결합할 수 없는 사이이다. 그러나 마음으로는 언제라도 하나가 될 수 있다. 그러므로 님은 없으면서 있고 있으면서 없는 것이다. 그의 님은 유한자이면서 동시에 절대자였던 것이다. 속俗에서도 사랑이 극에 달할 때는 그 님이 곧 절대자로 느껴질 때가 있다. 그 님 외에는 아무것도 보이지 않는 이른바 물 불 가리지 않는 절대적 사랑이 있다. 님이 낸 나의 길,

그 길에 죽음의 길도 있다. 죽음으로 완성하고 싶은 사랑! 사랑의 극치가 이런 것 아닐까?

남들은 자유를 사랑한다지마는,
나는 복종을 좋아하여요.
자유를 모르는 것은 아니지만,
당신에게는 복종만 하고 싶어요.
복종하고 싶은데 복종하는 것은
아름다운 자유보다 더 달콤합니다.
그러나 당신이 나더러
다른 사람을 복종하라면,
그것만은 복종할 수가 없습니다.
다른 사람에게 복종하려면
당신에게 복종할 수가 없는 까닭입니다.

〈복종〉 全文

절대적 사랑(님) 앞에서는 복종하는 것이 곧 행복이 될 수 있다. 그러나 당신 이외는 어떤 사람에게도 절대 복종할 수 없다. 이별이 더 큰 만남을 위한 전제 조건이 되듯이, 자발적인 복종은 진정한 의미의 자유와 행복을 위한 전제 조건이 될 수 있다.

시적 화자가 복종을 좋아하는 궁극적인 이유는 더 큰 자유를 얻기 위해서다. 이 시가 '조국에 대한 헌신적 사랑'을 노래하고 있다고 할 때, 다른 나라(일본)에 복종(충성)하기 위해서는 조국을 배반해야 하기 때문에 당신 아닌 그 누구에게도 복종할 수 없는 것이다. 이성적 차원에서 다른 님에게 복종하는 것이 배신이듯 국가적 차원에서 다른 나라에 복종하는 것은 곧 조국에 대한 배신이 되는 것이다. 이 시에서도 복종의 대상이 조국과 이성으로서의 님이 다르지 않다. 시적화자는 일편단심 복종을 맹세하고 있다. 만해가 끝까지 변절하지 않고 죽는 날까지 지조를 지킨 지절시인임을 우리는 잘 알고 있다.

나는 나루ㅅ배,
당신은 행인.

당신은 흙발로 나를 짓밟읍니다.
나는 당신을 안ㅅ고 물을 건너감니다.
나는 당신을 안으면 깁흐나 엿흐나 급한 여울이나 건너감니다.

만일 당신이 아니 오시면 나는 바람을 쐬고 눈비를 마지며 밤에서 낫가지 당신을 기다리고 잇슴니다.
당신은 물만 건느면 나를 도러 보지도 안고 가심니다 그려.
그러나 당신이 언제든지 오실 줄만은 아러요.
나는 당신을 기다리면서 날마다 날마다 낡어 감니다.

나는 나루ㅅ배,
당신은 행인.

〈나룻배와 행인〉 全文

사랑은 끝없는 기다림일지 모른다. 떠나간 님이 언제고 다시 오리라는 기대로. 그리고 사랑은 또한 무한한 헌신과 배려이리라. 그 님으로 하여 내가 어떤 대가, 나아가 어떤 형벌을 받을지라도. 기다림은 사랑의 통과의례 같은 것이다. 소설 〈춘향전〉에서 춘향의 사랑이 아름다운 것은 변사또의 회유와 핍박을 극복하고 끝까지 이도령을 기다린 데 있지 않은가.

이 시에서 당신은 행인이므로 중생(백성)으로 보아도 좋을 것이다. 불가에서 말하는 제생의세의 관념을 형상화 한 시로 볼 수도 있다. 중생을 다 구원할 때까지 성불하지 않겠다는 지장보살의 정신이 드러나 있다. 그러면서도 한 여인에 대한 간절한 기다림을 노래한 사랑시로 보아도 손색이 없다.

시를 써 본 사람은 누구나 느끼는 일이다. 영감 없이는 시를 쓸 수 없다는 것. 그 영감은 자연에서 올 수도 있고, 깊은 신앙에서 올 수도 있고, 일상의 저자 거리에서 올 수도 있지만 시적 영감이 아름다운 이성에게서 올 때가 많다는 것을. 그래서 이른바 〈사랑시〉라는 것이 그렇게 많은 것이다.

만해의 시는 연애 감정을 노래한 사랑시로서도 흠잡을 데 없이 아름다운 시들이다. 그 일차적 영감은 두말 할 것 없이 서여연화 보살에게서 왔을 것이다. 그러나 그의 신분이나 인생 역정으로 보건대 〈군말〉에서 밝혔듯이 마음으로 기리는 모든 대상이 님이라면, 그의 시에서 '님'의 자리에 조국 또는 불도(절대적 진리)를 대치해 보아도 아무 무리가 없다. 특히나 그가 살아온 시대 배경(일제강점기)을 생각하면 더욱 그렇다. 그러나 그의 님은 침묵하는 님이다. 불도가 그렇고, 조국이 그렇고, 서여연화가 그렇다. 큰 사랑은 침묵에서 피어난다.

이제 그의 시집 발문 격인 〈독자에게〉를 보기로 하자.

> 독자여, 나는 시인으로 여러분의 앞에 보이는 것을 부끄러워합니다.
> 여러분이 나의 시를 읽을 때에, 나를 슬퍼하고 스스로 슬퍼할 줄을
> 압니다. 나는 나의 시를 독자의 자손에게까지 읽히고 싶은 마음은 없
> 습니다. 그 때에는 나의 시를 읽는 것이 늦은 봄의 꽃수풀에 앉아서
> 마른 국화를 비벼서 코에 대이는 것과 같을는지 모르겠습니다.
> 밤은 얼마나 되었는지 모르겠습니다.
> 설악산의 무거운 그림자는 엷어갑니다.

새벽종을 기다리면서 붓을 던집니다. 乙丑 8월 29일 밤.

〈독자에게〉 全文

시인은 스스로 이 시들을 독자들의 자손들에게까지 읽히고 싶은 마음은 없다고 말하고 있다. 〈그때에는 나의詩를읽는것이 느진봄의꽃숩풀에 안저서 마른菊花를 비벼서 코에대히는것과 가틀는지 모르것습니다〉

종교적인 의도에서 이 시들이 씌어졌고 님을 절대자의 의미로 사용했다면 이 구절은 모순이 아닐 수 없다. 독자들의 자손들에게 읽히고 싶지 않다는 것은 이 시집에서 다루고 있는 문제가 동시대를 사는 독자들에게만 관련된 것이며, 독자들의 자손들에게 가서는 이미 해결(광복)되어 꽃수풀에 앉아 마른 국화를 비벼 코에 대고 향기를 맡는 것처럼 무의미하게 될 것이라 한 것은 만해의 조국 광복에 대한 강한 믿음의 표출이자 예언이다.

따라서 이 시들에서 문제 삼는 내용은 종교적인 문제가 아니라 시대적이고 역사적인 문제이며, 님 역시 종교적인 님이라기보다 시대적이고 역사적인 님, 곧 국권을 상실한 조국이라는 생각이 든다. 그렇다고 한용운의 시에 나오는 님이 불교와 무관하다는 것은 아니다. 국권상실을 노래한 이면에는 분명히 불교적 인식이 깔려 있다. 다만 그것이 일차적 문제는 아니라는 것이다.

만해 한용운은 대선사요, 삼일운동의 가장 중심적 지도자였다. 이러한 인물이 시라는 형식을 통하여 그의 사상과 정서를 문학적으로 표현하는데 크게 성공하였음은 우리 문학사에 빛나는 업적이 아닐 수 없다.

그는 장차 세상이 바뀌면, 〈나의 시를 읽는 것이 늦은 봄의 꽃수풀에 앉아서 마른 국화를 비벼서 코에 대는 것〉과 같이 뜻과 맛이 없어질지도 모른다고 했지만, 그의 시집 〈님의 침묵〉은 날이 갈수록 더욱 광채를 발하고 있다.

한 여인에 대한 곡진한 사랑이 조국과 진리의 사랑으로 승화된 〈님의 침묵〉은 새로운 시대와 우리 전통사상의 무궁한 창조력, 그리고 모국어의 무한한 잠재력을 알리는 새벽종 소리로 영원히 우리 민족의 마음을 일깨우고 밝혀 주리라.

만해가 이 시집을 탈고한 1925년 8월 29일 밤은 우리 정신 문화사의 빛나는 별 〈님의 침묵〉이 태어난 밤이었다. 당시 그는 세수 46세였다. 〈님의 침묵〉발간의 시봉을 주도했던 석주 스님의 회고를 참고로 들어보자.

"그의 시들은 떠난 님을 애틋하게 그리워하는 여인의 영락없는 연애시 같았다. 시집 서문에 '나는 해 저문 벌판에서 돌아가는 길을 잃고 헤매이는 어린 양羊이 그리워서 이 시를 쓴다'는 군말이 붙어 있지 않다면 말이다.
선생이 설악의 오세암에서 이 시집을 쓸 때 서여연화라는 미색의 보살과 함께 살았다는 소문이 선학원 대중 사이에 퍼져 있었다. 나는 보지 못했지만 시집이 나오기 전에 그 보살이 선생을 만나기 위해 이곳에 들렀었다는 것이다. 그래서인지 시에서 말하는 '님'이 바로 그 보살일 것이라는 소문이 돌기도 했다. '님'이 민족이든 조선이든 중생이든 또는 그 보살이든 나는 더할 나위 없이 부드러운 그 여성적 경어체에 흠뻑 빠져 있었다. 이렇게 아름답고 간절한 시구는 구체적 사랑의 경험 없이는 나올 수가 없으리라는 생각에 이르렀고 어쨌든 서여연화라는 보살을 한번 보고 싶은 생각이 간절해지기도 했다.
그 해 봄, 선생이 가꾸는 화단은 오색의 꽃으로 만발해 있었고 열여덟 내 마음에는 그 애틋한 시어들이 가득 피어 있었다."

끝으로 만해의 심우장에서 보낸 만년의 삶을 살펴보고 만해의 시와 사랑이야기를 마감하고자 한다.

만해의 생애에서 마지막 인연을 가졌던 여성은 유숙원兪淑元이다. 그녀는 서울 진성당 병원에서 근무하던 간호사였다. 충남 보령 출생으로 간호학교를 졸업하고 16년 동안 줄곧 간호사로 살아온 36세의 미혼녀였다.

한용운은 과거 블라디보스톡을 여행하다가 간첩으로 오인되어 한 청년에게 뒷머리에 총탄을 맞은 적이 있었다. 이 후유증 때문에 찬바람이 불면 체머리를 흔드는 중풍 증세가 나타나곤 했다. 이 불편한 몸으로 옥고를 치렀으며, 불교 현대화 운동, 조국 광복을 위한 민족 운동, 그리고 문학 활동에 힘을 쏟아 왔다. 그의 나이 55세에 차디찬 단칸 셋방에서의 생활은 고통이 아닐 수 없었다. 이런 만해에게 주위의 벗들이 재혼을 권하였다. 이때 떠오른 인물이 유숙원이었다. 벗들은 만해의 새 출발을 위해 성북동에 부지를 마련하고 직접 건물까지 지어 주었다. 이 집 이름이 '소를 찾는 집'이란 뜻의 〈심우장尋牛莊(서울시 기념물 제 7호)〉이다.

조선 총독부 쪽을 외면하기 위해 일부러 북향으로 지었다는 〈심우장〉에서 만해 한용운은 아내 유숙원의 내조를 받으며 살아가게 된다. 두 사람의 연령 차이는 19년, 그들은 결혼 후 (1933년부터) 십 년을 함께 살았다. 유숙원은 나이 많은 아버지 같은 남편을 하늘처럼 받들고 섬겼다 한다.

만해는 그녀와의 사이에 딸 하나를 두었다. 만혼의 행복감과 평화스러움이 심우장 주변에 따스한 봄바람처럼 감돌았다.

만해는 이후 〈유마힐경維摩詰經의 번역 작업에 착수하고, 조선일보에 장편 역사소설 〈흑풍〉과 '심우장 만필' 등을 발표한다. 하지만 생활은 여전히 곤궁하였으므로 아내는 삯바느질, 빨래 품, 남의 집에 물 길어다 주기 등으로 어려운 살림을 꾸려 나간다. 유숙원은 만해의 노년기 삶을 지탱해 준 든든한 지줏대였다. 일제강점기 전반을 통하여 민적을 갖지 않은 상태로 창씨개명도 거부하였던 비타협적 지조를 지키며 살았던 만해 한용운은 해방을 보지 못한 채 1944년 열반에 들었다.

성북구에서 지정한 '우리동네 명소'라는 간판을 따라 올라가면 '尋牛莊'이라는 글이 쓰인 간판을 만난다. 대문을 열고 들어서면 수령 백년이 넘어 보이는 커다란 소나무 한 그루와 함께 정면 4칸에 측면 2칸짜리 한옥 기와집 한 채가 나타난다. 이곳은 원래 성 밖 마을 북장골로 불리던 동네다.

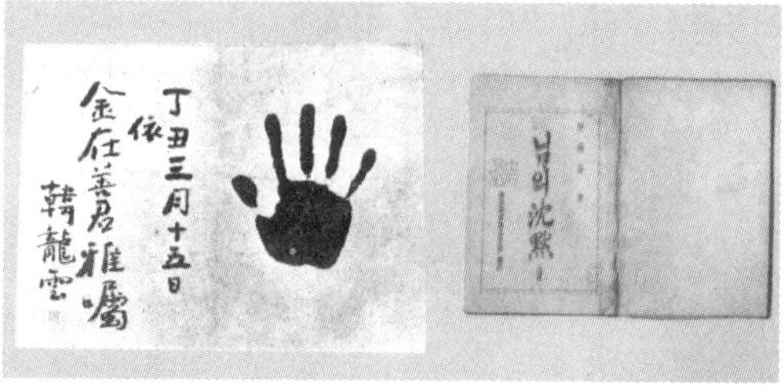

왼쪽은 그의 필적이고, 오른쪽은 그의 시집 〈님의 침묵〉표지이다.

한용운이 서재로 썼던 온돌방 문을 열면 정면으로 '님의 침묵'의 편액을 만나게 된다.

'님은 갔습니다. 아아 사랑하는 나의 님은 갔습니다. 푸른 산빛을 깨치고 단풍나무 숲을 향하여 난 적은 길을 걸어서 참어 떨치고 갔습니다.'

그 옆으로 한용운과 손병희 선생 등 민족대표 33인이 참석한 가운데 태

화관에서 독립선언식을 거행하는 기록화가 걸려 있고, 그 아래에 선생이 기초한 '공약삼장'이 들어 있는 '3·1 독립선언서'가 눈에 들어온다. 또 한용운 선생의 초상화와 석정 안종원의 글씨 등 족자가 걸려 있다.

서재 앞에 걸린 심우장이라는 현판은 위창 오세창 선생이 쓴 휘호다. 심우장은 '소를 찾는 집'이라는 뜻으로 한용운의 아호 중 '목부牧夫'(소를 키우는 사람) 에서 따온 것이라 전해지고 있다. 불교용어로는 성불을 하기 위한 '무상대도無常大道'를 깨우치기 위해 공부하는 집이라는 의미도 담고 있다. 공부工夫의 어원이 원래 불도를 닦는다는 뜻에 있다. 만해가 1944년 중풍으로 입적한 뒤 이 집은 그의 친딸인 한영숙 여사가 소유하고 있다가 1972년 만해사상연구회에 기증했다. 현재는 성북구청 직원이 앞마당 별채에 거주하며 관리하고 있다.

일제 말 지절 시인으로 일컫는 한용운, 이육사, 윤동주가 모두 해방을 목전에 두고 유명을 달리한다. 최남선 이광수 등 많은 친일파들은 해방의 감격을 맛보았으니 이 무슨 아이러니인가. 그래서 세 분의 지절이 더 빛나는지 모르겠다. 해방을 맞이한 지 반세기가 지났음에도 아직 우리 국토는 허리가 잘린 채 그대로이다. 아직도 우리의 님은 침묵 상태에 있다.

> 님은 갔습니다.
> 아아 사랑하는 나의 님은 갔습니다.
>
> 푸른 산빛을 깨치고 단풍나무 숲을 향하여 난
> 작은 길을 걸어서 차마 떨치고 갔습니다.
>
> 황금黃金의 꽃같이 굳고 빛나던 옛 맹서盟誓는
> 차디찬 티끌이 되어서 한숨의 미풍薇風에
> 날아갔습니다.

날카로운 첫 키스의 추억追憶은 나의 운명의
지침指針을 돌려 놓고 뒷걸음 쳐서 사라졌습니다

나는 향기로운 님의 말 소리에 귀먹고
꽃다운 님의 얼굴에 눈 멀었습니다

사랑도 사람의 일이라 만날때에 미리
떠날것을 염려하고 경계하지 아니한것은 아니지만

이별은 뜻밖의 일이 되고,
놀란 가슴은 새로운 슬픔에 터 집니다.

그러나 이별은 쓸 데 없는
눈물의 원천源泉을 만들고 마는 것은
스스로 사랑을 깨치는 것 인줄아는 까닭에,
걷잡을수 없는 슬픔의 힘을 옮겨서
새 희망의 정수박이에 들어부었습니다

우리는 만날 때에 떠날 것을 염려 하는 것과 같이
떠날 때에 다시 만날 것을 믿습니다.

아아 님은 갔지마는
나는 님을 보내지 아니 하였습니다

제 곡조를 못이기는 사랑의 노래는
님의 침묵沈默을 휩싸고 돕니다.

〈님의 침묵沈默〉 全文

이상화

나의 침실로…

이상화는 1901년 아버지 이시우李時雨와 어머니 김신자金愼子 사이에서 둘째 아들로 태어났다. 본관은 경주. 호는 무량無量·상화尙火 또는 想華·백아白啞. 7세 때 아버지를 여의고 가정 사숙私塾에서 큰아버지 일우一雨에게 교육을 받았다. 1916년 경성중앙학교에 입학해 1919년 수료하고, 강원도 일대를 방랑했다. 3·1운동이 일어나자 대구학생운동에 참여하고 백기만과 함께 거사하려다 사전에 발각되어 잠시 서울에 피신했다.

1921년 현진건의 추천으로 〈백조〉 동인에 가담했고, 1922년 프랑스 유학을 목적으로 도쿄東京로 건너가 아테네 프랑세에서 프랑스 문학을 공부하다 관동대지진으로 귀국했다. 1925년 박영희·김기진 등과 함께 조선프롤레타리아 예술가동맹(KAPF)에 참여했고, 1927년 대구에 돌아왔으나 여러 번 가택수색을 당했으며 의열단 이종암 사건에 말려들어 구금되기도 했다.

1937년 중국에서 독립운동을 하던 친형인 이상정장군을 만난 이유로 5개월간 옥살이했다. 1934년 〈조선일보〉 경상북도총국을 경영했으나 실패하고, 1937년 이후 교남학교에서 영어와 작문을 가르쳤는데, 이때 "피압박 민족은 주먹이라도 굵어야 한다."고 주장하여 교남학교에 권투부를 신설했다. 1940년 학교를 그만두고 독서와 연구에 몰두하며 〈춘향전〉을 영역하고 〈국문학사〉·〈불란서 시 평석〉등을 기획했으나 뜻을 이루지 못하고 1943년 위암으로 세수 44세에 세상을 떠났다.

1946년 경상북도 대구 달성공원에 상화시비가 세워졌다. 시집으로는

〈늪의 우화〉(1969)·〈나의 침실로〉(1977)·〈석인상石人像〉(1984) 등이 있다.

이상화는 의혈남아에다 미남 스타일로 여자들에게 인기가 많았다 한다. 장안 3대 미남에 꼽힐 정도였고 매너 좋은 신사로 정평이 나 있는 데다 문학적 재능과 지성까지 갖추었으니 미인들이 주위에 운집할 것은 자명한 이치. 여복이 넘치는 것이 오히려 '고뇌의 재료'가 될 정도였다고 그의 친구 김팔봉金八峰은 술회한 적이 있다.

그 첫 번째 연인이 손필년이다. 손필년은 이상화의 첫사랑으로 1919년, 상화 나이 열아홉 살 때 서울 냉동서 박태원과 한 방에 하숙하고 있을 때 알게 된 여인이다. 필년은 상화와 동갑으로 당시 여고를 갓 나온 재원才媛으로, 지덕을 겸비한 필년은 항일 운동가를 후원하는 지사적 기질까지 겸비한 여인이었지만 그 해 시월 상화는 백부의 엄명으로 공주의 명문가 서한보徐漢輔의 영애 순애順愛와 결혼하게 되어 필년과의 사랑은 혼인으로까지 이어지지는 못하였다.

〈마돈나〉 지금은 밤도, 모든 목거지에, 다니노라 피곤하야 돌아가려는도다.
아, 너도, 먼동이 트기 전으로, 수밀도水蜜桃의 네 가슴에, 이슬이 맺도록 달려오느라.

〈마돈나〉 오렴으나, 네 집에서 눈으로 유전遺傳하든 진주眞珠는, 다 두고 몸만 오느라,
빨리 가자, 우리는 밝음이 오면, 어댄지도 모르게 숨는 두 별이어라.

〈마돈나〉 구석지고도 어둔 마음의 거리에서, 나는 두려워 떨며 기다리노라,

아, 어느덧 첫닭이 울고-뭇개가 짓도다, 나의 아씨여, 너도 듯느냐.

〈마돈나〉 지난 밤이 새도록, 내 손수 다가둔 침실로 가자, 침실로-!
낡은 달은 빠지려는데, 내 귀가 듯는 발자욱- 오, 너의 것이냐?

〈마돈나〉 짧은 심지를 더우잡고, 눈물도 업시 하소연하는 내 맘의 촉燭불을 봐라,
양털 가튼 바람결에도 질식이 되어, 얄푸른 연긔로 꺼지려는도다.

〈마돈나〉 오느라 가자, 압산 그름애가, 독갑이처럼, 발도 업시 이곳 갓가이 오도다.
아, 행여나, 누가 볼는지- 가슴이 뛰누나, 나의 아씨여, 너를 부른다.

〈마돈나〉 날이 새련다, 빨리 오렴으나, 사원의 쇠북이, 우리를 비웃기 전에
네 손이 내 목을 안어라, 우리도 이 밤과 가티, 오랜 나라로 가고 말자.

〈마돈나〉 뉘우침과 두려움의 외나무 다리 건너 잇는 내 침실 열 이도 업느니!
아, 바람이 불도다, 그와 가티 가볍게 오렴으나, 나의 아씨여, 네가 오느냐?

〈마돈나〉 가엽서라, 나는 미치고 말앗는가, 업는 소리를 내 귀가 들음은-, 내 몸에 피란 피- 가슴의 샘이, 말라 버린 듯, 마음과 목이 타려는도다.

〈마돈나〉 언젠들 안 갈 수 잇스랴, 갈 테면, 우리가 가자, 끄을려 가지 말고-!
너는 내 말을 밋는 〈마리아〉- 내 침실이 부활復活의 동굴임을 네야 알련만…

〈마돈나〉 밤이 주는 꿈, 우리가 엮은 꿈, 사람이 안고 궁구는 목숨의 꿈이 다르지 않흐니,

아, 어린애 가슴처럼 세월 모르는 나의 침실로 가자, 아름답고 오랜 거기로.

〈마돈나〉 별들의 웃음도 흐려지려하고, 어둔 밤 물결도 자자지려는 도다,
아, 안개가 살아지기 전으로, 네가 와야지, 나의 아씨여, 너를 부른다.

〈나의 침실로〉 全文 (백조 3호, 1923년 9월)

이상화는 열아홉의 나이로 3·1운동에 가담하기도하고, 때로는 술로써 때로는 시로써 방랑하면서 자신을 잊고자 하지만 당시 식민지 지식인들이 겪었던 동질적 고뇌에서 벗어날 수 없었다. 당시의 사회구조의 모순 속에서 오는 갈등들이 그의 시 세계에 투영되었다.

이상화 생가 모습

이 시에 대해 단순히 관능적 서정시로 보는 경향과 잃어버린 조국에 대한 그리움을 노래한 저항시로 보는 경향이 있다. 전자로 볼 때 '마돈나'는 관능의 대상이 되고, '침실'·'수밀도의 네 가슴'·'나의 아씨여' 등의 시어들이 남녀 간의 애욕을 부추기는 감각적 표현이 된다. 그러나 후자로 보면 시적 자아가 '마돈나'에 대한 동경을 통하여 한용운의 〈님의 침묵〉과 같은 잃어버린 조국, 침묵하는 조국, 언젠가는 돌아올 조국을 노래한 것이 된다.

그러나 한 편의 시를 재단하듯 감상하는 것은 바람직하지 않다. 나라 잃은 식민지 백성으로 친일이 아닐진대 현실을 외면한 관능적 탐닉만으로 시를 쓸 수 있겠는가. 퇴폐적이고 자포자기적인 데카당스 또한 저항의 한 방법일 뿐이다. 모두가 만주로 떠나 독립군에 가담하는 것만이 독립운동이고 애국일 수는 없다. 나라를 잃었기에 퇴폐적이 되고 자포자기적이

될 수 있는 것이다. '침실'은 육체적, 쾌락적, 본능적인 일반적 의미의 침실이자 동시에 영원한 안식과 새로운 활력을 부여하는 부활의 장소를 상징할 수 있다. 이 시는 남녀 간의 애정을 소재로 하여 영원하고 아름다운 꿈과 같은 안식처安息處를 갈구하는 작품일 수 있고, 동시에 '가장 아름답고 오랜 것은 오직 꿈속에만 있어라'라는 부제副題가 말하듯이 조국의 완전한 광복을 소망하는 시로 볼 수도 있다.

'마돈나'는 시적 화자가 사랑하는 젊은 여인의 애칭일 수도 있고, 불교의 관세음보살일 수도 있고, 기독교의 성모 마리아일 수도 있으며, 이들의 공통된 상징 의미는 '구원의 여성'으로 보아도 좋을 것이다.

'침실'은 밀실密室, 현실의 도피처, 안식처, 조국의 광복 등으로 다양하게 해석될 수 있다. 뉘우침과 두려움의 외나무다리를 건너야만 갈 수 있는, 꿈과 부활의 동굴로서의 의미를 갖게 된다. '지난밤이 새도록 내 손수 닦아 둔' '어린애 가슴처럼 세월 모르는 아름답고 오랜 나라'로서 마음의 안식과 활력을 주는 그런 재생의 장소인 것이다.

상화의 〈나의 침실로〉의 좌절과 갈망은 조국의 현실과 실제에서의 실패한 사랑, 곧 현실적으로 용납되지 않는 사랑의 절망이 오버 랩 된 시란 생각이 강하게 든다. 그렇지 않고서 조국의 현실 인식에서만 이 시를 썼다면 대단히 관념적이고 건조한 시가 되었을 것이다. 한용운의 〈님의 침묵〉이 서여연화와의 연애 감정으로 구체성을 띠듯이 이 시 또한 그 대상이 손필년이든 누구든 이루지 못한 사랑의 체험이 바탕이 되었을 거라는 추측이 충분히 가능하다.

두 번째 사랑은 상화의 나이 스물세 살 되던 해 봄, 동경서 만난 함흥

출생 유보화다. 상화는 이역에서 유보화와 깊은 사랑에 빠지게 되지만 출중한 미인 유보화는 불행하게도 폐병을 지녀 요양 차 동경 대지진 이후 상화보다 먼저 귀국해 고향인 함흥으로 간다. 그러나 보화의 폐병은 요양에도 불구하고 점점 더 악화 되어 1926년 숨을 거두고 만다. 함흥과 대구 먼 길을 '보화 유독'이라는 급보를 받고 상화가 함흥으로 달려갔으나 창밖에 낙엽 지는 날 보화는 끝내 회생하지 못하고 상화의 무릎에 피를 토하고 숨을 거둔다.

> "뜰에 병들어 떨어진 가랑잎이 구르는 어느 날 밤에 보화는 상화의 무릎에 얼굴을 묻은 채 눈 감고 말았다. 경국傾國의 명화, 보화의 애련한 운명은 '마돈나 오렴으나 우리는 이 밤과 함께 오랜 나라로 가고 말자.' 고 읊조린 정열의 시인 상화의 가슴에 양귀비꽃보다 더 붉은 피로 슬픈 기록을 아로새겼다."
>
> 〈상화의 시와 그 배경〉, 자유문학 4월 호, 1959년

어쩌면 너와 나 떠나야겠으며 아무래도 우리는 나눠야겠느냐?
남몰래 사랑하는 우리 사이에 우리 몰래 이별이 올 줄은 몰랐어라.

꼭두로 오르는 정열에 가슴과 입술이 떨어 말보다 숨결조차 못 쉬노라.
오늘밤 우리 둘의 목숨이 꿈결같이 보일 애타는 내 맘속을 내 어이 모르랴.

애인아, 하늘을 보아라, 하늘이 까라졌고 땅을 보아라 땅이 꺼졌도다.
애인아, 내 몸이 어제같이 보이고 네 몸도 아직 살아서 내 곁에 앉았느냐?

어쩌면 너와 나 떠나야겠으며 아무래도 우리는 나눠야겠느냐?

우리 둘이 나뉘어 생각하며 사느니 차라리 바라보며 우는 별이나 되자.

사랑은 흘러가는 마음 위에서 웃고 있는 가비어운 갈대꽃인가.
때가 오면 꽃송이는 곪아지며 때가 가면 떨어졌다 썩고 마는가?

님의 기림에서만 믿음을 얻고 님의 마음에서는 외롬만 받을 너이었더냐?
행복을 찾아선 비웃음도 모르는 인간이면서 이 고행을 싫어할 나이었더냐?

애인아, 물에 물탄 듯 서로의 사이에 경계가 없던 우리 마음 위로
애인아, 검은 그림자가 오르락나르락 소리도 없이 얼릉거리도다.

남몰래 사랑하는 우리 사이에 우리 몰래 이별이 올 줄은 몰랐어라.
우리 둘이 나뉘어 사람이 되느니 차라리 피울음 우는 두견이 되자.

오려무나, 더 가까이 내 가슴에 안아라, 두 마음 한 가락으로 얼어 보고 싶다.
자그마한 부끄럼과 서로 아는 믿븜 사이로 눈 감고 오는 방임放任을 맞이하자.

아, 주름잡힌 네 얼굴 이별이 주는 애통이냐? 이별은 쫓고 내게로 오너라.
상아의 십자가 같은 네 허리만 더우잡는 내 팔안으로 달려만 오너라.

애인아, 손을 다오, 어둠 속에도 보이는 납색蠟色의 손을 내손에 쥐어다고.
애인아, 말해다오, 벙어리 입이 말하는 침묵의 말을 내 눈에 일러다고.

어쩌면 너와 나 떠나야겠으며 아무래도 우리는 나눠야겠느냐?
우리 둘이 나뉘어 미치고 마느니 차라리 바다에 빠져 두 마리 인어로

나 되어서 살자.
〈이별을 하느니〉 全文

'어쩌면 너와 나 떠나야겠으며 아무래도 우리는 나눠야겠느냐. 우리 둘이 나뉘어 미치고 마느니 차라리 바다에 빠져 두 마리 인어로나 되어서 살자.'라고 노래한 '이별을 하느니'는 유보화와의 비련의 사랑에서 창작된 것이라고 백기만은 밝히고 있다.

우리나라 최초의 시비

이보다 지독한 사랑이 있을까 싶을 지경이다. 유보화의 지병으로 죽음의 그림자가 짙게 드리워져 있을 때, 죽음이 두 사람을 갈라놓으려는 것을 예감하고 '이별을 하느니 차라리 함께 죽자'는 식이다. 시에서처럼 유보화는 끝내 상화의 무릎에 짙붉은 피를 토하며 죽어 갔다. 직설적 표현이라 문학성은 좀 떨어지지만 진솔한 만큼 감동 또한 크다.

세 번째 상화의 연인은 대구의 송소옥으로, 소옥은 미모의 기생이었다. 상화는 소옥과의 사이에 소생까지 두었다 하며, 상화의 연인 가운데 가장 오랜 기간(5년)을 사랑했던 연인이다. 시 〈무제〉는 소옥의 방에 엎드려 쓴 작품이라 한다.

오늘 이 길을 밟기까지는
아, 그 때가 가장 괴롭도다
아직도 남은 애달픔이 있으려니
그를 생각하는 오늘이 쓰리고 아프다

헛웃음 속에 세상이 잊어지고

끄을리는 데 사람이 산다면
검아, 나의 신령을 돌멩이로 만들어다고,
제 사리의 길은 제 찾으려는 그를 죽여다오

참 웃음의 나라를 못 밟을 나이라면
차라리 속 모르는 죽음에 빠지련다
아, 멍들고 이울어진 이 몸은 묻고
쓰린 이 아픔만 품 깊이 안고 죽으련다
〈무제〉 全文

백기만에 의하면 명작 〈나의 침실로〉는 손필년과, 〈이별을 하느니〉는 유보화와, 〈무제〉는 송소옥과의 비극적 사랑으로 인해 쓰여진 작품이라는 것이다.

이밖에도 상화의 연인으로는 김백희, 임학복이 있다. 김백희와의 사랑은 그다지 알려진 것이 없고, 임학복과는 플라토닉한 사랑으로 전해지고 있다.

상화尙火에게 여복이 많다는 것은 상대적으로 그 부인인 서순애徐順愛는 불행이 아닐 수 없었다. 백부가 강권한 혼인이라 처음부터 마음에 없었던지 결혼 후 7년간 소생이 없다가 1926년에야 장남 용희龍熙를 낳는다. 천신만고 끝에 얻은 그 자식마저 문둥병에 걸려 죽고 만다. 서순애 여사는 결국 카톨릭에 마음을 의지해서 기구한 인생, 모진 목숨을 지탱해 간다.

상화尙火는 술과 여자로 방황하다가 1935년 무렵 '백치와 벙어리'란 뜻으로 '백아白啞'로 호를 고치고부터 마음을 잡아 무보수 교사 노릇도 하고 신문 총국도 하면서 아내가 불쌍하다는 생각도 들어서 그때부터 '내 마누라야' 하며 끔찍이 위해 주었다 한다.

〈빼앗긴 들에도 봄은 오는가〉로 망국의 울분을 노래했던 저항시인 상화 역시 해방을 보지 못하고 위암으로 세수 44세에 생을 마쳤다(1943년).

지금은 남의 땅 – 빼앗긴 들에도 봄은 오는가?

나는 온 몸에 햇살을 받고
푸른 하늘 푸른 들이 맞붙은 곳으로
가르마 같은 논길을 따라 꿈 속을 가듯 걸어만 간다.

입술을 다문 하늘아 들아
내 맘에는 내 혼자 온 것 같지를 않구나.
네가 끌었느냐 누가 부르더냐 답답워라 말을 해다오.

바람은 내 귀에 속삭이며
한자욱도 섰지 마라 옷자락을 흔들고
종다리는 울타리 너머 아가씨같이 구름 뒤에서 반갑다 웃네.

고맙게 잘 자란 보리밭아
간밤 자정이 넘어 내리던 고운 비로
너는 삼단같은 머리털을 감았구나, 내 머리조차 가뿐하다.

혼자라도 가쁘게나 가자.
마른 논을 안고 도는 착한 도랑이 젖먹이 달래는 노래를 하고
제 혼자 어깨춤만 추고 가네.

나비 제비야 깝치지 마라, 맨드라미 들마꽃에도 인사를 해야지.

아주까리 기름 바른 이가 지심 매던 그 들이라 다 보고 싶다.

내 손에 호미를 쥐어다오.
살진 젖가슴과 같은 부드러운 이 흙을
발목이 시리도록 밟아도 보고 좋은 땀조차 흘리고 싶다.

강가에 나온 아이와 같이
짬도 모르고 끝도 없이 닫는 내 혼아
무엇을 찾느냐 어디로 가느냐, 웃어웁다, 답을 하려무나.

나는 온 몸에 풋내를 띠고
푸른 웃음 푸른 설움이 어우러진 사이로
다리를 절며 하루를 걷는다. 아마도 봄 신령이 지폈나 보다.

그러나 지금은 들을 빼앗겨 봄조차 빼앗기겠네.
〈빼앗긴 들에도 봄은 오는가〉 全文

이 상

박제가 되어버린 천재의 노래

이상은 1910년 종로구 사직동에서 아버지 강릉김씨 김연창金演昌과 어머니 박세창朴世昌의 2남 1녀 중 장남으로 태어났다. 3세 때부터 큰아버지의 양자가 되어 큰집에서 살았는데, 권위적인 큰아버지와 무능력한 친부모 사이에서 심리적 갈등이 심했으며 이런 체험이 그의 문학에 나타나는 불안의식의 뿌리를 이루게 된다.

1927년 보성고등보통학교를 거쳐 1929년 경성고등공업학교 건축과를 졸업했다. 졸업하던 해 조선총독부 내무국 건축과 기수技手가 되었으며, 조선총독부의 기관지인 〈조선과 건축〉 표지도안현상공모에 1등과 3등으로 당선되는 등 그림과 도안에 재능을 보였다. 1933년 각혈로 퇴직한 후 황해도 백천온천에서 요양하다 그의 소설에 자주 등장하는 금홍을 만난다. 그 뒤 다방 '제비', 카페 '쓰루', 다방 '식스나인(69)' 등을 경영했으나 모두 실패했다.

1934년 김기림 · 이태준 · 박태원 등과 '구인회九人會'에 가입했으며, 1936년 구인회의 동인지 〈시와 소설〉을 편집했다. 1936년 6월 변동림과 결혼한 뒤, 그해 9월 도쿄에 건너갔다가 1937년 2월 불령선인不逞鮮人으로 일본 경찰에 체포 · 감금되었다. 이로 인해 건강이 더욱 악화되어 1937년 4월 17일 도쿄제국대학 부속병원에서 세수 27세를 일기로 사망하였다. 그의 문학사적 뜻을 기리기 위해 문학사상사에서 1977년 '이상문학상'을 제정해 시상하고 있다.

시집으로 〈이상전집〉(1956) · 〈오감도〉(1987) · 〈거울 속에는 소리가 없소〉(1989) 등이 있고, 그밖에 1980년대 이후 발굴된 작품을 추가하여 문학사상사에서 〈이상시전집〉(1991)을 펴냈다.

李箱이라는 필명

경성고공의 졸업 앨범에 '李箱'이란 이름이 나타나고 있다. 아마도 졸업 앨범 뒤 비망록인 듯한 종이에 여러 사람이 친필로 한두 줄씩 기념이 될 만한 좌우명 비슷한 것을 적어 놓았는데 김해경金海卿은 그 특유의 활자로 박은 듯한 회화체의 글씨로 〈보고도모르는것을曝露식혀라!/그것은發明보다는發見! 거기에도 努力은必要하다 李箱〉이라고 적고 있다. 그렇다면 李箱이란 필명은 건축 기사 시절 이전 이미 고공 졸업반 때부터 쓰이고 있었던 것이다. 친구 원용석은 고공 2년 시절 회람지 〈난파선〉을 만들 때부터 李箱이란 필명이 쓰였을 것 같다고 술회하였으나 확실하진 않다.

그의 본명이 김해경金海卿이지만 공사장에서 인부들이 착각하여 그의 성씨를 일본식으로 '이상(이씨)', '이상' 하고 부른 데서 '이상'이면 어떻고 '김상'이면 어떠냐 하여 '李箱'이라고 했다는 것이 통설이나, 고은 시인은 이러한 착오를 지적하며 이상이라 불린 것은 고공 졸업 전 예비 직책을 맡아 공사 현장에 나간 적이 있으므로 그 때부터 이상이라고 불렸을 거라고 말한다.

1929년 조선총독부의 건축기사로 있으면서 처녀작 〈이상한 가역반응〉, 〈파편의 경치〉 등을 〈조선과 건축〉지에 발표한다. 1933년 각혈로 퇴직한 후 황해도 백천 온천에서 요양 중 그곳에서 알게 된 기생 금홍과 함께 귀경하여 다방 〈제비〉를 차린다. 한편 1934년 시 〈오감도烏瞰圖〉를 조선중앙일보에 연재하기 시작했으나 난해하다는 독자들의 빗발치는 항의로 중단한다.

13인의아해兒孩가도로로질주疾走하오.
(길은막다른골목이적당하오.)

제1의아해가무섭다고그리오.
제2의아해가무섭다고그리오.
제3의아해가무섭다고그리오.
제4의아해가무섭다고그리오.
제5의아해가무섭다고그리오.
제6의아해가무섭다고그리오.
제7의아해가무섭다고그리오.
제8의아해가무섭다고그리오.
제9의아해가무섭다고그리오.
제10의아해가무섭다고그리오.

제11의아해가무섭다고그리오.
제12의아해가무섭다고그리오.
제13의아해가무섭다고그리오.
13인의아해는무서운아해와무서워하는아해와그렇게뿐이모였오.
(다른사정은없는것이차라리나았소.)

그중에1인의아해가무서운아해라도좋소.
그중에2인의아해가무서운아해라도좋소.
그중에2인의아해가무서워하는아해라도좋소.
그중에1인의아해가무서워하는아해라도좋소.

(길은뚫린골목이라도적당하오.)

13인의아해가도로로질주하지아니하여도좋소.

〈오감도烏瞰圖〉 제 1호 (조선중앙일보 1934.7.24) 全文

오감도는 1934년 7월 24일부터 8월 8일까지 조선중앙일보에 연재된 작품이다. 원래는 30회를 목표로 연재를 시작했으나 연재가 시작되자마자 공무국에서는 오감도烏瞰圖라는 것은 조감도鳥瞰圖의 오자가 아니냐고 물으러 오기도 하고 '어떤 미친놈의 잠꼬대냐?', '그게 무슨 시란 말인가', '당장 집어치워라', '그 이상이란 자를 죽여야 해', '무슨 개수작이냐', '그게 대체 어쩌자는 시냐' 등의 독자들의 항의가 빗발쳐 더 이상 연재를 할 수 없어 15회에 중단되고 말았다. 이 때 조선중앙 학예부장으로 있으면서 오감도의 연재를 기획했던 이태준은 독자들의 항의 때문에 사표를 써서 안주머니에 넣고 다니면서 15회까지 연재를 밀고 나갔지만 더 이상 계속하지 못하고 중단할 수밖에 없었다 한다.

이상의 시는 대부분 행과 연의 구분은 물론, 띄어쓰기까지 무시하는 형태를 보인다. 이것은 작가의 의도적 기도로 문장에 대한 전통적 기법이나 의식, 심지어는 인생에 대한 상식적인 질서까지도 거부하는 태도를 드러낸 것으로 볼 수 있다.

한편 그가 추구한 쉬르 레알리즘(sur-realism), 즉 초현실주의는 '의식의 흐름'을 좇아 쓰는 것이 주된 특성이다. 의식의 흐름은 띄어 쓸 수 없는 간단없는 흐름인 것이다. 그런 문예사조적인 특성으로 띄어 쓰지 않고 이어쓰기를 시도한 건 아닐까 생각해 본다.

이상의 여인들

첫 번째 여인 금홍

첫 번째 여인 금홍과 그가 만난 것은 1933년, 그가 폐결핵 요양차 곱추 화가 구본웅과 함께 백천 온천에 있을 때였다. 그녀의 이름은 연심蓮心으로 알려져 있으며, 열정적인 구석이 있는 자그마한 체구의 여인이었다. 그녀는 「봉별기」에도 나와 있지만, 이상이 다방 〈제비〉를 개업하자 서울로 올라와 그와 동거하며 〈제비〉의 마담이 된다. 작품에서는 〈금홍이에게는 예전 생활에 대한 향수가 있다〉라고 묘사되고 있지만, 사실은 이상이 다른 남자를 소개시켜 주는, 그런 이상한 성벽 때문에 가출을 하게 된 것이다. 그녀와 만나서 헤어지기까지의 이야기를 소설 「봉별기」를 통하여 이상은 다음과 같이 이야기하고 있다.

> 스물 세 살이오-3月이오-각혈喀血이다. 여섯 달 잘 기른 수염을 하루 면도칼로 다듬어 코밑에 다만 나비만큼 남겨 가지고 약 한 제 지어들고 B라는 신개지新開地 한적閑寂한 溫泉으로 갔다. 게서 나는 죽어도 좋았다. 그러나 이내 아직 기를 펴지 못한 靑春이 약탕관을 붙들고 늘어져서는 날 살리라고 보채는 것은 어찌하는 수가 없다. 여관 한등 아래 밤이면 나는 늘 억울해했다. 사흘을 못 참고 기어 나는 여관 主人 영감을 앞장 세워 밤에 장고 소리 나는 집으로 찾아갔다. 게서 만난 것이 錦紅이다. "몇 살인구?" 체대體大가 비록 풋고추만하나 깡그라진 계집이 제법 맛이 맵다. 열여섯 살? 많아야 열아홉 살이지 하고 있자니까, "스물 한 살이에요." "그럼 내 나인 몇 살이나 돼 뵈지?" "글세 마흔? 서른 아홉?" 나는 그저 흥! 그래 버렸다. 그리고 팔짱을 떡 끼고 앉아서는 더욱더욱 점잖은 체했다. 그냥 그날은 무사히 헤어졌건만-이튿날 화우畵友 K군이 왔다. 이 사람인즉 나와 농弄하는 친구다. 나

는 어쩔 수 없이 그 나비 같다면서 달고 다니던 코밑수염을 아주 밀어버렸다 ……후략…… 錦紅이에게는 예전 생활에 대한 향수鄕愁가 왔다. 나는 밤이나 낮이나 누워 잠만 자니까 錦紅이에게 대對하여 심심하다. 그래서 錦紅이는 밖에 나가 심심치 않은 사람들을 만나 심심치 않게 놀고 돌아오는- 즉 錦紅이의 협狹착한 生活이 錦紅이의 향수鄕愁를 向하여 발전發展하고 비약飛躍하기 시작 하였다는 데 지나지 않는 이야기다. 하여 그런데 이번에는 내게 자랑을 하지 않는다. 않을 뿐만 아니라 숨기는 것이다. 이것은 錦紅이로서 錦紅이답지 않은 일일밖에 없다. 숨길 것이 있나? 숨기지 않아도 좋지. 자랑을 해도 좋지. 나는 아무 말도 하지 않는다. 나는 錦紅이 오락娛樂의 편의便宜를 돕기 위하여 가끔 P君 집에 가 잤다. P君은 나를 불쌍하다고 그랬던가시피 지금 기억記憶된다. 나는 또 이런 것을 생각하지 않았던 것도 아니다. 즉 남의 아내라는 것은 정조貞操를 지켜야 하느니라고! 錦紅이는 나를 내 나태懶怠한 生活에서 깨우치게 하기 위하여 우정 간음姦淫하였다고 나는 호의好意로 해석解釋하고 싶다. 그러나 世上에 흔히 있는 아내다운 예의禮義를 지키는 체해 본 것은 錦紅이로서 말하자면 千의 일선一先 아닐 수 없다. 이런 실實없은 정조貞操를 간판看板삼자니까 자연自然 나는 外出이 잦았고 錦紅이 事業의 便宜를 돕기 위하여 내 방房까지도 개방開放하여 주었다. 그러는 中에도 세월歲月은 흐르는 法이다. 하루 나는 제목題目없이 錦紅이에게 몹시 얻어맞았다. 나는 아파서 울고 나가서 사흘을 들어오지 못했다. 너무도 錦紅이가 무서웠다. 나흘만에 와 보니까 錦紅이는 때 묻은 버선을 웃목에다 벗어 놓고 나가 버린 뒤였다.

〈봉별기〉에서

두 번째 여인 순옥

다방 〈제비〉, 까페 〈학〉, 다방〈69〉 등의 경영에 실패하고 금홍에 이어 두 번째로 사귄 여인이 권순옥이다. 권순옥은 그가 경영하던 까페 〈학〉의 여급이었다. 순옥은 처녀가 아닌 대신에 고리키 전집을 하나도 빼놓지 않고 독파하였다는 처녀로 이상이 보배로 여겼다고 한다. 순옥과 그의 친구 J와의 삼각관계가 나중에 밝혀진다. J의 자살 미수 사건 후에, 순옥은 J와 신흥사에서 결혼을 하고, 사업 실패와 함께 실연에서 온 정신적 고통으로 이상은 목적 없는 여행을 떠난다. 그가 닿은 곳은 성천成川. 이곳에서 그의 가장 뛰어난 에세이인 〈권태〉와 〈산촌여정〉이 씌어졌다.

세 번째 여인 변동림

그녀와 동거가 시작된 것은 성천의 여행으로부터 돌아온 후, 1936년의 일이다. 변동림은 이화여전을 나온 신진 여류작가로 이상이 죽은 후 유골을 가져온 사람이다. 이상을 사귀기 전에 이미 다른 남자와의 관계가 있었던 여인인데, 작품 「동해」의 결혼 이야기에 나온다. 이상은 그녀를 사랑했고 그녀 또한 이상을 사랑했다. 그러나 그때 이미 죽어가고 있었던 이상과, 이제 막 피어오르는 청춘인 그녀와의 사이에 있는 생에 대한 근원적 차이가 그들을 갈라서게 하고 만다. 그들은 함께 자살을 공모했으나 그녀는 끝내 거부했는데, 「동해」는 이상의 마지막 여인 동림에 대한 이야기이다.

1937년 사상 불온혐의(불령선인)로 일본 경찰에 유치, 4월 17일 동경제대 부속병원에서 27세로 사망, 5월에 유고작 '종생기'를 발표하게 된다.

이상의 삶은 자아분열적 삶이었다. 그 이유가 당시 시대상황과 관련이 깊겠지만, 현실적으로는 그의 여자관계와 밀접한 관련이 있어 보인다. 이상의 이러한 삶과 결부지어 다음 시들을 감상해 보자.

문門을암만잡아다녀도안열리는것은안에생활生活이모자라는까닭이다.
밤이사나운꾸지람으로나를졸른다.
나는우리집내문패門牌앞에서여간성가신게아니다.
나는밤속에들어서서제웅*처럼자꾸만감減해간다.
식구食口야봉封한창호窓戶어데라도한구석터놓아다고내가수입收入되어들어가야하지않나.
지붕에서리가내리고뾰족한데는침鍼처럼월광月光이묻었다.
우리집이앓나보다그러고누가힘에겨운도장을찍나보다.
수명壽命을헐어서전당典當잡히나보다.
나는그냥문門고리에쇠사슬늘어지듯매어달렸다.문門을열려고안열리는문門을열려고.

〈가정〉 全文 (카톨릭청년 1936)

제웅 : 짚으로 만든 사람의 형상으로 앓는 사람이나 살이 낀 사람을 위하여 산영장을 지내는 데 쓰는 주물呪物

이 작품은 일상적 삶에의 동경을 주제로 한 시이다. 자신과 관계없이 돌아가는 가정생활, 생활인으로서의 역할을 하지 못하는 자신의 현실에 대한 강박관념과 자책, 가장으로서의 자신의 존재에 대한 무력감, 제웅처럼 상징적인 존재로만 남아있는 자신에 대한 자조의식, 날카롭고 냉엄한 이미지를 통한 현실의 비정함과 갈등, 가난에 시달리는 가정 형편과 집을 저당 잡히는 현실을 가정하는 개인적 고뇌, 생활이 없는 현실을 극복하려는 절박한 심정 등을 노래하고 있다.

독백 형식으로 자의식의 내면을 토로하고 있는 이 작품은 단순한 자의

식적 관념을 드러내기만 한 것이 아니라, 화자 자신의 삶의 일상에 대한 사색을 통해 고립되고 폐쇄된 생활 부재의 현실을 극복하려는 내면적 의지를 보여준다. 따라서 가정을 이루고 평범하게 살아가는 일상인의 삶을 동경하는 모습은 소설 〈날개〉의 끝부분과 일맥상통하고 있다.

나는 불현 듯이 겨드랑이가 가렵다.
아하, 그것은 내 인공의 날개가 돋았던 자국이다.
오늘은 없는 이 날개, 머리 속에서는 희망과 야심의
말소된 페이지가 딕셔너리 넘어가듯 번뜩였다.
나는 걷던 걸음을 멈추고 그리고 어디 한번 이렇게 외쳐 보고 싶었다.

날개야, 다시 돋아라. 날자. 날자. 한 번만 더 날자구나. 한 번만 더 날아 보자구나.

〈날개〉 마지막 부분

내키는커서다리는길고왼다리아프고안해키는작아서다리는짧고바른다리가아프고내바른다리와안해왼다리와성한다리끼리한사람처럼걸어가면아아이부부는부축할수없는절름발이가되어버린다.무사無事한세상이 병원이고꼭 치료를기다리는무병無病이끝끝내있다.

〈지비紙碑*〉 全文

지비紙碑 : 이상이 만들어 쓴 조어造語로 '석비石碑'의 '石' 대신 '紙'로 바꿔 쓴 것. '지비'는 '기념紀念'에 대한 반어적 의미로 기념하고 싶지 않은 것을 의미함.

이 시는 나와 아내의 부조화를 노래하고 있다. 정상적인 사랑하는 부부는 비익조比翼鳥에 비유된다. 그러나 나의 아프지 않은 큰 오른쪽 다리와 아내의 아프지 않은 작은 왼쪽 다리를 모아서 한 사람처럼 걸어가면 오히려 절름발이가 된다. 정상의 조건이 모여서 오히려 비정상이 되어 버린다는 역설이다. 이상의 불안정한 가정생활을 보여주는 것이지만 이는 나아가 서로간의 동질성을 상실했음에도 어쩔 수 없이 함께 살아가야 하는 현대인의 부조리를 상징한다.

역사役事를하노라고땅을파다가커다란돌을하나끄집어내어놓고보니도무지어디서인가본듯한생각이들게모양이생겼는데목도木徒들이그것을메고나가더니어디다갖다버리고온모양이길래 쫓아나가보니위험하기짝이없는 큰길가더라.

그날밤에한소나기하였으니필시그들이깨끗이씻겼을터인데그이튿날가보니까변괴變怪로다간데온데없더라. 어떤돌이와서그돌을업어갔을까나는참이런처량한생각에서아래와같은작문을지었다.

"내가그다지사랑하던그대여내한평생에차마그대를잊을수없소이다. 내차례에못올사랑인줄은알면서도나혼자는꾸준히생각하리라. 자그러면내내어여쁘소서."

어떤돌이내얼굴을물끄러미치어다보는것만같아서이런시는그만찢어버리고싶더라.

〈이런 시詩〉 全文 (가톨릭 청년 2호, 1933.7)

첫 단락에서 화자는 '커다란돌'을 발견하게 되는데, 이는 셋째 단락의 '사랑하던그대'를 알레고리화한 것이며, 그 돌이 '위험하기짝이없는 큰길가'에 버려졌다는 것은 '그대'가 험난한 세파世波에 놓여 있음을 의미한다.

둘째 단락의 '그이튿날가보니까변괴로다간데온데없더라'라는 구절은 연인이 아무런 예고 없이 갑작스레 떠났음을 뜻하며, '어떤돌이와서그돌을업어갔을까'는 '그대'에게 새로운 애인이 생겼음을 알려 준다.

셋째 단락의 '작문'은 이 시를 해석하는데 결정적인 단서를 제공한다. '내가그다지사랑하던그대여내한평생에차마그대를잊을수없소이다'에서 '커다란돌'이 '그대'를, '내차례에못올사랑인줄은알면서도나혼자는꾸준히생각하리라'에서 '어떤돌'이 '그대'에게 생긴 새로운 애인임을 알 수 있게 한다.

마지막 단락에서는 화자가, 떠난 연인에 대해 갖는 그리움의 마음을 자신의 연적戀敵에게 행여 들켜 버리지나 않았을까 하는 두려움을 '어떤돌이내얼굴을물끄러미치어다보는것만같은' 것으로 표출하고 있다. 또한 그러한 자신의 모습이 들통 날 것 같은 불안감에 휩싸인 화자는 '이런시는그만찢어버리고싶다' 며 자신의 내면을 감추고 싶은 욕망을 드러낸다. 따라서 이 시는 겉으로는 떠난 연인에 대한 그리움을 말하고 있는 듯하지만, 마지막 단락을 고려해 보면 자신의 내면세계를 감추고 싶어 하는 현대인들의 자폐적 의식 세계를 담고 있음을 알 수 있다.

이런 이상의 자의식의 분열을 가장 잘 보여주고 있는 시가 그의 대표시 〈거울〉이다.

거울속에는소리가없소
저렇게까지조용한세상은참없을것이오

거울속에도내게귀가있소
내말을못알아듣는딱한귀가두개나있소

거울속의나는왼손잡이오
내악수를받을줄모르는---악수를모르는왼손잡이오

거울때문에나는거울속의나를만져보지를못하는구료만은
거울아니었던들내가어찌거울속의나를만나보기만이라도했겠소

나는지금거울을안가졌소만은거울속에는늘거울속의내가있소
잘은모르지만외로된사업에골몰할께요

거울속의나는참나와는반대요만은
또꽤닮았소
나는거울속의나를근심하고진찰할수없으니퍽섭섭하오
〈거울〉 全文

의식의 분열, 자동기술법 등 초현실주의적 특징을 드러내고 있는 작품이다. 시인은 특이한 관찰력으로 사물의 모습을 대칭적으로 보여 주는 거울의 기능에 착안하여 현대인이 겪는 자아 분열의 현상을 형상화하여 존재의 역설적 의미를 제시하고 있다. 즉, 이 시는 현대인이 겪고 있는 분열된 자아의 대립의식을 형상화 하고 있다.

벌판한복판에꽃나무하나가있소.
근처에는꽃나무가하나도없소.
꽃나무는제가생각하는꽃나무를열심으로생각하는
것처럼열심으로꽃을피워가지고섰소.
꽃나무는제가생각하는꽃나무에게갈수없소.
나는막달아났소.한꽃나무를위하여그러는것처럼
나는참그런이상스러운흉내를내었소.
〈꽃나무〉 全文

이 시 역시 분열된 자아의 이중적 모습을 그리고 있다. 본연의 모습으로 살고자 하나 그럴 수 없음에 시적화자의 고독과 고뇌가 있다. 현실적 자아와 이상적 자아 사이의 괴리를 깨닫고 자신의 바른 구도의 길을 향해 끊임없이 노력하는 고뇌에 찬 인간의 모습을 형상화하고 있다.

이상이 마지막으로 그린 자신의 캐리커처와 일본어로 쓴 시. 시인 강민이 소장하고 있다.

당시로는 낯설기 그지없는 쉬르 레알리즘(초현실주의)으로 자의식을 표출한 그에 대한 평가는 엇갈리고 있다. 당대의 세기말적 위기감으로부터 우러나온 현대인의 고민을 그의 천재적 재능을 빌어 언어 예술로 형상화하였다는 지적은 긍정적 평가이다. 한편으로 자기기만의 속임수로 알 수 없는 언어유희에 불과하다는 지적은 부정적 평가이다.

"암만해도 나는 19세기와 20세기 틈바구니에 끼어 졸도하려드는 무뢰한인 모양이다"고 스스로 말했듯이 그는 감당하기 어려운 현실의 중압감에 짓눌려 비상할 수 없는, 날개 없는 비운의 새로 그의 짧은 생을 마감 하게 된다.

박인환

지금 그 사람 이름은 잊었지만…

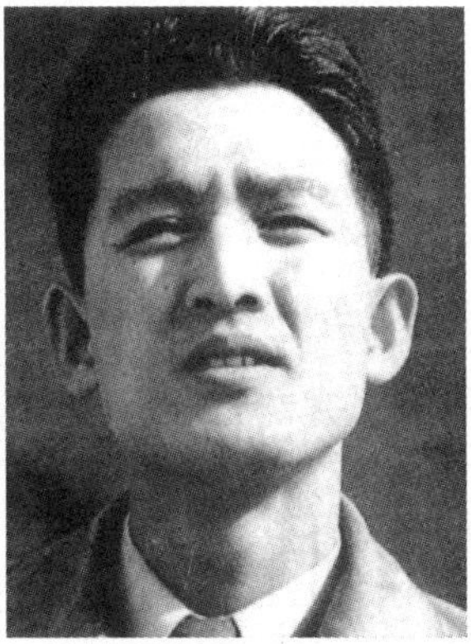

박인환朴寅煥(1926. 8. 15 강원 인제~1956. 3. 20.)은 아버지 박광선朴光善과 어머니 함숙형咸淑亨 사이에서 장남으로 태어났다. 1939년 서울 덕수초등학교를 마쳤다. 이어 경기중학교에 입학했다가 1941년 자퇴하고 한성학교를 거쳐 1944년 황해도 재령의 명신중학교를 졸업했다. 같은 해 평양의학전문학교에 입학했으나 해방이 되자 학업을 중단했다.

서울로 와서 '마리서사'라는 서점을 경영하면서 여러 시인들과 사귀었고, 서점을 그만두고는 〈자유신문〉·〈경향신문〉기자로 근무했다. 6·25전쟁이 일어나자 육군 소속 종군작가단에 참여하고 피난지 부산에서 김규동·이봉래 등과 '후반기'동인으로 활동했다. 1955년 대한해운공사에서 일하면서 미국에 다녀왔으며, 이듬해 심장마비로 30세의 젊은 나이에 세상을 떠났다.

박인환의 애송시 〈목마와 숙녀〉나 〈세월이 가면〉이나 읽다 보면 그에게도 세인의 입에 오르내릴 만한 여성 편력이 있지 않을까 하는 기대를 갖게 한다. 하지만 그의 인생 역정에 그가 경영하던 책방 '마리서사'에서 만났다는 그의 부인 '이정숙' 말고는 이렇다 할 사료가 발견되지 않고 있다.

마리서사 책방은 아버지한테서 돈 3만원과 작은 이모에게서 돈 2만원을 얻어 가지고 종로 3가 낙원동 입구 이모부의 포목점 바로 옆 자리에다 열었던 책방 이름이다. 그가 책방을 경영한 가장 큰 동기는 책을 좋아하기 때문이었다고 한다.

박인환은 책에 대한 남다른 수집벽이 있었다 한다. 그의 서가에는 일본 제일서방의 한정본이나 호화 장서본이 꽂혀 있었고, 콕토나 자콥, 혹은 발레리, 예이츠의 호화판 시집과 고흐라든지, 릴케의 미끈한 서간집 같은 책들이 많았으며, 박인환은 책을 빌려 가면 아예 돌려주지 않고 아주 먹어 치우고 말았다고 그의 지인들은 회고한다. 그러나 마리서사 책방은 얼마가지 못해 문을 닫고 만다.

그 당시 그는 마리서사를 경영하다가 자본을 다 날려 버리고 놀고 있었다. 그는 친구 김경린의 〈인환과 나와 그리고 현대시 운동〉에서 그 이유를 이렇게 설명한다. "김형, 나는 아무 미련도 없어. 그때 드나들던 많은 친구들을 사귄 것으로도 다행으로 여겨야지." 이렇게 체념도 하는 그였다. 오로지 '멋'을 찾아 살려고 하던 그가 경영의 원리를 알 리가 없었고, 마음 내키는 친구가 찾아오면 책을 무조건 선사도 하였으며, 그 날의 수입으로 친구들과 술 마시는데 탕진해 버렸다.

하지만 마리서사는 박인환에게 무엇보다도 값진 선물을 주었다. 손님으로 마리서사를 드나들던 이정숙이란 아가씨를 만나 결혼하게 됐던 것이다. 친구 김경린의 회고에 따르면, '그녀는 인환에 비하면 무척 좋은 가문 출신에, 차가우리만큼 세련된 지성미에, 요즈음 흔히 말하는 키가 조금은 큰 편인 날씬한 몸매의 아름다운 여인' 이었다 한다.

마리서사 시절부터 시를 발표하기 시작한 박인환은 그 이듬해 김경린·임호권·김수영·양병식 등과 함께 모더니즘 성향이 강한 합동시집 〈새로운 도시와 시민들의 합창〉을 내고 본격적인 활동을 시작한다. 5인 공동 시집을 간행한 박인환은 30년대의 김기림, 김광균을 중심으로 한 모더니즘을 계승한 50년대 후기 모더니즘의 대표적 시인이다. 후기 모더니즘은 김수영을 제외하고는 뚜렷한 이념적 중심이나 이론 체계가 없어 30년대 모더니즘의 발전적 계승이 아니라는 비판을 받고 있으나, 50년대라는 전후戰後의 황폐한 사회적 분위기에서 청록파적 경향에 반발하여 전통적 서정 세계를 부정하고 새로운 모색을 꾀했다는 점에서 의의가 있다.

20세에 '나의 시간에 스코올과 같은 슬픔이 있다'로 시작되는 '거리'라는 시로 시인이 된 박인환. 중학생 때부터 영화광이었던 그는 한국 최초로 '영화평론가협회'를 발족한 영화평론가이며 번역가였다. 그는 또 '카사블랑카'의 험프리 보가트를 흉내 내기 위해 상고머리를 하고 다닌 일화로도 유명하다. 그러나 그는 문단에 여러 화제를 뿌린 만큼 시인으론 제대로 평가를 받지 못한 불우한 시인이었다. 그는 특히 프랑스 시인 장 콕도를 정신적 지주로 삼을 만큼 열렬한 팬이었고 장 콕도의 수집 광이기도 했다. 그래서인지 박인환의 꿈은 '한국의 장 콕도'가 되는 것이었다고 전해진다. 그런 그였지만 시집은 '박인환 선시집' 한 권밖에 없다. 그 시집의 원제목은 '검은 준열시대'였으나 그가 평소에 좋아했던 스펜서의 '선시집'을 본 따 '박인환 선시집'으로 바꾸었다고 한다.

그 시집의 서문에 '아내 정숙에게 보낸다'라는 헌사를 썼는데 가난했지만 아내에 대한 사랑만은 따를 자가 없었다.

천양희 시인의 〈박인환과 맑은 가난〉 참조

그럼 그의 대표작 〈목마와 숙녀〉를 감상해 보자.

한 잔의 술을 마시고

우리는 버지니아 울프*의 생애生涯와
목마를 타고 떠난 숙녀의 옷자락을 이야기한다.
목마는 주인을 버리고 거저 방울 소리만 울리며
가을 속으로 떠났다. 술병에서 별이 떨어진다.
상심傷心한 별은 내 가슴에 가벼웁게 부숴진다.
그러한 잠시 내가 알던 소녀는
정원庭園의 초목 옆에서 자라고
문학이 죽고 인생이 죽고
사랑의 진리마저 애증愛憎의 그림자를 버릴 때
목마를 탄 사랑의 사람은 보이지 않는다.
세월은 가고 오는 것
한때는 고립을 피하여 시들어 가고
이제 우리는 작별하여야 한다.
술병이 바람에 쓰러지는 소리를 들으며
늙은 여류작가女流作家의 눈을 바라다 보아야 한다.
…등대燈臺에…
불이 보이지 않아도
그저 간직한 페시미즘의 미래를 위하여
우리는 처량한 목마 소리를 기억하여야 한다.
모든 것이 떠나든 죽든
그저 가슴에 남은 희미한 의식意識을 붙잡고
우리는 버지니아 울프*의 서러운 이야기를 들어야 한다.
두개의 바위 틈을 지나 청춘을 찾는 뱀과 같이
눈을 뜨고 한잔의 술을 마셔야 한다.
인생은 외롭지도 않고
그저 잡지의 표지처럼 통속通俗하거늘
한탄할 그 무엇이 무서워서 우리는 떠나는 것일까.
목마는 하늘에 있고
방울 소리는 귓전에 철렁거리는데

가을 바람 소리는
내 쓰러진 술병 속에서 목메어 우는데

〈목마木馬와 숙녀淑女〉 全文

버지니아 울프(1882~1941) : 영국의 심리주의파를 대표하는 여류 작가. '의식의 흐름의 기법'으로 독특한 경향을 보임. 템즈강에 투신하여 비극적 생애를 마침. 주요 작품으로는 평론 〈자기만의 방〉과 소설 〈델러웨이 부인〉, 〈세월〉, 〈등대로〉 등이 있음.

6·25직후의 상실감喪失感과 허무주의를 짙게 띤 작품이다. 모든 것이 부서지고 퇴색하며 떠나가는 데 대한 절망감과 애상哀傷이 작품의 기조를 이루고 있다. 박인환은 1950년대 모더니즘 시의 대표적 인물로 알려져 있다. 그러나 김수영, 김경린, 조향 등이 도시적 감수성과 현대의식을 중시하고 전위적 기법을 실험하며 문명 비판적인 주제를 주로 다루어, 그들의 시가 지적知的인 요소와 서구적 기풍이 많은 데 비해, 가장 주정적主情的인 기질을 가진 인물로서 비애, 절망의 감정을 노래하는데 치중했고, 흔히 감상주의에 빠져드는 경향을 보이기도 했다.

이 작품에서도 그러한 기질과 특성이 잘 나타나 있다. 여기에 등장하는 버지니아 울프(Virginia Wolf, 1882~1914)는 영국의 여류 소설가로서 의식의 흐름에 중점을 둔, 내면 묘사의 소설을 주로 썼는데 세계 제2차 대전기의 허무주의적 분위기 속에서 미래에 대한 불안과 강박 관념에 시달리다 결국 자살한 인물이다. 이러한 비극적 생애의 인물을 비롯하여 목마, 보이지 않는 별, 늙어 버리는 소녀, 불빛이 보이지 않는 등대, 술병, 상심, 작별 등이 연이어 등장하면서 작품 전체는 '퇴색하고 부서지며 떠나가는 것들에 대한 비탄悲嘆의 노래'가 된다.

'인생은 외롭지도 않고 / 그저 잡지의 표지처럼 통속通俗'하다는 구절은 이러한 절망감 속에서 나오는 쓰라린 독백이다. 그가 이렇게 말하는 것은 인생이 실제로 외롭지 않아서가 아니라 모든 아름답고 소중한 가치들이 허망하게 무너지는 황량한 세계에서 외로움을 느끼고 어딘가에 호소한다는 자체가 무의미하다는 역설이다. 이러한 흐름을 거쳐 마침내 작품의 종구終句는 '내 쓰러진 술병 속에서 목메어 우는데'로 끝을 맺는데, 이 마지막 행은 삶의 의미에 대한 그의 비관적 태도가 집약된 귀착점이라 하겠다.

〈해설: 김흥규〉 참조

그의 일화 중에서 가장 유명한 일화는 명동에 있는 술집 '경상도집'에서 즉흥적으로 쓴 '세월이 가면'에 이진섭이 곡을 부쳐, 나애심이 노래를 부른 사실이다. 그 노래는 지금도 많은 사람들의 애창곡이 되고 있다.

1956년 이른 봄, 전란으로 폐허가 되었다가 어느 정도 복구되어 제 모습을 찾아가는 명동 한 모퉁이에 자리 잡고 있는 「경상도집」에 몇 명의 문인들이 모여 술을 마시고 있었다. 마침 그 자리에는 가수 나애심羅愛心도 함께 있었는데, 몇 차례 술잔이 돌고 취기가 오르자 일행들은 나애심에게 노래를 청했다. 그러나 나애심은 노래를 하지 않았다. 박인환이 호주머니에서 종이를 꺼내더니 즉석에서 시를 써내려갔다.

그것을 넘겨다보고 있던 이진섭이 그 시를 받아 단숨에 악보를 그려갔다. 그 악보를 들고 나애심이 노래를 불렀는데, 그 노래가 바로 「세월이 가면」이라는 것이다.

지금 그 사람 이름은 잊었지만
그 눈동자 입술은
내 가슴에 있네.

바람이 불고

비가 올 때도
나는 저 유리창 밖
가로등 그늘의 밤을 잊지 못 하지.

사랑은 가도
옛날은 남는 것
여름날의 호숫가 가을의 공원
그 벤치 위에
나뭇잎은 떨어지고
나뭇잎은 흙이 되고
나뭇잎에 덮여서
우리들 사랑이 사라진다 해도

지금 그 사람 이름은 잊었지만
그 눈동자 입술은
내 가슴에 있네
내 서늘한 가슴에 있네.

〈세월이 가면〉 全文

그러나 이런 멋진 시가 즉흥시로 씌어졌다는 것이 쉬 납득이 되지 않는다. 이 시에 대하여 강계순은 평전에서 다음과 같이 말하고 있다

이 「세월이 가면」에는 전혀 알려지지 않은 애절한 이야기가 담겨져 있다. 이 시를 쓰기 전날 박인환은 십년이 넘도록 방치해 두었던 그의 첫사랑의 애인이 묻혀 있는 망우리 묘지에 다녀왔다. 그는 인생을 정리하고 있었던 것 같다. 사랑도, 시도, 생활도 차근차근 정리하면서 그의 가슴에 남아 있는 먼 애인의 눈동자와 입술이 나뭇잎에 덮여서

흙이 된 그의 사랑을 마지막으로 돌아보았다. 순결한 꿈으로 부풀었던 그의 청년기에 아름다운 무지개처럼 떠서 영원히 가슴에 남아있는 것, 어떤 고통으로도 퇴색되지 않고 있던 젊은 날의 추억은 그가 막 세상을 하직하려고 했을 때 다시 한 번 그 아름다운 빛깔로 그의 가슴을 채웠으리라. 그는 마지막으로, 영원히 마지막이 될 길을 가면서 이미 오래 전에 그의 곁에서 떠나간 여인의 무덤에 작별을 고하고 은밀히 얘기하고 싶었다.

출처, 〈아! 박인환, 문학예술사, 1983〉

그렇다 하면 박인환은 첫사랑에 대한 이 연시를 이미 마음으로 완성하여 외고 다녔을지도 모른다는 생각이 든다. 다만 그날의 주흥에 겨워 즉흥시처럼 읊었던 건 아닐까. 그러나 그 첫사랑의 주인공은 밝혀진 게 없다. 이미 아리따운 이정숙 부인이 있는데 떠나고 없는 첫사랑을 떠들고 다닐 바보는 없을 것이다. 다만 '내 서늘한 가슴에 있네.' 그렇게 있을 뿐!

이봉구의 〈가는 세월 속의 시인 박인환〉이란 글이 있다.

이상이 죽은 날인 삼월 열이렛날엔 가까운 벗들끼리 모여 한 잔 마시자는 것이 벌써 전부터 인환의 플랜이었다. 이 날을 위해 인환은 거리에서 바쁘게 돌아다녔다(…). 아침부터 인환은 그 상고머리에 그 두터운 겨울 외투를 벗지 못하고 심각한 표정이었다. '이따가 꼭 만납시다.' 이상이 운명한 시각인 오후 세시 이십오 분을 기해 술을 들자는 인환의 제의였다. 세시가 넘자 우리는 살롱 앞 왕관이라는 술집에 모였다. 인환을 비롯해 이진섭 · 천경자 · 이순재 · 원계홍 · 변호진 · 황영빈이 모여 앉았다. 이상을 위해 술잔을 들었을 때 공교롭게도 시계는

세시 이십오 분 정각을 가리키고 있었다. (중략)

어쨌든 '이상의 밤'에 계단에서 구를 정도로 술을 마신 박인환이기에 바로 이 날 얼마나 많은 조니 워커를 마셨는지 모른다. 명동을 돌아다니며 술을 마셨다. 그리고 사흘 뒤, 박인환은 심장마비로 사망했다. 다시 영영 눈을 못 뜨는 그를 위해 친구들이 생전에 그렇게 좋아하던 조니 워커를 잔뜩 뿌려줬다.

강원도 인제 합강공원에 세워진 박인환 시비

박인환은 외상술을 마실 때에도 시인답게 '꽃피기 전에 갚을게' 식으로 말하는 그의 별명은 '명동백작' '명동의 연인' '명동의 슬픈 삐에로' 등이었다 한다.

살아생전 박인환이 쓴 마지막 시는 그 며칠 뒤 〈자유문협〉 주최의 '작고 작가 추념제'에서 낭독할 계획으로 써둔 〈옛날의 사람들에게〉 이다. 박인환은 자작시로 스스로의 영전에 헌시를 한 셈이다.

당신들은 살아 있었을 때
불행하였고
당신들은 살아 있었을 때
즐거운 말이 없었고
당신들은 살아 있었을 때
사랑해 주던 사람이 없었습니다.
허나 지금
당신들은 불행하지 않으며

우리의 말은 빛나며
오늘 이처럼 많은 사람들이 모여
당신들을 사랑하고 있습니다.

〈옛날의 사람들에게〉 金文

박목월

기러기 울어예는 하늘 구만리

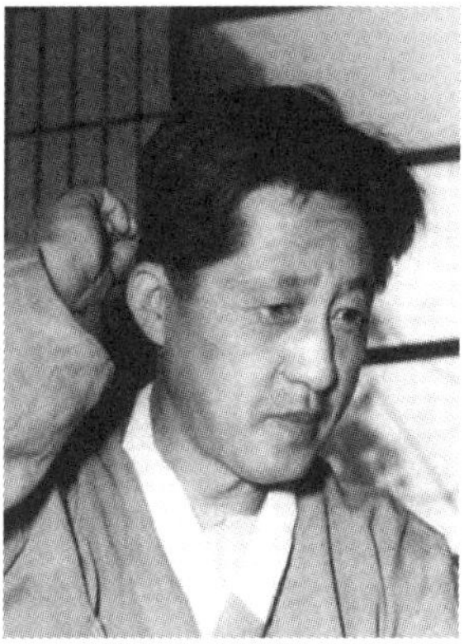

박영종(본명)은 1916년 경북 경주에서 태어났다. 중학교 3학년 때부터 동요와 동시를 쓰기 시작했는데 우리가 잘 알고 있는 〈송아지〉 작사가가 바로 시인 박목월이다. 동요 〈얼룩송아지〉는 작곡가 손대업孫大業(1923~1980)의 처녀작으로 〈송아지〉로 작곡하여 초등학교 음악책에 실림으로써 널리 알려진 시인 박목월의 동요이다. 대한민국 국민이라면 반드시 이 〈송아지〉를 부르면서 자랐겠지만 정작 작사가가 박목월 시인임을 아는 사람은 흔치 않다. 박목월의 본명이 박영종이고 훗날 박목월은 동요보다는 성인시를 주로 썼기 때문이란 생각이 든다.

송아지 송아지 얼룩 송아지
엄마소도 얼룩소 엄마 닮았네.

송아지 송아지 얼룩 송아지
두 귀가 얼룩귀 귀가 닮았네.

송아지 송아지 얼룩 송아지
울아기는 또록눈 엄마 닮았네.

송아지 송아지 얼룩 송아지
엄마소도 또록눈 눈이 닮았네.

〈얼룩송아지〉 全文

박목월은 〈얼룩송아지〉에 대해 "이것은 내가 중학교 다닐 때 쓴 시다. 이 시에 나오는 '송아지'는 사실은 송아지가 아니다. 그것은 '나'이며 나의 아우들이다." 라고 말했다.

시와 사랑이야기를 하다 웬 동요인가 하는 의문이 들 것이다. 사랑을 할 때 인간은 가장 순수해진다. 그 순수는 바로 동심과 본질이 같은 것이다. 사랑하면서까지 순수하지 못하다면 적어도 그것은 사랑을 빙자한 것이지 사랑은 아닐 것이다.

이태준이 발간한 1939년 〈문장〉지에서 추천작품 모집이 시작되었는데 이 때 박영종은 목월木月로 필명을 바꾸고 "산 그늘"이라는 시를 보내면서 문단에 나왔다. 목월은 〈문장〉지에 추천 받을 때 평소 좋아하는 시인 수주樹州 변영로의 아호의 樹자에서 나무목木자를 따고, 소월素月에서 달월月자를 따서 본명 영종泳鍾 대신 '木月'을 필명으로 썼다 한다.

완화삼玩花衫
조지훈

- 木月에게 -

차운 산 바위 우에 하늘은 멀어
산새가 구슬피 울음 운다.
구름 흘러 가는
물길은 七百里

나그네 긴 소매 꽃잎에 젖어
술 익은 강마을의 저녁 노을이여.

이 밤 자면 저 마을에
꽃은 지리라.

다정하고 한 많음도 병인 양하여
달빛아래 고요히 흔들리며 가노니…

나그네

朴木月

– 술 익은 강마을의 저녁노을이여– 芝薰

江나루 건너서
밀밭 길을

구름에 달 가듯이
가는 나그네

길은 외줄기
南道 三百里

술 익은 마을마다
타는 저녁 놀

구름에 달 가듯이
가는 나그네

위 두 시는 한 번도 만나본 일이 없는 조지훈으로부터 "목월에게"라는 헌사가 붙은 그의 시 〈완화삼〉을 받고, 그에 대해 목월이 화답하여 쓴 것으로 유명한 시이다.

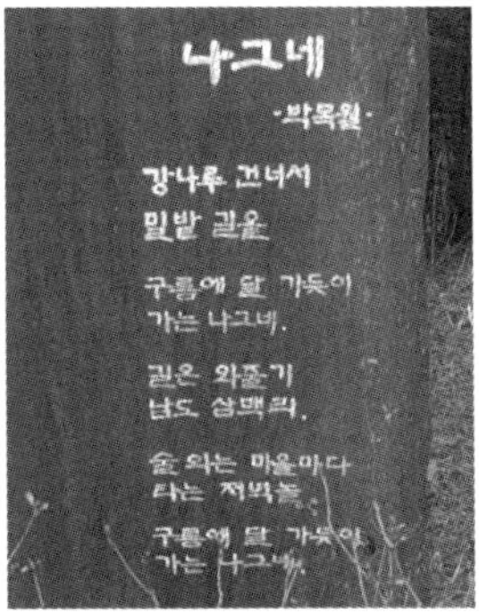

〈완화삼〉을 원전으로 한 〈나그네〉가 훨씬 성공한 시가 되어 우리 국민들이 널리 애송하게 되었다. 〈나그네〉 는 어찌 보면 〈완화삼〉의 이미지를 단순화하고 구체화한 시요 〈완화삼〉의 완성이라 볼 수 있다. 시인 신경림은 그의 책 〈시인을 찾아서〉에서 목월의 시 〈나그네〉를 조지훈의 시 〈완화삼〉의 모방이라고 말해서는 안 된다, 서로주고 받은 시에서 차용은 허락되는 것이

관례이기 때문이라고 말하고 있다.

1946년 6월 3일 박목월, 조지훈, 박두진의 청록파 3인의 시집 청록집이 출간되었다. 이 청록집은 급진주의자들이 내세운 소위 계급주의의 문학가동맹에 맞선 순수한 민족문학의 보루였다. 조지훈 박목월 박두진의 공동 시집 〈청록집〉에서 이들을 〈청록파〉로 부르게 된다.

해방이 되어 목월은 경주 금융조합에 다시 들어갔다. 주산솜씨가 뛰어났던 그는 대구 금융조합 이사로 발령을 받았다가 이화여중의 초청을 받고 교사가 된다.

1949년 목월은 「시문학」지를 발간하였다.

이 잡지의 이름은 본래 1930년대 김영랑, 박용철, 정지용 등이 순수시를 표방하고 발간했던 시동인지의 제호를 그대로 사용한 것으로 1년에 한두 번 발간하였다.

경주에서 금융조합 서기로 일하던 때 기차여행에서 만난 공주 처녀 유익순이 우연하게 직장 동료의 처제여서 불국사에서 다시 만나는 기연으로 혼담이 싹터 결혼하게 된다.

6·25 전쟁이 일어나자 대구로 피난을 떠났던 목월은 대구 어느 극장에서 8·15해방기념행사 때 그는 가족이라는 시를 눈물로 낭독하였다.

지상에는

아홉 켤레의 신발.
아니 현관에는 아니 들깐에는
아니 어느 시인의 가정에는
알전등이 켜질 무렵을
문수文數가 다른 아홉 켤레의 신발을.

내 신발은
십구문 반十九文半.
눈과 얼음의 길을 걸어,
그들 옆에 벗으면
육문 삼六文三의 코가 납짝한
귀염둥아 귀염둥아
우리 막내둥아.

미소하는
내 얼굴을 보아라.
얼음과 눈으로 벽壁을 짜올린
여기는
지상.

연민한 삶의 길이여.
내 신발은 십구문 반十九文半.

아랫목에 모인
아홉 마리의 강아지야
강아지 같은 것들아.
굴욕과 굶주림과 추운 길을 걸어
내가 왔다.
아버지가 왔다.
아니 십구문 반十九文半의 신발이 왔다.
아니 지상에는
아버지라는 어설픈 것이

존재한다.
미소하는
내 얼굴을 보아라.
〈가정〉 全文

등단 무렵의 간결한 시의 형태로 무르익은 서정을 보여 주었던 박목월은 중년 이후에는 편안하게 풀어진 시의 형태에 생활 주변의 것들을 노래하는 쪽으로 바뀌었다. 〈나그네〉하고는 확연히 다른 느낌의 시다. 이 작품에서 시인은 삶이 힘겹고 가파르다고 토로한다. 그러면서 그는 가장으로서 그의 자녀들을, 그의 가정을 굳게 지켜 나가겠다고 다짐한다. '십구문 반十九文半' 크기의 자기 신발을 거듭 의식하는 것이 그러한 다짐을 보여 준다. 이 작품을 낭독하자 모두가 울었다 한다.

〈가정〉이란 시에서 가정을 굳게 지켜 나가겠다고 다짐한 그에게 시험이 닥쳐왔다. 대구로 피난 내려가서 있던 53년 봄. 목월은 교회에서 서울의 명문여대생 H를 만난다. 시인과 시를 좋아하는 문학소녀와의 만남은 여기서 끝나지 않고 다음해 환도와 함께 H가 서울로 올라오면서 자연스럽게 가까워진다. 목월은 H의 태도가 존경을 넘어서 이성의 사랑으로 싹트는 기미가 있자 후배시인에게 H를 잘 설득할 것을 부탁한다.

명동 문예살롱에서 H는 목월이 보낸 시인에게 "나는 사랑 이상의 것은 아무 것도 바라지 않습니다. 이런 무상의 사랑은 누구도 막을 수 없다고 생각합니다."라고 막무가내였다 한다. 그 여름이 가고 가을이 올 때 목월은 어디론가 잠적하게 된다. H와 제주에서 함께 살고 있다는 것이 뒤에 알려지고 그 사랑의 도피생활이 넉 달째 들어섰을 때 부인 유익순여사가 제주를 찾아간다. 새로 지은 목월과 H의 겨울 한복과 생활비로 쓸 돈 봉투를 들고.

끝내 목월은 H와 헤어지고 서울로 돌아온다. 김성태 곡으로 널리 애창되는 목월의 시 '이별의 노래'는 바로 그 H를 두고 지은 것으로 알려져 있다.

기러기 울어예는 하늘 구만리
바람이 싸늘불어 가을은 깊었네
아아 아아
너도 가고 나도 가야지

한낮이 끝나면 밤이 오듯이
우리에 사랑도 저물었네
아아 아아
너도 가고 나도 가야지

산촌에 눈이 쌓인 어느 날 밤에
촛불을 밝혀두고 홀로 울리라
아아 아아
너도 가고 나도 가야지
〈이별의 노래〉 全文

가정과 연인 사이에서 방황하던 목월은 '기러기 울어예는 하늘 구만리 속으로' 먼 길을 떠나갔다.

불이 켜질 무렵
잠드는 바람 같은
목마름 진실로
겨울의 해질 무렵
잠드는 바람 같은

적막한 명목瞑目.

〈잠드는 바람〉 全文

한국시단에서 김소월과 김영랑을 잇는 시인으로, 향토적 서정을 민요 가락에 담담하고 소박하게 담아냈던 목월은 1978년 3월 24일 세수 63세를 일기로 영면했으나, 그의 연가 〈이별의 노래〉는 가곡으로 영원히 노래 불러지고 있다.

박목월의 또 하나의 애절한 사랑의 노래로 목월의 사랑시 이야기를 마무리한다.

목련꽃 그늘 아래서 베르테르의 편질 읽노라
구름꽃 피는 언덕에서 피리를 부노라
아 멀리 떠나와 이름 없는 항구에서
배를 타노라
돌아온 사월은 생명의 등불을 밝혀 든다
빛나는 꿈의 계절아
눈물 어린 무지개 계절아

목련꽃 그늘 아래서 긴 사연의 편질 쓰노라
클로버 피는 언덕에서 휘파람 부노라
아 멀리 떠나와 깊은 산골 나무 아래서
별을 보노라
돌아온 사월은 생명의 등불을 밝혀 든다
빛나는 꿈의 계절아
눈물 어린 무지개 계절아

〈사월의 노래〉 全文 (김순애 작곡/강화자 노래)

유치환 · 이영도

사랑하였으므로 진정 행복하였네라

유치환柳致環(1908. 7. 14 경남 충무 ~ 1967. 2. 13 부산)은 아버지 유준수柳焌秀의 8남매 가운데 둘째 아들로 태어났으며, 극작가 치진致眞은 그의 형이다. 1922년 통영보통학교 4학년을 마치고 일본으로 건너가 도요야마 중학豊山中學에 입학했다. 한의원을 경영하던 아버지의 사업 실패로 1926년 귀국, 동래고등보통학교에 편입해 졸업했다. 이어 연희전문학교에 입학했으나 1학년 때 중퇴했으며, 사진관을 경영하는 등 여러 직업을 전전하다가 1937년 통영협성상업학교 교사가 된 뒤 교육계에 종사했다.

1937년 문예동인지 〈생리生理〉를 주재했고, 1939년 첫 시집 〈청마시초〉를 펴냈다. 1940년 가족을 거느리고 만주 옌서우 현煙首縣에 가서 농장관리인으로 일하다가 8·15해방 직전에 귀국하여 통영여자중학교 교사로 근무했으며, 조선청년문학가협회 회장 등을 역임했다.

6·25전쟁 때는 문총구국대 일원으로 참여했다. 해방 직후 생명에의 열애를 노래한 점에서 서정주와 함께 '생명파 시인'으로 불렸다. 시의 기교나 표현에 집착하지 않고 생에 대한 의지를 진지하게 추구했다. 1954년 경상남도 안의중학교 교장에 취임했고, 같은 해 대한민국 예술원 회원이 되었다.

이어 한국시인협회 초대 회장을 비롯해 경주고등학교·경주여자중학교·대구여자고등학교·부산여자상업고등학교 교장을 지냈다. 교통사고로 1967년 세수 60세를 일기로 유명을 달리했으며 묘지는 부산광역시 서구 하단동에 있고, 경주 불국사, 부산 에덴 공원, 통영 남망공원 등에 시비가 세워졌다 .

이영도李永道(1916. 10. 22 경북 청도~1976. 3. 5 서울)는 시조시인으로 한국 전래의 기다림을 고유의 가락에 실어 감각적으로 읊었다. 호는 정운丁芸. 오빠 호우鎬雨도 유명한 시조시인이다. 일제강점기에 군수를 지낸 부유한 가정에서 태어나 가정교사를 두고 공부했다.

통영여자고등학교, 부산 남성여자고등학교, 마산 성지여자고등학교 등의 교사를 거쳐, 1970년 부산여자대학에서 강의했다. 1964년 부산어린이회관 관장이 되었고, 〈현대시학〉 편집위원을 지내면서 영남시조문학 동인으로 활동했다. 1945년 대구에서 펴내던 문예동인지 〈죽순竹筍〉에 시 〈제야除夜〉를 발표하여 문단에 나왔다.

앞줄 오른쪽부터 평론가 조연현, 한 사람 건너 유치환, 뒷줄 가운데는 작가 김동리

1954년 첫 시조집 〈청저집靑苧集〉을 펴냈고, 1968년 오빠와 함께 2번째 시조집 〈석류〉를 펴냈다. 대표작 〈황혼에 서서〉는 종교적인 애정을 노래한 것이고, 그밖에 〈낙화〉(죽순, 1946. 8) · 〈폭포〉(영남문학, 1948. 10) · 〈나목裸木〉(현대문학, 1967. 3) 등을 발표했다.

수필집으로 〈춘근집春芹集〉(1958) · 〈비둘기 내리는 뜨락〉(1966) · 〈머나먼 사념의 길목에서〉(1971) 등을 펴냈는데, 구도자적인 면과 사회부조리를 고발하는 면을 함께 보여주었다. 1979년 이영도 여사 기념사업회에서 정운시조상을 제정해 시상하고 있다.

정운(이영도)는 조선 중기 황진이 이래 이 땅이 낳은 최고의 여류 시조 시인이다. 그녀는 재색을 고루 갖춘 규수로 일찍이 결혼했으나 21세의 젊은 나이에 남편과 사별하고 딸 하나를 낳아 기르며 통영여자중학교 가사 교사로 부임한다.

여기서 해방 후 고향에 돌아와 통영여자중학교 국어교사로 있던 청마 유치환과 스물아홉의 청상 정운 이영도의 운명적인 만남이 이루어진다.

파도야 어쩌란 말이냐
파도야 어쩌란 말이냐
임은 뭍같이 까딱 않는데
파도야 어쩌란 말이냐
날 어쩌란 말이냐
유치환의 〈그리움〉 全文

유교적 가풍의 전통적 규범을 깨뜨릴 수 없는 정운이기에 마음의 빗장을 굳게 걸고 청마의 사랑이 들어설 틈을 주지 않는다. 청마에게 정운은 '뭍' 같이 까딱 않는 존재였으며 청마는 그 뭍에 하염없이 철썩이는 파도였던 것이다. 이 시는 청마가 정운에게 바친 사랑의 절규인 셈이다.

청마는 1947년부터 거의 하루도 빠짐없이 정운에게 편지를 보낸다. 그러기를 3년, 날마다 배달되는 편지와 청마의 사랑의 시편들에 의해 빙산처럼 까딱 않던 정운의 마음이 녹기 시작하여 마침내 이들의 플라토닉 러브는 시작됐다. 하지만 청마가 기혼자여서 이들의 만남은 거북하고 안타깝기만 했다.

청마가 정운에게 보낸 편지들은 모두 그대로 시였다.

정향! 당신 그린 세월이 이렇게 소리 없이 밀려오고 끝이 없습니다.
깊은 사랑이란 이렇게 슬프고도 어진 선물입니까.
정향! 당신만은 끝내 높고 맑게 외롭게 있어 주십시오.
어제 황혼 무렵, 산에서 내려오며 꺾어온 한송이 항가새꽃, 당신의
붉은 정성인 양 나의 책상머리를 지키고 있습니다.
세월이 갑니다. 그리운 세월이 갑니다.
바람이 호면을 가늘은 살을 끼치고 지나가듯 그렇게 세월은 우리의
목숨 위를 스치고 갑니다.
정향! 그렇지 않습니까. 나의 귀한 정향! 안녕

청마는 살아 있는 동안에 많은 여인들을 연모했고, 그 쉬지 않는 연모에서 시를 길어 냈다. 청마는 '나의 생애에 있어서 이 애정의 대상이 그 후 몇 번 바뀌었습니다. 이 같은 절도 없는 애정의 방황은 나의 커다란 허물이 아닐 수 없습니다.' 라고 자성의 빛을 비치기도 했다.

여인들이란 시인에게 항상 얻지 못할 영혼의 어떤 갈구에 응답하는 구원의 존재가 아니던가. 그러나 청마가 가장 사랑했던 여인은 정운 이영도였고, 그와의 프라토닉한 사랑이야기는 많은 사람들에게 회자되고 있다.

하지만 청마의 정운을 향한 사랑은 매우 고통스럽고 많은 인내를 요구하는 사랑이었다. 아내가 있고 가족이 있었던 청마는 정운과 함께 있을 수 없었고, 그래서 청마는 늘 기다림의 시간을 보내야 했고, 그 기다림은 늘 가슴을 저미는 쓰라림이 되었다. 그리고 그런 쓰라림은 시인의 절절한 그리움이 되었다.

진정 마음 외로운 날은
여기나 와서 기다리자

너 아닌 숱한 얼굴들이 드나드는 유리문 밖으로

연보랏빛 갯바람이 할 일 없이 지나가고

노상 파아란 하늘만이 열려 있는데

유치환의 〈우편국에서〉 全文

우체국 앞 유리창 밖 멀리 보이는 정운의 수예점 창문과 그 속에서 어른거리는 정운의 모습이라도 한 번 더 보려고 까치발 돋움과, 남의 이목이 두려워 괜한 걸음 부자연스럽게 우편국 이곳저곳 딴청 하는 모습에서 가슴 저민 연민의 흐느낌을 읽을 수 있다.

청마의 마음 모를 리 없는 정운은 또 나름대로 속을 태워 그 마음이 역시 시어로 표현되어 보는 이의 마음을 저리게 한다.

다스려 다스려도
못 여밀 가슴 속을

알 알 익은 고독
기어이 터지는 추정

한 자락
가던 구름도
처마 끝에 머문다.

이영도의 〈석류〉 全文

아이는 글을 읽고
나는 수를 놓고

심지 돋우고

이마를 맞대이면

어둠도
고운 애정에
삼가한 듯 둘렀다.
이영도의 〈단란〉 全文

여미어 도사릴수록
그리움은 아득하고

가슴 열면 고여 닿는
겹겹이 먼 하늘

바람만
봄이 겨웁네
옷자락을 흔든다.
이영도의 〈모란〉 全文

청마가 이영도에게 보내는 편지는 주로 우체국에서 썼다. 그녀에게서 받는 편지도 우체국 사서함을 이용했다. 이 곳 우체통 옆에는 〈행복〉의 시비가 세워져 있고, 이 일대는 〈청마거리〉로 지정돼 있기도 하다.

내가 언제 그대를 사랑한다던?
그러나 얼굴을 부벼들고만 싶은 알뜰함이
아아 병인양 오슬오슬드는지고

덧없는 목숨이여
소망일랑 아예 갖지 않으매
요지경같이 요지경같이 높게 낮게 불타는

나의 노래여, 뉘우침이여

나의 구원인 정향!
절망인 정향!

나의 영혼의 전부가 당신에게만 있는 나의 정향!
오늘 이 날이 나의 낙명落命의 날이 된달지라도
아깝지 않을 정향
52년 6월2일 당신의 마馬

청마는 교무실에서 하루에도 몇 번씩 정운의 얼굴을 대하건만 감정을 주체하지 못해 매일 편지를 쓰고 시를 지었다. 청마가 경주고등학교 교장으로 재직할 때 정운 이영도가 서울출장을 갈 때면 책상을 경주에서 북향인 서울 쪽으로 돌려놓고 직무를 보았다고 하니 정운에게 향한 그의 마음이 어떠했는지 짐작이 가고도 남는다.

사랑하는 정향!
바람은 그칠 생각 없이 나의 밖에서 울고만 있습니다.
나의 방 창문들을 와서 흔들곤 합니다.
어쩌면 어두운 저 나무가, 바람이, 나의 마음 같기도 하고
유리창을 와서 흔드는 이가 정향, 당신인가도 싶습니다.
당신의 마음이리다.
주께 애통히 간구하는 당신의 마음이 저렇게 정작 내게까지 와서는
들리는 것일 것입니다.

나의 귀한 정향, 안타까운 정향!
당신이 어찌하여 이 세상에 있습니까?
나와 같은 세상에 있게 됩니까?
울지 않는 하느님의 마련이십니까?
정향! 고독하게도 입을 여민 정향!

종시 들리지 않습니까?
마음으로 마음으로 우시면서 귀로 들으시지 않으려고 눈 감고 계십니까?
내가 미련합니까?
미련하다 우십니까?
지척 같으면서도 만리길입니까?
끝내 만리길의 세상입니까?

정향!
차라리 아버지께서 당신을 사랑하는 이 죄값으로 사망에의 길로 불러 주셨으면 합니다.
아예 당신과는 생각마저도 잡을 길 없는 세상으로

유치환으로부터 이영도 여사에게

어느 날 거리엘 나갔다
비를 만나 지나치던 한 처마 아래 들어섰으려니
내 곁에도 역시 나와 한 가지로
멀구러미 하늘을 쳐다보고 비를 긋고 섰는 사나이가 있어,
그의 모습을 보아하니
문득 그 별이 생각났다.
밤마다 뜨락에 내려 우러러 보노라면
만천의 별들 가운데서도 가장 나의 별 가차이 나도 모를,
항상 그늘 많은 별 하나–.
영원히 건널 수 없는 심연에 나누어져
말없이 서로 바라보고 지낼 수밖에 없는 먼 먼 그 별,
그리고
나의 별!

유치환의 〈별〉 全文

사랑하는 것은
사랑을 받느니보다 행복하나니라.
오늘도 나는
에메랄드 빛 하늘이 환히 내다뵈는
우체국 창문 앞에 와서 너에게 편지를 쓴다.
행길을 향한 문으로 숱한 사람들이
제각기 한 가지씩 족한 얼굴로 와선
총총히 우표를 사고 전보지를 받고
먼 고향으로 또는 그리운 사람께로
슬프고 즐겁고 다정한 사연들을 보내나니.

세상의 고달픈 바람결에 시달리고 나부끼어

더욱 더 의지삼고 피어 홍클어진
인정의 꽃밭에서
너와 나의 애틋한 연분도
한방울 연련한 양귀비꽃인지도 모른다.

사랑하는 것은
사랑을 받느니보다 행복하나니라.
오늘도 나는 너에게 편지를 쓰나니
그리운 이여, 그러면 안녕!

설령 이것이 이 세상 마지막 인사가 될지라도
사랑하였으므로 나는 진정 행복하였네라.

유치환의 〈행복〉 全文

청마는 1967년 2월 부산에서 교통사고로 사망할 때까지 20년 동안 편지를 계속 보냈고, 이영도는 그 편지를 꼬박꼬박 보관해 두었다. 그러나 6·25전쟁 이전 것은 전쟁 때 불타 버리고 청마가 사망했을 때 남은 편지는 5,000여 통이었다. 〈주간한국〉이 이들의 "아프고도 애틋한 관계"를 〈사랑했으므로 나는 행복하였네라〉라는 제목으로 실은 것이 계기가 되어 청마의 편지 5,000여 통 중 200통을 추려 단행본으로 엮었다.

67년 청마의 타계 이후 이영도는 서울로 옮겨 9년을 더 살았다. 60세에 사망했는데 청마가 이생에서 누린 나이와 같았다. 그녀는 '절대로 화장火葬을 하여 산천에 뿌리고 나를 묻을 자리에 한 그루 나무를 심어 조국 강산을 푸르게 하라'는 유언을 남겼다.

정운 이영도 시인이 타계한 뒤 무남독녀 박진아씨가 유품을 정리하니 미리 써둔 유서가 나왔고 유서에는 딸에게 사위에게 외손에게 부탁하는 말이 들어 있었다. 거기에는 죽음을 알릴 사람의 이름과 화장해 달라는 말, 그리고 장례비에 써달라는 상당한 액수의 돈이 함께 들어 있었다 한다.

노산 이은상이 〈언약(이영도 시집 1976년)〉의 서문에서 이렇게 말하고 있다. '사향노루가 지나간 뒤에는 발자욱 닿은 풀끝마다 향기가 끼치듯이, 그는 어디론지 가버렸건만, 향내 머금은 작품들이 남아 우리 가슴에 은은히 풍기고 있다. 길이 남을 향기인 것이다.'

백석

나와 나타샤와 흰 당나귀

백석은 1912년 7월 1일 평안북도 정주군 갈산면 익성동에서 부친 백시박白時璞과 모친 이봉우李鳳宇 씨의 장남으로 태어났다. 본명은 기행夔行, 필명은 백석白石, 白奭인데, 유학 당시 일본의 민중시인 이시카와 타쿠보쿠石川啄木의 문학에 심취하여 자신의 필명을 '이시카와石川'에서 따와 백석白石으로 주로 활동했다.

아버지 백용삼은 한국 사진계의 초기적인 인물로〈조선일보〉의 사진반장을 지냈으나, 퇴임 후에는 귀향하여 정주에서 하숙을 쳤다. 아버지의 영향으로 일찍부터 신식교육을 받았으며, 1918년 오산소학교를 거쳐 오산중학교를 마치고 조선일보사 후원 장학생으로 일본 아오야마 학원青山學院에서 영문학을 공부했다.

귀국하여 조선일보사에 입사,〈여성〉에서 편집을 맡아보다가 1935년 8월〈조선일보〉에〈정주성定州城〉을 발표하면서 작품 활동을 시작했다. 1936년 조선일보사를 그만두고 함경남도 함흥 영생여자고등보통학교 교사로 있었으며 만주 신징[新京]에 잠시 머물다가 만주 안동安東으로 옮겨 세관업무를 보기도 했다.

해방 후 고향 정주에 머물면서 글을 썼으며, 6·25전쟁 뒤에는 북한에 그대로 남았다(월북 작가 아닌 재북작가). 민족주의 지도자 고당 조만식의 비서를 지내며 숄로호프의〈고요한 돈 강〉등을 번역했다고 전해진다. 김일성종합대학에서 국문학을 강의했으며 6·25전쟁 중 중국에 머물다가 휴전 후 귀국(북한으로)하여 협동농장의 현지파견 작가로 활동했다고 알려져 있다.

1936년에 펴낸 시집 〈사슴〉에 그의 시 대부분이 실려 있으며, 시 〈여승女僧〉에서 보이듯 외로움과 서러움의 정조를 바탕으로 어린 시절의 이야기를 북방정서를 통해 시화詩化했다. 〈여우 난 곬족〉(조광, 1935. 12) · 〈고야古夜〉(조광, 1936. 1)에서처럼 고향인 평안도의 지명이나 이웃의 이름, 그리고 무술巫術의 소재가 자주 등장하며 정주 사투리를 그대로 썼는데, 이것은 이용악 시의 북방 정서에 나타나는 것처럼 일제강점기에 모국어를 지키려는 그의 의지를 보여준 것으로 볼 수 있다.

〈사슴〉 이후에는 시집을 펴내지 못했으며 그 뒤 발표한 시로는 〈통영統營〉(조광, 1935. 12) · 〈고향〉(삼천리문학, 1938. 4)〈남신의주 유동 박시봉방南新義州柳洞朴時逢方〉(학풍, 1948. 10) 등 50여 편이 있다. 이후 남한에서 시집 〈백석 시전집〉(1987)과 〈흰 바람벽이 있어〉 (1989) 등이 출간되었다.

백석의 사랑

솔포기에 숨었다
토끼나 꿩을 놀래주고 싶은 산허리의 길은
엎데서 따스하니 손 녹히고 싶은 길이다

개 데리고 호이호이 휘파람 불며
시름 놓고 가고 싶은 길이다

궤나리봇짐 벗고 땃불 놓고 앉어
담배 한 대 피우고 싶은 길이다

승냥이 줄레줄레 달고 가며
덕신덕신 이야기하고 싶은 길이다

더꺼머리 총각은 정든 님 업고 오고 싶은 길이다
남행시초 중 〈창원도〉 全文

조선일보 기자로 재직 중이던 1935년 6월경 백석은 친구 허준의 결혼식 피로연에서 우연히 '란蘭(박경련)'이라는 여인을 만나게 된다. 당시 이화 고녀 학생이었던 통영 출신의 란은 백석의 마음을 온통 휘어잡는다. 다음 해인 1936년 초에 이 여인을 찾아 창원 · 통영 · 고성 · 삼천포 · 마산 등 남해안 일대를 여행한다. 이 여행의 결과 1936년 3월 초 조선일보에 연재된 남행시초南行詩抄 4편이 탄생한다.

창원도의 산길을 따라 한없이 걷고 싶은 시인의 마음을 나타내고 있다. 마지막 연은 아직 총각인 백석 시인이 사랑하는 사람과 함께 오고 싶은 마음의 깊은 속내를 드러내고 있다.

〈남행시초南行詩抄〉 연작시는 1936년 3월 5일자 조선일보에 발표된다. 그만큼 백석은 사랑하는 란을 생각하며 통영을 위시한 남해안의 작은 도시들을 여행하며 그의 시정을 진하게 읊었던 것이다. 시를 통해서 한 여인에 대한 관심을 노래한 시인 백석의 모습은 그만큼 순수한 면을 보이고 있다.

백석의 〈남행시초〉는 바로 통영에도 알려졌다. 그래서 백석은 통영과 특히 가까운 시인으로 인식되어졌다. 백석은 란과의 결혼은 실패했지만 첫사랑 란을 쉬 잊지는 못했던 것 같다.

백석 시인이 처음 문단에 나온 때는 시 '정주성'을 조선일보에 발표하던 1935년이다. '모던 보이(modern boy)'라는 애칭처럼 문단 최고의 미남으로 평가받던 백석은 같은 해 함흥 영생고보 영어교사로 부임하게 된다. 백석과 김영한(자야의 본명)의 극적인 만남은 바로 함흥 영생고보 시절에 이루어진다.

김영한은 1916년 병진생으로 서울 관철동에서 태어나 일찍 아버지를 여의고 할머니와 홀어머니 슬하에서 성장한다. 1932년 그녀의 집안은 금광을 한다는 친척에게 속아 하루아침에 알거지가 되어 거리로 나앉게 되었는데 이때 김영한은 열여섯 살의 나이로 조선 권번券番에 들어가 기생이 된다. 그녀의 나이 열일곱에 여창명인 김수정의 안내를 받아, 조선권번 정악전습소 학감을 지낸 금하 하규일 선생의 넷째 양녀로 들어가, 향후 3년간 그 문하에서 가무를 배운다. 기명技名은 진향眞香이었다.

국악사로서 진안군수까지 지냈던 하 선생은 일찍이 가곡의 천재 박효관에게 사사師事받아 일가를 이룬 구한말 남창명인으로 그때 이미 일흔이 훨씬 넘은 노인이었다. 그녀는 하 선생으로부터 여창가곡에 남보다 뛰어나다는 인정을 받아 수창首唱(여창가곡을 부를 때 첫 곡을 혼자 부르는 것을 말함. 두 번째 곡을 혼자 부르는 것을 亞唱이라 했다.)을 불렀고, 춤에도 소질이 두드러져 '무산향舞山香' '검무劍舞' 따위의 정재呈才는 물론, 특히 '춘앵전'春鶯전(궁중의 마당에 화문석을 깔고, 한 사람의 무기舞妓가 그 위에서 유초신지곡柳初新之曲에 맞추어 돗자리 밖으로 나가지 않고 추는 매우 아름다운 독무의 이름)은 그녀를 능가할 사람이 없었다 한다.

김영한은 문재文才도 뛰어나 기생 생활 중에도 '삼천리문학'에 수필을 발표하며 인텔리 기생으로 이름을 알리기 시작한다.

1935년 조선어학회 회원이었던 해관 신윤국은 기생 김영한의 능력을 높이 사 일본 유학을 주선한다. 신윤국의 후원으로 도쿄에서 공부하던 중 신윤국이 일제에 의해 투옥되었다는 소식을 듣고 귀국한다. 김영한은 함흥에서 스승의 면회를 시도했으나 면회가 원천적으로 불가능하다는 말을 듣고 함흥에 눌러앉는다.

그녀는 고민 끝에 다시 함흥 권번으로 들어가는데, 그 배경이 순진하기 이를 데 없다. 그녀는 기생이 되면 큰 연회에 나갈 기회가 많고 자연스럽게 함흥 법조계 유력인사를 만나게 되면 스승을 특별면회를 할 수 있을지 모른다는 기대 때문이었다고 한다.

진향은 끝내 스승 신윤국을 면회하지 못했지만 함흥 영생여고보 영어 교사로 근무하고 있던 백석과 운명적으로 만나게 된다. 진향은 함흥 영생여고보 교사들의 회식 장소에 나갔다가 백석을 만난다.

> 나는 시인 백석과 1936년 가을 함흥에서 만났다. 그의 나이 26세, 내가 스물 둘이었다. 어느 우연한 자리였었는데, 그는 첫 대면인 나를 대뜸 자기 옆에 와서 앉으라고 했다. 그리곤 자기의 술잔을 꼭 나에게 건네었다. 속으로 나는 잔뜩 겁에 질려 있었지만, 그의 행동거지에는 조금의 흐트러짐도 없었다. 자리가 파하고 헤어질 무렵, 그는 "오늘부터 당신은 이제 내 마누라요"하고 단정적으로 말했다. 그 말을 듣는 순간 나의 의식은 거의 아득해지면서 바닥 모를 심연 속으로 빠져 들어가는 듯했다. 그것이 내 가슴 속에서 아직도 지워지지 않고 있는 애틋한 슬픔의 시작이었다.

이동순 편저 〈백석, 내 가슴 속에 지워지지 않는 이름〉: **子夜 여사의 회고**

어느 날 내가 서점에 들렀다가 『당시唐詩선집』 하나를 사왔는데, 백석은 그 책을 한참 읽고 나더니 문득 나에게 '자야子夜'란 호를 지어주었다. 나는 그날 이후로 백석의 '자야'가 되었고, 이 호는 아마 지금도 세상에서 우리 둘만이 알고 있는 이름일 것이다. '자야'란 무론 당나라 시인 이백의 「자야오가子夜吳歌」란 시 제목에서 따온 것이다.
이 시는 중국 동진의 한 여인 '자야'라는 이가 변경으로 수자리하러 간 남편과의 생이별을 서러워하는 민요풍의 노래이다.

장안일편월長安一片月: 장안에 한 조각 달
만호도의성萬戶擣衣聲: 집집마다 다듬이질 소리
추풍취부진秋風吹不盡: 가을바람이 불어 그치지 않으니
총시옥관정總是玉關情: 모두 옥관으로 향하는 정이로세
하일평호로何日平胡虜: 어느 날에나 오랑캐를 평정하여
양인파원정良人罷遠征: 낭군은 원정을 마치고 돌아오려나
자야오가 중 〈추추〉

나의 이 깊은 외로움도 그때 백석이 이 '자야'란 호를 나에게 붙여 주었을 때부터 이미 결정되고 마련된 운명이었던 것일까. 아니면 그는 아직도 그의 원정遠征이 끝나지 않아서 돌아오지 못하고 있는 것일까.

〈백석, 내 가슴 속에 지워지지 않는 이름〉

함흥에서 서울로 먼저 올라온 사람은 자야였다. 백석이 당시로는 최고의 직장인 고보 영어교사 자리를 그만두게 된 것도 자야 때문이었다. 이런 일도 있었다. 백석은 조선축구학생연맹전 대표선수 인솔 교사로 서울에 올라와서는 학생들만 여관에 투숙시켜 놓고 자신은 정작 청진동 자야의 집에서 사랑을 불태웠다. 이 사실이 밝혀져 함흥의 영생여고보는 발칵 뒤집혔고 백석은 미련 없이 자야의 곁에 있기 위해 사표를 던졌다.

백석은 자야를 따라 함흥에서 서울로 올라와 청진동에서 살림을 차린다. 혼례만 치르지 않았을 뿐 두 사람은 부부나 다름없었다. 백석과 자야가 동거를 한 기간은 3년여. 백석은 자야와 사랑을 하는 동안 사랑을 주제로 한 여러 편의 시를 쓰는데, 그 중 '여성'에 발표한 '바다'와 '나와 나타샤와 흰당나귀'는 자야와 관련된 작품으로 알려져 있다.

백석은 어느 날 또 '바다'가 실린 여성지를 가지고와서는 자야에게 보여주며 '이 시는 당신을 생각하면서 썼다'고 말했다 한다.

> 바다 ㅅ가에 왔드니
> 바다와 같이 당신이 생각만 나는구려
> 바다와 같이 당신을 사랑하고만 싶구려
>
> 구붓하고* 모래톱*을 올으면
> 당신이 앞선것만 같구려
> 당신이 뒤진것만 같구려
>
> 그리고 지중지중* 물가를 거닐면
> 당신이 이야기를 하는것만 같구려
> 당신이 이야기를 끊은것만 같구려
>
> 바다 ㅅ가는
> 개지꽃*에 개지 아니 나오고

고기비눌에 하이얀 해 ㅅ볓만 쇠리쇠리하야*
어쩐지 쓸쓸만 하구려 섧기만 하구려

〈바다〉 全文

구붓하고 : 몸이 구부정한.
모래톱 : 넓은 모래벌판. 모래사장.
지중지중 : 곧장 나아가지 않고 천천히 걸으면서 생각에 잠기는 모습을 나타내는 의태어.
개지꽃 : 나팔꽃.
쇠리쇠리하야 : 눈이 부셔. 눈이 시려.

두 사람의 사랑은 뜨거웠지만 시대는 그들을 용납해 주지 않았다. 고향의 부모는 기생과 동거하는 아들을 못마땅하게 생각해 강제로 백석을 자야에게서 떼어놓을 심사로 결혼을 시키기로 한다. 백석은 부모의 강요에 의해 고향으로 내려가 부모가 정한 여자와 초례를 치르지만 손목 한번 잡아보지 않고 도망쳐 나와 자야 품으로 돌아온다. 자식으로서 부모에 대한 효심과 사랑하는 이와 함께 하고 싶은 열망 사이에서 백석은 괴로워하고 갈등한다. 백석은 봉건적 관습에서 벗어나기 위해 자야에게 만주로 사랑의 도피를 하자고 설득하지만 자야는 이를 거절한다.

1936년 신학기가 되기 전 「조광朝光」에 시 4편을 발표한 것 외에 역시 조선일보사 출판부에서 간행하던 「여성」지에 〈나와 나타샤와 흰 당나귀〉를 발표한다.

이루어질 수 없는 사랑으로 갈등하던 백석이 란蘭과의 결혼에 실패한 쓰라린 마음을 억누르고 있던 중 또 다른 새로운 여인을 만나게 된다. 그녀는 바로 백석에게 가르침을 받던 제자 김진세의 친누이였다. 상당한 미모의 여성으로 백석을 흠모하고 사랑한 그녀는 영흥 사람으로 집안도 상당한 부자였다.

"백석 선생님은 우리 동기생 중 김진세의 누이한테 반했다. 아주 상당한 미인인 그녀의 집에 정식으로 청혼을 했으나 백석 선생에 대해서 조사해 본 뒤 진세네 집에서 퇴짜를 놓았다. 이유는 백석 선생이 몸이 약하고 또 돈이 없어서인 것 같았다."

김진세의 친구 이유필李裕弼은 당시 진세로부터 이런 이야기의 자초지종을 듣고 의외라고 생각했다 한다. 당시 최고의 멋장이고 영생고보의 훌륭한 선생님인데…….

그 당시 상류층의 결혼 풍조는 중매인 경우 집안을 먼저 살피고 그 중에서도 상대편 집안의 재산을 첫 번째로 치는 풍조였으니 그런 상태에서는 백석 집안의 곤궁함은, 곱게 기른 부잣집 딸을 선뜻 주기에는 어려움이 있었던 것 같다.

또한 백석이 기생집 출입을 자주하여 어느 기생과 가깝다는 소문이 나서 상대편 집안에서는 그의 이미지를 치명적으로 좋지 않게 파악한 모양이었다. 그러나 백석이 적극적으로 청혼한 것으로 보아 제자 김진세의 누이를 상당히 좋아했던 것만은 사실인 듯하다. 당사자들 간의 깊은 사랑도 현실의 벽 앞에서는 무력했다. 이번에도 백석 자신이 직접 찾아가 청혼을 할 정도로 적극성을 보였으나 그는 또 한 번의 좌절을 맛보아야만 했다.

여기서 〈나와 나타샤와 흰 당나귀〉라는 백석의 시에 얽힌 사연을 짚고 가자.

가난한 내가

아름다운 나타샤*를 사랑해서
오늘밤은 푹푹 눈이 나린다

나타샤를 사랑은 하고
눈은 푹푹 날리고
나는 혼자 쓸쓸히 앉어 소주燒酒를 마신다
소주를 마시며 생각한다
나타샤와 나는
눈이 푹푹 쌓이는 밤 흰 당나귀* 타고
산골로 가자 출출이* 우는 깊은 산골로 가 마가리*에 살자

눈은 푹푹 나리고
나는 나타샤를 생각하고
나타샤가 아니 올 리 없다
언제 벌써 내속에 고조곤히* 와 이야기한다
산골로 가는 것은 세상한테 지는 것이 아니다
세상 같은 건 더러워 버리는 것이다

눈은 푹푹 나리고
아름다운 나타샤는 나를 사랑하고
어데서 흰 당나귀도 오늘밤이 좋아서 응앙응앙 울을 것이다

〈나와 나타샤와 흰 당나귀〉 全文

나타샤 : 톨스토이의 장편 〈전쟁과 평화〉의 여주인공 이름
흰 당나귀 : 프랑스 시인 '프랑시스 잠'이 즐겨 썼던 이미지
출출이 : 뱁새
마가리 : 오막살이
고조곤히 : (속삭이듯이)조용하게

이 시는 백석의 고독감과 쓸쓸함이 나타샤를 통해 은연중에 내비치고 있다. 불가능한 사랑에 대한 연민과 미련이 짙게 드러나 있다. 나타샤를 사랑하나 이룰 수 없는 사랑이라는 생각에 소주잔을 들이키며 눈과 나타샤와 당나귀를 생각한다. 그리고 당나귀를 타고 나타샤를 앞에 태우고 같

이 산골로 가는 정경을 시로 나타낸 것이다. 이 시는 결구의 당나귀 소리가 더욱 처량하고 애틋한 풍경을 자아내는 명시名詩로 평가받고 있다.

> 백석과의 조우는 우연이었지만 불꽃같은 열정의 사랑이었다. "단 한번 부딪힌 한 순간의 섬광이 바로 두 사람의 영원한 사랑의 시작이었다. 아무리 세월이 흘러가도 매듭이 없는 슬픈 사랑의 실타래는 이미 그 때부터 풀려가고 있었다."
>
> 〈내 사랑 백석〉 중에서

백석白石은 누구에게도 침해받지 않는 사랑의 공동체 '마가리(만주)'로 떠나고, 자야는 경성에 남았다. 자야는 그가 또 태연하게 나타날 것으로 믿었다.

〈나와 나타샤와 흰 당나귀〉가 두 번째 청혼에 실패하고 쓴 시라는 주장도 있다. 이에 대해 자야는 자신을 그리는 시라고 주장한다. 37년 12월 말에 집안의 강요로 백석이 결혼한 것에 마음이 상한 자야가 훌쩍 함흥을 떠나 청진동 집에서 살았다. 그때 그녀를 백석이 다시 찾아왔다고 한다. 백석이 이미 기녀 세계에서 널리 알려진 자야라는 여자를 찾기란 어렵지 않았을 것이다. 자야는 다음과 같이 당시의 상황을 이야기한다.

> 그 몇 달 뒤인 이듬해 봄, 어느 주말 오후였을 것이다. 그 때 나는 청진동에서 아주 작은 집을 구해 살고 있었는데, 사동使童(심부름하는 아이)이 웬 쪽지를 들고 찾아왔다. 펴 보니 백석이 보낸 메모였다. '몇 달 만에 이렇게 찾아온 사람을 허물하지 마시고 나 있는 데로 속히 와 주시오.'

사동에게 물어보니 그는 지금 우편국 앞 제일은행 부근의 한 오뎅집에 있다고 했다. 내 가슴은 사뭇 그리움으로 두근거려왔다. 부리나케 그의 앞에 가서 말없이 고개를 숙이고 있노라니 그는 다시금 지난해의 사건을 진심으로 사과하는 것이었다. 나는 그가 나를 찾아준 것만으로도 눈물이 날 만큼 반갑고 기뻤지만, 그의 이 말을 듣고 나서는 그가 무작정 좋아지고, 또한 우쭐거려 오는 기분을 감출 수가 없었다. 그 다음날 백석은 학교 출근을 위해 함흥으로 떠났다. 우리는 서로 떨어져 있었지만 절대로 갈라설 수 없는 하나임을 새삼 느꼈다.

〈백석, 내 가슴 속에 지워지지 않는 이름〉

자야는 자신의 존재가 백석의 인생에 걸림돌이 된다는 사실에 괴로워했다. 1939년 백석은 혼자서 만주 신경으로 떠나는데, 이것이 영원한 이별이 될 줄은 꿈에도 몰랐다. 1942년 백석은 만주 안동에서 잠시 세관업무를 보기도 했는데, 조국이 광복을 맞은 후 고향 평북 정주로 돌아와(재북작가) 1948년 잡지 '학풍'에 '南新義州 柳洞 朴時逢方'이라는 시를 발표한다.

어느 사이에 나는 아내도 없고, 또,
아내와 같이 살던 집도 없어지고,
그리고 살뜰한 부모며 동생들과도 멀리 떨어져서,
그 어느 바람 세인 쓸쓸한 거리 끝에 헤매이었다.
바로 날도 저물어서,
바람은 더욱 세게 불고, 추위는 점점 더해 오는데,
나는 어느 목수木手네 집 헌 삿*을 깐,
한 방에 들어서 쥔을 붙이었다.
이리하여 나는 이 습내 나는 춥고, 누긋한 방에서,
낮이나 밤이나 나는 나 혼자도 너무 많은 것같이 생각하며,

딜옹배기*에 북덕불*이라도 담겨 오면,
이것을 안고 손을 쬐며 재 위에 뜻없이 글자를 쓰기도 하며,
또 문 밖에 나가지두 않구 자리에 누워서,
머리에 손깍지베개를 하고 굴기도 하면서,
나는 내 슬픔이며 어리석음이며를 소처럼 연하여 쌔김질*하는 것이었다.
내 가슴이 꽉 메어 올 적이며,
내 눈에 뜨거운 것이 핑 괴일 적이며,
또 내 스스로 화끈 낯이 붉도록 부끄러울 적이며,
나는 내 슬픔과 어리석음에 눌리어 죽을 수밖에 없는 것을 느끼는 것이었다.
그러나 잠시 뒤에 나는 고개를 들어,
허연 문창을 바라보든가 또 눈을 떠서 높은 천정을 쳐다보는 것인데,
이때 나는 내 뜻이며 힘으로, 나를 이끌어가는 것이 힘든 일인 것을 생각하고,
이것들보다 더 크고, 높은 것이 있어서, 나를 마음대로 굴려가는 것을 생각하는 것인데,
이렇게 하여 여러 날이 지나는 동안에,
내 어지러운 마음에는 슬픔이며, 한탄이며, 가라앉을 것은 차츰 앙금이 되어 가라앉고,
외로운 생각만이 드는 때쯤 해서는,
더러 나줏손에 쌀랑쌀랑 싸락눈이 와서 문창을 치기도 하는 때도 있는데,
나는 이런 저녁에는 화로를 더욱 다가 끼며, 무릎을 꿇어보며,
어느 먼 산 뒷옆에 바우섶에 따로 외로이 서서,
어두워 오는데 하이야니 눈을 맞을, 그 마른 잎새에는,
쌀랑쌀랑 소리도 나며 눈을 맞을,
그 드물다는 굳고 정한 갈매나무*라는 나무를 생각하는 것이었다.

〈남신의주유동박시봉방南新義州柳洞朴時逢方〉 全文

샅 : 샅자리의 준말. 갈대를 엮어서 만든 자리.
딜옹배기 : 둥글넙적하고 아가리가 넓게 벌어진 질그릇. 질옹자배기.

북덕불 : 짚이나 풀 따위를 태워 담은 화톳불. 북더기불.
쌔김질 : 새김질.
갈매나무 : 갈매나뭇과에 속한 좀나무. 열매는 '갈매' 또는 '서리자'라 하여 약재나 물감으로 사용한다.

이 시의 제목은 마치 편지 겉봉의 주소를 연상케 한다. 시적 화자는 일제 강점기 말기에 중국 등지를 떠돌아다니다가 남신의주 유동 박시봉이라는 사람 집에 세 들어 살면서, 자신의 상황과 참담한 심정을 편지 쓰듯 적어 내려가고 있다. 그는 가족과 떨어져 혼자 살면서 무위도식하다시피 하는 자신의 현재 모습과 어리석었던 지난날에 대한 자책과 회한으로 괴로워하지만, 그러나 굳고 깨끗한 갈매나무처럼 굳세고 깨끗하게 살아갈 것을 다짐하는 것이다.

이 작품이 백석이 서울에서 발표한 마지막 작품이 되었다. 백석이 월북한 적이 없었음에도 '월북작가'로 분류된 까닭은 국토가 남북으로 분단되었기 때문이다. 서울과 함흥과 정주를 마음대로 오가며 문학 활동을 하던 백석은 한반도의 허리가 잘리면서 북쪽을 선택한 것처럼 되어 버렸다. 그러나 그는 월북작가가 아닌 재북작가였던 것이다.

지금의 30대 이상의 세대들은 불행하게도 고등학교에서 백석의 시와 만날 기회가 없었다.

김기림金起林, 권환權煥, 김상민金常民, 설정식薛貞植, 박팔양朴八陽, 박세영朴世永, 백석白石, 여상현呂尙玄 등 월북작가 그룹에 속하는 작가의 작품들이 해금된 것은 1987년 노태우 정권 시절이었다. 백석의 작품들도 월북작가 그룹에 포함돼 50여년 가까이 남한에서는 금서禁書로 지정되어 출판은 물론 읽는 것 자체도 금지되었다. 정지용 시인도 같은 경우였다.

백석의 시들이 역사의 빛을 받으면서 고등학교 검인정 교과서에 실리기 시작한 것은 1990년 중반 무렵. 고은高銀 시인은 2000년 여름, 월간조선에 '백석 시선집'을 한국의 명문으로 추천하면서 '근대 시사詩史에서 가장 빛나는 시 중의 하나'라면서 "모국어를 사용해 사물과 대상을 관찰하는 정화된 시선이 놀랍다"라고 촌평寸評을 한 바 있다. 백석의 시는 그 동안 모의고사에 단골로 출제되었는데 2004년에는 수능시험 언어영역의 문제로까지 등장하기에 이른다.

계간 '시인세계'가 현재 활동 중인 원로. 중진에서 젊은 시인 156명에게 설문조사를 한 결과, 현대시 100년사 최고의 시집으로 백석의 〈사슴〉을 꼽았다. 이어 김수영의 '거대한 뿌리', 정지용의 '정지용 시집', 이성복의 '뒹구는 돌은 언제 잠 깨는가', 서정주의 '화사집' 순으로 추천됐다. 이른바 '현대시 100년사 중 5권의 시집'에 드는 시집이다.

백석의 연인 자야는 1987년까지 세상에 그 존재가 전혀 알려지지 않았다. 1987년 9월, 시인 이동순李東洵 영남대 교수는 '백석 시선집'(창작과 비평사)을 펴냈다. 이동순 교수는 한 달 뒤인 10월, 단정하고 기품 있는 음성의 할머니로부터 뜻밖의 전화를 받는다. 이 할머니는 자신을 처녀 시절 백석과 뜨거운 사랑을 나눴던 사람이라고 소개했고, 이동순 교수는 곧장 서울로 올라와 이 할머니를 만나게 된다.

이동순 교수는 김영한으로부터 백석 시인과 관련된 한 많은 생애를 듣게 되었다. 김영한은 자신을 찾아온 백석의 까마득한 후배 시인인 이동순 교수에게 백석이 붙여준 이름 '자야'로 불러달라고 부탁하고는 백석과 얽힌 한 많은 지난날을 나지막이 털어놓았다. 이동순 시인은 그 때의 심경을 이렇게 적었다.

"나는 동시에 함흥 시절에 쓴 백석 시의 애틋함과 고뇌와 갈등 따위가 일시에 정돈된 풍경으로 다가왔다. 내가 그토록 존경하고 흠모하던 한 선배 시인의 풍모와 체취를 새삼 생생하게 확인할 수 있는 기회에 나는 몹시 흥분의 도가니로 빠져버렸다."

이동순 교수는 일차로 백석과 관련된 자야의 생애를 엮어서 '창작과 비평'에 〈백석, 내 가슴 속에 지워지지 않는 이름〉이라는 제목으로 글을 발표한다. 이 글이 나온 뒤에도 이동순 교수는 백석의 삶에 대한 미진함과 아쉬움이 남아 자야에게 백석과 보낸 3년의 이야기를 써보라고 권했다. 이동순 교수는 자야가 글 솜씨가 있는 데다 1953년 만학으로 중앙대 영문과를 졸업할 정도의 학구파였기에 충분히 쓸 수 있을 것으로 판단했다.

자야는 원고를 집필하는 과정에서 무리를 해 두 번씩이나 입원을 하기도 했다. 김영한은 1995년 〈내 사랑 백석〉(문학동네)을 출간했는데, 이 교수가 결정적인 도움을 주었다. 1930년대의 필치筆致로 쓴 원고를 이동순 교수가 현대적 필치로 바꾸고 부족한 부분은 구술정리로 보완했다고 한다. 이 책의 출간으로 미스터리로 남아 있던 백석의 삶이 비로소 복원되었다.

이동순 교수는 "백석은 1930년대의 모더니즘과 민족주의를 결합한 유일한 사례였다."면서 "백석의 작품이 수능시험에 출제되었다는 것은 '월북시인'에서 '재북시인'으로의 완전한 복원을 의미한다."고 말했다.

백석이 월북작가에서 재북작가로 정정되자 자야는 사재를 털어 백석 문학상을 제정하였으며, 천억 원대의 대원각(성북구 성북동 소재)을 법정스님에게 시주하여 길상사를 세우게 하였다. 또한 과학기술 발전을 위해 써달라며 카이스트에 나머지 재산을 모두 희사하였다.

자야는 '수천억의 돈이 백석의 시 한 줄만 못하다.' 했으며, 매년 백석의 생일인 7월 1일이면 밥한 술도 입에 대지 않는다 했는데 이는 백석에게 상을 차려주지 못하는 미안한 마음 때문이라 했다. 한 여인의 지조와 사랑의 크기에 새삼 옷깃을 여미게 된다.

노년의 자야는 백석의 시를 조용히 읽는 게 가장 큰 생의 기쁨이었다 한다. 자야는 〈내 사랑 백석〉에서 "백석의 시는 자신에게 있어 쓸쓸한 적막寂寞을 시들지 않게 하는 맑고 신선한 생명의 원천수였다."고 술회한다.

김영한은 1997년 창작과비평사에 2억원을 출연해 '백석문학상'을 제정하도록 했다. 시집을 대상으로 한 백석문학상은 1999년부터 수상작을 발표해왔다. 황지우, 최영철, 신대철 등이 백석문학상을 수상한 시인들이다.

백석 연구가인 송준 씨의 백석 평은 다음과 같다

> 이 땅에서 가장 순수한 서정 시인이며 사상성을 詩에 훌륭하게 간직했던 시인으로 현학적이며 외래적인 시풍을 과감히 배격하여 관념적이고 공허한 동시대의 詩들을 부끄럽게 하였다. 백석은 릴케보다도 더 감수성이 예민하고, 서민적이고, 솔직한 시를 썼다. 푸슈킨보다도 더 쉽고 아름다운 시를 썼고, 도연명보다도 더욱 진실하게 자연을 사랑

하는 훌륭한 시를 썼다. 백석은 이태백의 현학적이고 화려함을 현실적으로도 능가한다. 그리고 백석은 이 모든 유명 시인들의 정치성을 배격하고, 외국에 들뜬 싸구려 감정의 낭만적인 시들을 거부한다. 그리고 더 나아가 당대에 입방아만 찧던 싸구려 외국 시들을 부끄럽게 하는 유일한 시인이다.

사진에서 보는 바와 같이 백석은 대단한 미남이었다. 그의 친구인 시인 김기림에 의하면 '백석이 머리를 날리며 광화문에 나타나면 광화문거리가 온통 환해졌다,'고 회고하고 있다. 그의 주변엔 늘 여자가 많았던 모양이다. 그가 오랫동안 마음에 두고 있었던 여자가 통영 출신 "박경련"으로 백석의 청혼은 박경련 집안의 반대로 뜻을 이루지 못하고, 백석의 가장 친한 친구였던 신현중과 결혼함으로 백석은 가슴의 커다란 상처를 입게 된다. 그때의 시가 '남행시초'의 〈통영〉이나 〈바다〉인 것이다.

이 시기는 백석이 자야를 만나 사랑했던 때와 겹치는 시기(1936~1937)이다. 백석이 자야에게 주었다고 하는 시 〈나와 나타샤와 흰 당나귀〉 역시 잡지 〈삼천리〉의 여기자였던 최정희에게 먼저 보낸 시라는 것이 밝혀지기도 했다.

백석과 자야가 만나 사랑한 시기는 3년여밖에 되지 않는다. 일찍이 신식 교육을 받고 일본에서 영문학을 전공한 시인 백석과 기생 자야! 백석의 주변엔 많은 여성들이 있었고, 자야는 그 여성들 중에 한 명이었는지, 아니면 백석이 사랑한 오직 한 명의 여인이었는지는 모를 일이다. 하지만 자야는 백석과의 사랑을 둘도 없는 아름다운 추억으로 간직하며 살아왔다. 우리는 그녀의 백석에 대한 사랑이야기에 귀 기울여 들어야 할 것이다.

천상병

나 하늘로 돌아가리라

천상병千祥炳은 1930년 일본 땅에서 태어났다. 마산시 진동면에 있던 그의 고향의 생가는 오랜 세월의 탓인지 허물어지고 없으나 어린 천상병이 상상의 나래를 한껏 펼쳤던 상북초등학교는 아직까지 남아있다. 도시 외곽에 있으면서도 아담한 시골학교의 정경이 그대로 남아 있다. 천상병은 생전에 고향마을 정자 밑에 냇물이 흐르고, 거기서 멱 감고 가재 잡던 이야기며, 또 7살 때 산에 갔다가 발을 헛디뎌 벼랑으로 굴러 '이젠 죽었구나'하는데 다음 순간 몸이 나뭇가지에 대롱대롱 매달려 있더라는 이야기 등 고향에 대한 추억담을 털어 놓곤 했다.

마산중학교 시절 그는 내내 책 속에 파묻혀 살다시피 했다. 가난 때문에 책을 사볼 수 없었던 천상병은 학교와 집 중간에 있었던 서점에 매일같이 들러 책을 보고, 다 못 보면 페이지를 접어 두었다가 다음날 와서 계속 읽곤 했다. 가끔은 서점 주인이 책을 빌려주기도 했는데 천상병은 이를 평생 동안 고마워했다.

천상병은 마산중학교 시절 국어교사였던 시인 김춘수의 영향을 많이 받았다. 가끔 시를 지어 김춘수에게 보여주곤 했는데 마산고교 뒷산에 올라 지은 시 『강물』도 김춘수가 『문예』지에 근무하던 유치환에게 보내 추천됐다.

6·25전쟁 중인 1951년 부산에서 서울대 상과대학에 입학, 송역택 김재섭 등과 함께 동인지 〈처녀지〉를 발간했으며, 〈문예〉지에 평론 '나는 거부하고 저항할 것이다'를 실음으로써 시와 평론활동을 함께 시작하였다.

1952년경에는 이미 추천이 완료되어 그는 기성 시인 대접을 받았다.

대학을 졸업하고 그는 잠시 부산에서 일을 했는데, 시를 쓰는 한편으로 문학평론을 여러 잡지에 발표하기 시작하면서 평론 활동도 그의 작가로서의 생활에 중요한 일부분을 이루었다.

1967년 동백림 사건에 연루되어 약 6개월간 옥고를 치렀으며, 고문의 후유증과 음주생활에서 오는 영양실조로 거리에서 쓰러져 행려병자로 서울 시립 정신병원에 입원되었다. 이때 주위 사람들은 행방불명된 천상병이 죽은 것으로 알고 그의 첫 번째 시집 〈새〉를 유고시집으로 발간하기도 했다.

1972년 친구 목순분의 누이동생인 목순옥과 결혼했으며, 이후 시집 〈천상병은 천상 시인이다〉, 문학선집 〈구름 손짓하며는〉, 시집 〈저승 가는데도 여비가 든다면〉을 간행했다.

1988년 간경화증으로 입원하여 가망이 없다는 진단을 받았으나 기적적으로 회생했으며, 1990년 시집 〈괜찮다 괜찮다 다 괜찮다〉를 간행했다. 1993년에 동화집 〈나는 할아버지다 요놈들아〉를 간행한 후 4월28일 지병인 간경화증으로 사망했다.

천상병 시인은 생전에 주벽과 방랑으로 이어져 온 그의 별난 기행 때문에 천희갑(당시 김희갑이라는 희극 코미디언이 있었음)이라는 별명이 붙기도 했다. 그의 시는 고단한 삶과 비통한 현실에도 불구하고 어린아이처럼 천진난만하며 소박, 단순하고 투명한 시 정신을 보여주었다.

동베를린사건이란?

1967년 7월 유럽, 특히 서독에 있던 한국인 교수·유학생들이 동베를린에 있는 북한대사관을 통해 평양平壤을 방문하고 그 중 일부는 북한의 지령에 따라 한국에 들어와 간첩활동을 하였다는 혐의로 체포된 사건. 이 사건은 화가 이응로李應魯, 작곡가 윤이상尹伊桑 등 저명한 예술가를 비롯하여 많은 학자와 학생들이 관련되었다 하여 큰 물의를 일으켰다.

당시 수사당국에 의하면, 동베를린을 거점으로 1958년 9월 5일~67년 5월 20일 사이에 동독주재 북한대사관을 왕래하면서 북한 공작요원과 접촉한 자는 194명(그 중 입건된 자는 107명)이며, 이 가운데 7명은 모스크바를 거쳐 평양을 방문하여 이효순李孝淳·서철徐哲 등 대남사업對南事業 간부들을 만나 공작지령을 받았다고 발표하였다. 특히 한국과 서독간에 범인인도협정이 체결되어 있지 않아 수사관들이 직접 유럽으로 가 임의동행 형식으로 귀국시킨 사람이 17명이나 되어 한때 외교문제로 논란이 되었다.

이들은 사건 자체의 여러 가지 의혹에도 불구하고 사형에서 무기징역의 중형重刑을 선고받았으나 이에 대한 국내외 여론의 비난이 높아 수사를 서둘러 종결하고 강제 귀국되었던 사람들은 다시 돌려보냈다.

이른바 '동백림사건'은 공안정국 조성을 통해 장기집권 공작을 목적으로 중앙정보부가 조작한 사건이었던 것으로 밝혀졌다. 박정희 정권은 3선 개헌을 앞두고 67년 6월8일 총선에서 여당의 개헌선을 확보하기 위해 부정선거를 자행했고 그 이후 대학가를 중심으로 부정선거 규탄시위가 끊어오르던 시기로 이를 진압할 명분을 얻기 위함이었던 것이다.

당시 독일 유학생들이 북한과 동베를린을 구경하고 돌아온 것을 북한의 배후 조종에 따른 어마어마한 간첩단으로 몰아세운 사건이었다. 하여 공안 당국에선 북한과 연루되었다고 하여 죄도 없는 예술인들이나 문인文人들을 대거 체포하여, 그야말로 덮어놓고 고문부터 해서 사람을 병신으로 만들어 더 이상 예술 활동을 할 수 없게 만들어 버리는 만행을 저질렀다.

그 사건에 천상병 시인도 연루되어 갖은 고초를 당하게 되었고, 천상병 시인의 고문 당시 얻은 휴유증으로 인해 몸도 마음도 심한 질병을 얻었던 것이다.

그런데 이 사건의 실체라는 것이 바로 이렇다. 당시에도 천진난만하고 순진했던 천상병 시인은 서울대 상대 동문이자 친구였던 강빈구姜濱口라는 사람과 친하게 어울렸는데, 그 강빈구란 사람이 독일 유학중 동독을 방문했었다는 얘기를 천상병에게 자랑스럽게 털어놓았다.

그리고 평소 다른 문인들에게 그랬던 것처럼 강빈구로부터도 막걸리 값으로 5백원, 1천원씩 받아썼던 것이다. 그런데 당시 중앙정보부 발표문에는 이렇게 쓰고 있다.

"강빈구는 간첩활동을 하고 있어 상피의자로 하여금 공포감을 갖게 한 뒤에 수십여 차례에 걸쳐서 1천 원 내지 6천 5백 원씩 도합 5만여 원을 갈취착복하면서 수사기관에 보고하지 않았다."

이것이 천상병 시인이 "국사범"으로 조작되는 사건의 실체였다. 거기서 물고문과, 성기에 전기 충격을 가하는 전기 고문을 받는데, 결국 그는 이때의 전기 고문으로 자식을 가질 수 없는 성불구의 몸이 되었다.

고문 이후로 몸이 만신창이가 돼버린 천상병 시인은 1970년 겨울 어느 날부터인가 동가식 서가숙東家食西家宿하며 떠돌다 갑자기 사라져 버린다. 이후 그가 자주 다니던 명동이나 종로에서도 그를 찾을 수가 없었다.

1971년 봄이 다 가도록 종적을 감춘 그는 나타나지 않았다. 그의 안부를 궁금해 하는 몇몇 문인들이 연고가 있는 부산에 연락을 넣어봤지만 거기에도 천상병은 없었다.

"죽지 않았을까?"

가까운 시인들은 주민등록증도 없이 천 시인이 길에서 쓰러져 죽었을지도 모른다는 불길한 예감에 사로잡혔다. 그리고 결국 이야기는 눈덩이처럼 불어나, '천상병이 죽었다!'라는 말이 나오게 되었다.

"참 아까운 친구였는데… 시집 한 권도 없이 세상을 뜨다니…"

시간이 흐를수록 그 예감은 움직일 수 없는 현실이 돼버렸다. 그때 시인 민영 등이 "요절시인" 천상병의 유고시집을 묶어주기 위해 이리저리 전갈을 넣어 작품을 모으기 시작했다. 잡지에 흩어져 있는 그의 작품 60여 편을 모았지만 시집 출간비용을 조달하는 것이 쉽지 않았다. 그러다가 시인 성춘복이 그 시집을 내겠다고 선뜻 나서 시집은 무사히 발간될 수 있었다.

그래서 1971년 12월에 당시로서는 호화장정의 천상병시집 〈새〉가 나오게 되는데, 당시 시집출간 소식이 신문이며, 방송 등을 통해 알려지며 장안의 화제 거리가 되었다.

그러던 어느 날! 천상병이 살아있다는 소식이 날아들어 온다.

그는 거리에서 쓰러져 있었고 사람들은 그를 그저 노숙자나 행려병자쯤으로 오인한 나머지 그를 '서울시립정신병원'에 수용시켜 버렸던 것이다. 얼마 뒤에 천상병은 백치 같은 무구한 웃음을 흘리며, 거짓말같이 다시 친구들 앞에 나타났던 것이다. 이렇게 천상병 시인은 기인답게 버젓이 살아 있으면서 첫 시집을 "유고시집"으로 낸 유일무이한 시인이 되었던 것이다.

이후 천시인은 심한 자폐증상을 보이는 가운데서도, 대학 때 친구의 여동생인 목순옥의 방문을 받은 뒤로는 그의 병세가 호전되기 시작했다. 의사는 그녀에게 자주 찾아오는 것이 도움이 되며 모든 것이 잘 되면 한두 달 뒤에 퇴원할 수 있을 거라고 말해 주었다. 그래서 목순옥은 오빠의 친구를 매일 방문하게 되었고, 마침내 그는 사회로 복귀할 수 있는 상태가 되었다. 다만 그에게는 스스로를 부양할 능력이 없다는 것이 문제였다. 그는 철없는 어린애 같았고 어린애처럼 약했다. 천상병과 목순옥은 1972년 결혼을 하게 되고, 이들의 결혼생활은 때때로 심한 고난과 어려움을 겪으며 20년간 계속된다.

천시인과의 인연을 목순옥 여사는 어느 신문기사와의 인터뷰에서 이렇게 밝혔다.

"고등학교 1학년 때 오빠의 친구인 천 시인을 만났고 동생같이 돌봐 주셨습니다. '동백림' 사건 이후에 힘들었던 시절 정신병원에 가 계실 때 잘 아시는 분의 중간역할로 병원에서 퇴원한 지 2주 만에 결혼을 했어요. 17년 동안 알다가 결혼을 한 셈입니다. 나는 그 분의 동반자로서 그림자가 되어야겠다고 생각하여 결혼을 하였습니다. 그런 분이 다시 있을까 할 정도로 정말 순박하고 착한 마음을 가진 남편이라고 생각합니다. 아무에게나 돈을 받지 않았고 돈을 받을 만한 자격을 갖춘 분들에게만 받아서 자기보다도 더 어려운 분들에게 막걸리를 사 주었습니다. 마음이 여리고 눈물이 많았습니다."

친구들을 좋아하고 그냥 아무나 믿으며 술과 담배를 즐기는 그의 성품으로는 이 신혼부부의 의식주를 해결하는 데 아무런 도움도 되지 못했다. 친구들의 도움으로 목순옥은 서울 인사동 골목에 작은 찻집을 열었고, 예술인, 작가, 언론인, 지식인들이 단골손님이 되었다. 천상병 시인의 초기 작품 중 하나의 제목을 따서 이 찻집의 옥호를 귀천歸天이라 불렀다. 이 들 부부는 서울 북쪽 교외로 나가 의정부에 낡은 가옥의 작은 방에서 살림을 시작했다.

술에 곯은 시인의 간장이 성할 리가 없었다. 1988년 목순옥은 의사로부터 남편의 시련이 막바지에 이르렀으며, 회복할 가망이 없으니 불가피한 임종에 대비하라는 얘기를 들었다. 춘천에서 개업하고 있는 의사인 친구가 그들을 돕기로 했다. 천상병은 곧 입원했고 목순옥은 그 뒤 여러 달 동안 버스를 타고 춘천까지 달려가 매일 저녁을 그와 함께 보냈다. 그녀는 매일 춘천에서 돌아오는 길에 버스 안에서 이런 기도를 드렸다고 적고 있다.

"하느님! 아직은 안 됩니다. 그에게 오 년만 더 주십시오. 제발 빕니다.

오 년만 더요."

놀랍게도 그는 원기를 되찾았고 그 뒤 퇴원하여 그럭저럭 정상적인 생활을 할 수 있게 되었다. 오 년 동안이었다. 이 유예의 기간 중에 그의 새로운 시집들과 에세이집들이 출간되었다, 천상병은 되살아나서 자신의 유고 시집의 출판을 목격하는 진귀한 특권을 누렸으며, 여기서 그치지 않고 그의 첫 유고 시집 이후에 몇 권의 시집을 더 출판할 수 있었다. 그의 두 번째 유고 시집, 이번에는 진짜인 유고 시집이 간행된 것은 1993년이었다.

다음은 천시인의 대표작 두 편을 감상해 보기 바란다.

나 하늘로 돌아가리라.
새벽빛 와 닿으면 스러지는
이슬 더불어 손에 손을 잡고,

나 하늘로 돌아가리라.
노을빛 함께 단 둘이서
기슭에서 놀다가 구름 손짓하면은,

나 하늘로 돌아가리라.
아름다운 이 세상 소풍 끝내는 날,
가서, 아름다웠더라고 말하리라…….

〈귀천〉 全文 (시집 '주막' 1979)

외롭게 살다 외롭게 죽을
내 영혼의 빈터에

새 날이 와, 새가 울고 꽃이 필 때는,
내가 죽는 날
그 다음 날.

산다는 것과
아름다운 것과
사랑한다는 것과의 노래가
한창인 때에
나는 도랑과 나뭇가지에 앉은
한 마리 새.
정감情感에 가득 찬 계절
슬픔과 기쁨의 주일週日
알고 모르고 잊고 하는 사이에
새여 너는
낡은 목청을 뽑아라.

살아서
좋은 일도 있었다고
나쁜 일도 있었다고
그렇게 우는 한 마리 새.
〈새〉 全文 (시집 '새' 1971)

천상병 시인은 원래 가난을 즐겼다. 그리고 아무리 어려워도 부자에게 손을 내밀어 본 적이 없는 사람이었다. 단지 오며가며 만나는 가까운 친구에게 장난삼아 손바닥을 내밀고 500원, 1000원을 얻어 막걸리를 마셨다. 돈을 적게 주던 사람이 갑자기 많이 주면 거스름돈을 주기도 할 정도였다.

그는 시 쓰기 외에 다른 일은 하지 않았다. 그는 유유자적 떠돌며 동료 문인들과 시인 지망생들에게 술값이나 밥값 명목으로 천원만 하며 아무

거리낌 없이 뜯어냈다. 그는 악의 없는 갈취범이었다. 그래도 그를 미워한 사람은 한 사람도 없었다. 미워하기는커녕 희귀한 문화재처럼 아끼고 사랑했다. 1980년대 초반에 쓴 그의 시 〈나의 가난함〉을 보자.

오늘 아침을 다소 행복하다고 생각하는 것은,
한 잔 커피와 갑 속의 두둑한 담배
해장을 하고도 버스값이 남았다는 것.
오늘 아침을 다소 서럽다고 생각하는 것은
잔돈 몇 푼에 조금도 부족이 없어도
내일 아침 일도 걱정해야 하기 때문이다.

가난은 내 직업이지만
비쳐오는 이 햇빛에 떳떳할 수가 있는 것은
이 햇빛에도 예금통장은 없을 테니까.
나의 과거와 미래
사랑하는 내 아들딸들아.
내 무덤가 무성한 풀잎으로 때론 와서
괴로왔음 그런대로 산 인생 여기 잠들다. 라고,
씽씽 바람 불어라.

〈나의 가난은〉 全文

천상병 시인의 시 중에 〈막걸리〉라는 시가 3편 있다. 이 중 두 편은 1984년에 발표된 것이다. 목 여사는 당시 문학지에 발표되지 않은 다음의 시가 1983년에 지은 것 같다고 말했다.

나는 술을 좋아하되
막걸리와 맥주밖에 못 마신다.
막걸리는
아침에 한 병(한 되) 사면
한홉짜리 적은 잔으로

생각날 때만 마시니
거의 하루 종일이 간다.
맥주는
어쩌다 원고료를 받으면
오백 원짜리 한 잔만 하는데
마누라는
몇 달에 한번 마시는 이것도 마다한다.
세상은 그런 것이 아니다.
음식으로
내가 즐거움을 느끼는 때는
다만 이것뿐인데
어찌 내 한가지뿐인 이 즐거움을
마다하려고 하는가 말이다.
우주도 그런 것이 아니고
세계도 그런 것이 아니고
인생도 그런 것이 아니다.
목적은 다만 즐거움인 것이다.
즐거움은 인생의 최대 목표이다.
막걸리는 술이 아니고
밥이나 마찬가지다.
밥일 뿐 아니라
즐거움을 더해주는
하느님의 은총인 것이다.

〈막걸리〉 全文

그가 술을 좋아해 술에 얽힌 일화는 무수히 많다. 대학시절 소설가 한무숙의 집에 식객으로 있을 시절, 어느 날 잠도 안 오고 술 생각이 간절해 낮에 얼핏 본 안방 화장대 위의 양주병이 눈앞에 어른거렸다. 모두가 잠든 사이 안방에 숨어들어 어둠 속에 어렴풋이 보이는 양주병을 들고 나와 단숨에 들이켜고 보니 향수였다는 일화가 있다.

맨 손바닥 하나 내보이며 다정한 친구들에게 천원, 이천 원씩 술 값 적선은 받았어도 늘 재벌 못지않게 여유를 갖고 호기를 부렸던 시인 천상병, 새처럼 날개를 달고 하늘을 훨훨 날고 싶던 그에게도 두 가지 간절한 소원은 있었던 것 같다. 그 하나는 밤이 되면 찾아들어가 눈을 붙일 방 하나요, 또 하나는 사랑스런 자식을 가져보는 것이었다.

천상병이 한번은 제주도 출신의 쌍과부가 운영하는 술집 '추자네 집'에서였다. 어깨가 떡 벌어진 주먹패가 천상병에게 시비를 걸자 조금도 물러서지 않고 "꺼져, 이 자식아!"하고 소리쳤던 것, 그렇게 호기를 부리면서도 의연할 수 있었던 천상병이 어느 날 이 쌍과부집 아들 비룡이를 보고 수작을 건넸다. 마침 손님 한 명 없이 어린 비룡이 혼자 아이스크림을 빨고 있는 장면을 대하자 그는 이 아이에게 아이스크림을 사줘가며 세뇌를 시켰던 것이다.

"자, 내 말을 따라서 해 봐. 나의 아버지는 천상병이다. 나는 천상병 씨의 아들이다."

아이스크림 맛에 홀린 이 아이가 어느 정도 세뇌되어 가는 꼴을 뒤늦게 들어온 과부가 보고 질겁했다. 그 뒤로 과부가 아이에게 어떻게 세뇌를 했는지 다음에 천상병이 들어섰을 땐 비룡이가 그 얼굴에다 대고 냅다 소리를 질렀다.

"천상병은 X새끼다."

그렇게 X새끼 소리를 들어가면서도 한 아이의 아버지이기를 소망했던 천상병이었다. 그러나 그는 동백림 사건의 고문으로 영영 아이를 가질 수 없는 성 불구자였다.

우리 부부에게는 어린이가 없다.
그렇게도 소중한
어린이가 하나도 없다.

그래서 난
동네 어린이들을 좋아하고
사랑한다.

요놈! 요놈하면서
내가 부르면
어린이들은
환갑 나이의 날 보고
요놈! 요놈 한다.

어린이들은
보면 볼수록 좋다
잘 커서 큰일 해다오!
〈난 어린애가 좋다〉 全文

목순옥 여사는 천상병이 어린아이와 같았다고 말한다. 세상이 그를 어떻게 대했건, 다른 사람이 그를 어떻게 대했건 그는 때 묻지 않았다. 세상은 그를 고문하고 괄시하고 천대했지만 천상병의 웃음을 멈추게 하지는 못했다. 천상병은 어린아이로 태어나서 어린아이로 살다가 어른보다 더 성숙하고 더 아름다운 어린아이로 죽었다. 천상병 시인은 그의 아내를 하나님이 숨겨두셨던 천사라고 했다.

나는 세계에서
제일 행복한 사나이다.

아내가 찻집을 경영해서

생활의 걱정이 없고
대학을 다녔으니
배움의 부족도 없고
시인이니
명예욕도 충분하고
이쁜 아내니
여자 생각도 없고
아이가 없으니
뒤를 걱정할 필요도 없고
집도 있으니
얼마나 편안한가.
막걸리를 좋아하는데
아내가 다 사 주니
무슨 불평이 있겠는가.

더구나
하느님을 굳게 믿으니
이 우주에서
가장 강력한 분이
나의 빽이시니
무슨 불행이 온단 말인가!
〈행복〉 全文

1988년 만성 간경화증으로 춘천의료원에 입원한 시인은 의사로부터 가망이 없다는 진단을 받으나 불사조처럼 살아났다. 이후 그는 시집 "요놈! 요놈! 요 이쁜 놈!"(1991), 동화집 "나는 할아버지다 요놈들아"(1993)를 펴낸다.

1993년 4월 28일, 병든 몸으로 누워 있던 시인은 마침내 숨을 거둔다. 천상병이 고단한 이 세상의 소풍을 끝내고 하늘로 돌아가던 날, 의정부

시립병원 영안실 밖으로는 추적추적 봄비가 내렸다.

그가 죽고 난 뒤 몇 백 만원인가 하는 조의금이 들어왔다. 시인의 가족으로는 처음 만져보는 큰돈이었다. 시인의 장모는 그걸 사람들 손이 타지 않는 곳에 감춘다고 감춘 것이 하필 아궁이 속이었다. 그걸 모르고 시인의 아내는 아궁이에 불을 지폈다. 가난했지만 순진무구했던 시인이 죽어서도 "만악의 근원"인 돈을 없애버리려고 "장난"을 쳤는지도 모른다.

천상병 시인이 죽은 해 "진짜" 유고 시집 〈나 하늘로 돌아가네〉가 나오고, 1996년에는 〈천상병 전집〉이 간행되었다.

2003년 목순옥 여사는 제1회 천상병 예술제가 열린 의정부 예술의 전당에서 〈봄날에 띄우는 편지〉를 천상병 시인에게 보낸다.

> 사랑하는 남편 천상병 선생님
> 4월은 어김없이 찾아옵니다.
> 매화꽃 향기에 도취되어 봄의 소리에 귀 기울일 때쯤이면 당신의 그림자는 하늘을 향해 훨훨 날아 새가 되어 자유를 찾아 한없이 봄을 만끽하는 것 같습니다.
> 당신이 떠난 11년 세월은 참 많이도 흘렀습니다.
> 그런데도 아내는 당신이 떠났다는 생각을 한 번도 해본 적이 없습니다.
> 웬일일까요? 꿈을 꾸고 있는 것일까요?
> 요즘 의정부 예술의 전당에서는 제1회 천상병 예술제가 한창입니다.
> 산소에 가는 길옆 배 밭에 배꽃이 눈꽃같이 피어있었습니다.

천상병 시인 부인 목순옥 여사가 경영하는 찻집 〈귀천〉은 본점(본래 있던)과 분점이 있는데, 본점은 재건축으로 폐점하였고 현재는 분점만 문을 열고 있다.

분점은 안국역에서 인사동길로 조금 내려오다 보면 왼쪽으로 수도약국이 있는데, 수도약국을 끼고 좌회전하면 골목에 '귀천' 간판이 눈에 들어온다.

그곳에 가면 천상병 시인이 하늘이 숨겨 둔 천사라는 목순옥 여사와 조카분들의 은근한 환대를 받을 것이다. 일 년 내내 쉬는 날은 없으며, 오전 11시부터 오후 10시까지 열려있다.

조선편

시인

그들만의 아름다운 사랑 이야기

황진이 보내고 그리는 정 • 임제 로맨티시스트의 사랑 • 홍랑 밤비에 새닙곳 나거든 • 계랑 이화우 흩날릴 제 • 이옥봉 절필로 사랑을 쓰다

황진이

보내고 그리는 정…

해어화解語話란 말이 있다. 말을 알아듣는 꽃이라는 뜻으로 기녀妓女를 비유하여 이르는 말이다. 황진이는 왜 기녀가 되었을까. 일세를 풍미했던 그녀가 왜 서른여덟의 젊은 나이로 생을 마쳐야 했을까?

황진이는 본명이요, 별명은 진랑, 명월은 기명이다. 그녀의 출생에 관한 설은 두 가지가 있다. 하나는 그의 부친인 황진사가 길을 가던 도중 병부교 아래 맑은 냇가에서 빨래하는 아름다운 처자 진현금에게 물을 청하여 마셨다. 그때 두 사람의 눈길이 마주쳤다. 이른바 눈이 맞은 것이다. 결국 그날 한 쪽박의 물은 합환주가 되었고, 그렇게 야합(?)하여 절세가인 황진이를 낳았다 하는 '황진사 서녀'설이 있다.

또 하나는 자세히 밝혀진 기록은 없지만 '장님의 딸'이라는 설이다. 대체로 진이의 출생은 전자의 경우로 많이 알려져 있다.

황진이의 확실한 생존 년대는 정확히 알 수는 없으나 화담 서경덕(1489~1544)과 백호 임제(1549~1587)의 연대로 추정해 볼 때 조선 중종조 대 사람으로 생각된다.

그럼 황진이가 기녀가 된 연유는 무엇일까? 재와 색을 겸비한 절세가인이 왜 기녀가 되어야만 했을까? 가인박명이라더니 운명였을까? 이에 대해 전해져 오는 이야기가 있다.

진이가 살던 마을 이웃에 사는 '홍윤보'라는 총각이 있었다. 어려서부터 함께 자라며 진이에 대한 연정을 품어 왔다. 진이는 아니더라도 총각에겐 진이가 첫사랑였던 것이다. 진이에 대한 사랑은 성장해 갈수록 커져만 가는데 진이 또한 처녀티가 나고 진이의 빼어난 아름다움은 총각에겐 오르지 못한 나무처럼 높아만 갔다.

가난한 살림에 보잘 것 없는 신분이었으나 총각의 가슴에 진이의 모습이 크게 자리를 잡아 갔다. 진이를 향하는 자신의 마음은 걷잡을 수 없이 커져갔지만 그렇다고 그녀에게 자신의 사랑을 고백할 용기조차 없었다. 뿐만 아니라 진이 어머니의 극력 반대가 있었다. 총각은 마침내 상사병으로 몸 져 눕게 되고 안타까운 젊은 나이에 그만 눈을 감고 말았다.

총각의 장사행렬이 지나가는 도중 진이의 문 앞에 이르자 상여가 땅에 붙어 도무지 움직이지 않는 것이었다. 그 사연을 들은 진이가 속적삼을 벗어 주어 운구를 덮게 하니 비로소 상여가 움직였다고 한다. 이때 진이 나이 열다섯, 한창 감수성이 예민한 나이인지라 그로 하여 진이는 항상 마음이 괴로웠고, 자기를 그토록 애절하게 그리다가 죽어간 외로운 넋을 생각한 나머지 죄책감에 휩싸이곤 했다. 마침내 진이는 평범한 여자로서의 행복을 버리고 스스로 명월이란 이름을 짓고 어머니의 반대에도 불구하고 기녀가 되었다는 설이다.

또 다른 설은 자신이 서출임을 비관하여 기생이 되었다는 이야기다. 이도 그럴 가능성이야 있지만 정확한 기록이 없으니 세인들은 전설 같은 이야기지만 전자에 더 흥미를 느끼고 믿어왔다.

조선시대 기생은 조선 8천賤 중의 하나로 천민계급이다. 하지만 대하는 사람들은 고관대작이기 때문에 여러 방면에 능통해야 했다. 시, 산문, 노래, 가야금, 거문고, 그림, 춤 등 고관대작들을 대하기 위해서 매우 많은 것들을 배워야 했다. 그중에서도 그 실력이 아주 뛰어나 이름이 알려진 기생을 명기라고 했는데 요즘으로 말하면 기생 중에 엘리트 기생이라고 할 수 있다. 황진이는 조선조의 가장 유명한 명기가 되었다.

그런 재와 기와 색을 두루 갖춘 황진이의 남성 편력은 다채로울 수밖에 없었다. 그럼 그 편력들을 소개해 보기로 하자.

첫 번째 남자는 송악산의 부운거사 김경원으로 알려져 있으나 정확한 사료는 찾아보기 어렵다. 아마도 세상사에 뜻이 없고 오직 자연을 즐기며 풍류를 좋아했던 헌헌장부요 방랑시인이었던 모양이다. 다만 황진이의 첫사랑으로 그에 관한 사랑시들이 남아 있을 뿐이다. 첫사랑인 만큼 미련도 많았고 아픔도 컸을 것이다. 부운은 그야말로 뜬구름처럼 떠나버린 후 다시는 못 만난 것으로 보인다.

두 번째 남자는 개성 유수 송공이다. 대부인 연회석에 황진이를 초대하였는데 그때 여러 사람들이 황진이의 빼어난 모습을 보고 감탄했다고 한다. 그때부터 황진이가 유명해 지게 된다. 황진이는 송공과 그전부터 함께 지낸 사이라고 한다.

세 번째 남자는 선전관 이사종이다. 사신으로 송도를 지나다가 천사원 냇가에서 노래를 불렀는데 그 노래가 아주 출중하였다고 한다. 황진이가 그 노래에 깊이 빠져들어, '개성에 이사종이라는 사람이 노래를 잘 부른다는데 그 사람인가 보다' 생각하고 알아보게 하였는데 정말 이사종이였다고 한다. 그래서 황진이가 찾아가 서로 마음속의 이야기를 나누어 보고는 이사종을 자신의 집으로 초대하여 여러 밤을 함께 지냈다고 한다. 그러던 중 마음에 들었는지 이사종에게 '내 마땅히 당신과 6년을 살아야겠소.'라고 말하고는 이사종의 집에 3년 동안 먹고 살 돈을 가져가서 살고, 3년 후 이사종을 자신의 집으로 데려와 살았으며 6년이 지난 후에는 깨끗이 헤어졌다고 한다. 이걸 보면 황진이가 얼마나 자존심이 강했으며 당당한 여자인지 알 수 있다.

네 번째 남자는 양곡 소세양이다. 소세양은 '남자가 여색에 혹함은 남자가 아니다!'라고 호언했다고 한다. 그리고 '내가 황진이와 30일을 지내고 깨끗이 끝내겠다.' 라고 큰소리 쳤다고 한다. 황진이와 30일을 지낸 후 황진이가 〈송별소양곡〉을 지어 불렀다. 그걸 듣고 소세양은 '나는 사람이 아니다!' 라고 말하고 며칠을 더 머물렀다고 한다.

다섯 번째 남자는 종실 벽계수(이창곤)이다. 이른바 벽계수 낙마곡으로도 유명한 시조 한 수가 전해지고 있다. 중복되므로 뒤에 시조 감상에서 자세히 소개하겠다.

여섯 번째 남자는 황진이가 말년에 금강산 유랑을 하고 싶어 하여 동행을 청해서 함께 금강산을 돌아다녔다는 이생도령이다. 갈 때 이생이 먹을 것을 짊어지고 갔는데 여행 도중 다 떨어져서 곳곳의 절을 돌아다니며 황진이가 몸을 팔아 음식을 얻었다고 한다. 여행이 끝나고 헤어졌다 한다.

일곱 번째 남자는 지족선사로 그는 면벽수련 30년으로 당대의 최고의 고승이었다. 그래서 황진이가 지족선사를 찾아가 유혹했다고 하는데 얼마나 그 용모가 빼어났던지 면벽수련 30년을 깨고 파계승이 되어 하산하였다고 한다.

여덟 번째 남자는 황진이가 진정으로 사모한 서경덕이었다. 황진이는 서경덕의 학문이 높음을 듣고 서경덕에게 가서 유혹하였으나 넘어가질 않았다. 여러 가지 방법을 써보고 함께 오랜 시절을 지냈으나 서경덕은 의연하였다고 한다. 그래서 황진이가 감탄하여 '지족선사는 30년 면벽수련에도 내 앞에 무릎을 꿇었는데 서경덕은 함께 오랜 시절을 지냈으나 끝까지 나에게 이르지 않았으니 진정 성인이다.' 라고 말하고 서경덕에게 제자로 받아줄 것을 청했다 한다. 그래서 제자가 됐고 황진이는 서경덕 황진이 박연폭포 이 셋을 송도삼절이라고 불렀다 한다.

黃眞伊의 첫사랑

동지冬至ㅅ돌 기나긴 밤을 한 허리를 버혀내어
춘풍春風 니블 아릐 서리서리 너헛다가
어론님 오신 날 이면 밤이여든 구뷔구뷔 펴리라.

첫사랑이었기에 더욱 못 잊고 그리웠으리라. 부운거사 김경원은 구름처럼 떠나고 말았다. 그 님이 다시 오기를 간절히 기다리는 여인의 애절한 소망이 노래되어 있다.

시간을 공간화하여 표현한 것이 기발하다.

초장에서는 밤이 가장 길다는 동지. 그 날의 밤 시간 중에 한 허리를 칼로 베어 내어서, 중장에서는 그것을 봄바람처럼 따뜻한 이불 속에 넣어두었다가, 종장에서는 사랑하는 님이 오신 밤에 꺼내 굽이굽이 펼치겠다는 것이다.

님과 함께하는 밤이 얼마나 짧다는 생각이 들었을까. 그러니 가장 길다는 동지의 밤 시간을 잘라 내어 님이 오시는 날 밤에 펼쳐 님과의 밤을 더욱 길게 만들겠다는 생각. 황진이다운 멋들어진 발상이다.

천하 명기 황진이도 첫사랑만큼은 쉬 잊지 못하였던가. 그래 외롭고 긴 밤을 견디며 님이 행여 다시 오실 날을 상상해 본다. 다시 만날 수만 있다면 밤을 새워 운우의 정을 길이 나누리라. 그런 기대로 이 시를 썼을 것이다. 그러나 대개의 첫사랑은 이루어지지 않는다. 황진이의 첫사랑도 이것으로 끝이다. 부운거사는 다시 만날 수 없었다. 누구나 첫사랑을 잊기란 쉽지 않다. 황진이 또한 부운거사를 오래 잊지 못하고 가슴에 묻어 둔 채 살았을 것이다.

2006년 6월, 계간 '나래시조'는 현대시조 탄생 100주년을 맞아 시조 시인 93명을 대상으로 설문조사를 실시해 시조 시인이 가장 좋아하는 고시조로 바로 이 시조를 뽑았다.

상사몽相思夢

상사상견지빙몽相思相見只憑夢	그리워라, 만날 길은 꿈길밖에 없는데
농방환시환방농濃訪歡時歡訪濃	님을 찾아 반길 때, 님도 나를 찾아 반기네
원사요요타야몽願使遙遙他夜夢	바라거니, 언제일까 다음날 밤 꿈에는
일시동작로중봉一時同作路中逢	일시에 길을 떠나, 중로에서 만나기를…

아무래도 잊혀지지 않는 님이다. 못내 잊지 못해 님의 꿈을 꾼다. 그립고 야속한 사람, 한마디 말도 없이 떠나버린 첫 사랑, 부운거사를 만날 길은 꿈길 밖에 없다.

내가 당신을 꿈속에서 만날 때는 당신은 나를 찾아 꿈길을 오네. 다음부터는 같은 시간에 동시에 떠나는 같은 꿈을 꾸면 길 가운데서 만나게 될 테니 긔 아니 좋겠느냐는 것이다.

별김경원別金慶元

삼세금연성연미三世金緣成燕尾　삼세의 굳은 인연 좋은 짝이 되니
차중생사양심지此中生死兩心知　이 중에서 생사는 두 마음만 알리로다.
양주방약오무부楊州芳約吾無負　양주의 꽃다운 언약 내 아니 저버렸건만
공자환여두목지恐子還如杜牧之　그대가 두목지杜牧之 같은 한량이라 두렵네.

평생을 가도 잊지 못하는 것이 첫사랑이다. 부운거사는 황진이에게 꿈에도 잊지 못하는 첫사랑였던 것이다.

등만월대회고登滿月臺懷古

고사소연방어구古寺蕭然傍御溝　개울 곁 옛 절은 쓸쓸도 하네.
석양교목사인수夕陽喬木使人愁　석양에 키 큰 나무 애를 끊노라

연무냉락잔승몽烟霧冷落殘僧夢　안개는 차겁게 내리고 중은 꿈속에 있네.
세월쟁영파탑두歲月崢嶸破塔頭　깨어진 탑머리에 세월 간 자취

황봉우귀비조작黃鳳羽歸飛鳥雀　봉황새 어디 가고 참새만 나니
두견화발목양우杜鵑花發牧羊牛　진달래꽃 핀 곳에 염소를 치네.

신고억득번화몽神古憶得繁華夢　호사롭던 그 옛날 그려 보나니
기의여금춘사추豈意如今春似秋　오늘 이리 쓸쓸할 줄 뉘 알았으랴.

부운거사와의 첫사랑의 홍역을 치르고 난 진이는 부운거사와의 모든 추억을 떨쳐버리려고 어느 봄날 만월대에 올라 인생무상과 사랑의 덧없음을 슬퍼하며 지은 시다. 첫사랑은 늘 그렇게 아픈 추억으로 남는 법이다.

명창 이사종과 나눈 사랑 시

황진이와 이사종의 이야기는 〈어우야담〉에 나온다. 선전관宣傳官 이사종李士宗은 노래를 잘했다. 일찍이 송도를 지날 때 황진이와 같이 놀고자 하여 천수원天壽院 냇가에서 말에서 내려 갓을 벗어 배위에 올려놓고 드러누워서 소리 높여 노래를 몇 고조 불렀다. 그때 마침 주위에 있던 황진이가 역시 말에서 내려 쉬다가 그 노래를 귀담아 듣더니, '드문 노래 소리다. 반드시 촌가村家의 속된 곡조가 아니다. 서울의 풍류객 이사종이 당대 절창이라고 들었는데 그 사람인가 보다' 하고 사람을 시켜 알아보니 과연 그였다.

이에 자리를 옮겨 가까이 즐기다가 황진이의 집에 데려와서 며칠을 같이 지낸 후 말하기를 "마땅히 그대와 함께 6년을 살겠습니다." 하더니, 이튿날로 3년 동안 살림을 살 만한 재산을 이사종의 집으로 옮기고는 그의 부모와 처자를 섬기고 첩으로서의 예를 다하며 그의 가족을 먹여 살렸다.

3년이 지나자 이번에는 황진이가 그의 집에 했듯이 이사종이 황진이의 일가를 돌보았으며, 꼭 6년이 되던 날 황진이는 "이미 약속이 이루어지고 기일이 다 되었습니다." 하고는 그만 하직했다.

천하 명기 황진이도 일부종사가 어떤 것인가 알아보고 싶었던 것일까.

이사종의 첩이 되어 6년이나 되는 세월을 함께 했다. 그러나 아무리 괜찮은 사람이라 해도 어느 정도 함께 하다보면 서로 조건이 달라서 자신의 길을 가야 할 경우가 있는 것이다. 아니, 그녀에게 일부종사는 견디기 어려운 굴레였을지도 모른다.

> 청산靑山은 내 뜻이오. 녹수綠水는님의 정情이,
> 녹수綠水 흘러간들 청산靑山이야 변變홀손가.
> 녹수綠水도 청산靑山을 못 니져 우러 예어 가는고.

초장에서는 자신의 뜻을 청산에 비유하고, 님의 정을 녹수에 비유하고 있다.

중장에서는 님이 변절하여 떠나간다 한들 나의 신의와 지조는 변하지 않을 거라 하고 있다.

그러나 종장에 가서 님도 청산을 잊지 못하고 울며 가고 있다는 것이다.

사랑에서 이별은 떠나는 사람도 보내는 사람도 다 같이 슬픈 일이다. 이사종을 보내는 황진이는 울고 있었을 것이다. 떠나는 이사종 또한 울며 떠나갔을 것이다. 그러나 그 울음은 속으로 우는 울음이었을 것이다. 겉으로는 슬퍼도 스프지 않은 척 태연했을 것이다. 그래서 더 슬픈 것이다. 애이불비哀而不悲! 이것이 우리네 여인들의 전통적인 이별관 아니었던가. 이렇게 황진이와 이사종의 6년간의 러브스토리는 막을 내렸다.

소세양에 대한 사랑시

소세양은 7살 때 한시를 지을 만큼 신동이라 불리던 조선조 명문장가였다. 소세양이 소싯적에 이르기를, '여색에 미혹되면 남자가 아니다'라고 호언장담해 왔다. 황진이의 재주와 얼굴이 뛰어나다는 말을 듣고는 친구들에게 약조하기를 '내가 황진이와 한 달을 지낸다 해도 마음이 움직이지 않을 자신이 있네. 하루라도 더 묵는다면 나는 사람이 아니네.'라고 호언장담을 하였다.

그러나 막상 송도로 가서 황진이를 만나보니 과연 뛰어난 미인이었다. 30일을 살고 어쩔 수 없이 떠나려 하니, 황진이가 누樓에 올라 주연酒宴을 베풀고 시 한 편을 읊는다. 이 시를 듣고 소세양은 결국 탄식을 하면서 '吾其非人哉(나는 사람이 아니다) 爲之更留(다시 머무르리라)'고 하여 자기의 장담을 스스로 탄식하면서 마음을 돌려 며칠 더 머물렀다 한다. 황진이의 미색을 짐작하게 해 주는 일화다. 이 때 황진이가 읊은 시가 바로 〈봉별소양곡세양奉別蘇陽谷世讓〉이다.

봉별소판서세양奉別蘇判書世讓 : 소판서 세양을 이별하며

월하오동진月下梧桐盡 달밤에 오동잎 다 떨어지니
상중야국황霜中野菊黃 서리 거운데 들국화 노랗다

누고천일척樓高天一尺 누각은 높아 하늘과 한 자 사이
인취주천상人醉酒千觴 님은 천 잔의 술로 취하였네

유수화금냉流水和琴冷 흐르는 물은 거문고소리와 화하여 차가운데
매화입적향梅花入笛香 매화는 피리소리 속에서 향기롭다.

금일상별후今日相別後 오늘 서로 헤어진 후면
억군벽파장憶君碧波長 그대 그리는 마음 강물처럼 길이 흐르리

이 시에는 소세양과의 사랑과 행복을 잊지 못하여 이제 떠나려는 소판

서를 하루라도 더 잡아두고 싶은 마음이 잘 나타나 있다. '오늘 서로 헤어진 후면 그대 그리는 마음 강물처럼 길이 흐르리'로 끝맺은 진이의 곡진한 사연에 소판서도 차마 발길이 떨어지지 않아 눌러앉고 말았던 것이다.

영반월詠半月

수단곤륜옥誰斷崑崙玉 누가 곤륜의 옥을 잘라내어
재성직녀소裁成織女梳 직녀의 얼레빗을 만들었나
견우일거후牽牛一去後 견우가 한 번 떠나간 뒤
수척벽공허愁擲碧空虛 시름으로 푸른 허공에 던졌구나

이 시는 직녀의 빗 같은 초승달을 쳐다보며 임을 생각하는 가련하고 요염한 자신의 심정을 노래하고 있다. 양곡 소세양과의 이별 후에 가슴 속에 품고 있던 이별의 슬픔을 초승달에 기탁하여 간접적으로 읊은 노래이다.

다음은 황진이가 소세양을 떠나보낸 뒤 남긴 시조다.

어져 내 일이야 그릴 줄을 모로ᄃᆞ냐.
이시라 하더면 가랴마ᄂᆞᆫ 제 구타여
보내고 그리ᄂᆞᆫ 정精은 나도 몰라 하노라.

이 노래는 임을 떠나보낸 후의 회한悔恨을 진솔하게 표현하고 있다. 겉으로는 강한 척하지만 속으로는 외롭고 연약한 여인의 마음이 잘 나타나 있다. 표현상 묘미는 중장의 '제 구ᄐᆞ여'의 행간行間 걸침에 있다.

'제 구태여'는 '임이 구태여', '내가 구태여'로 다 해석이 가능하다. 즉 이 부분을 '이시라 하더면 제 구태야 가랴마난'의 도치로 본다면 '제'는 임이 되겠지만, '제 구태야 보내고'로 본다면 '제'는 시적 자아 자신이 될 수 있다.

이 노래는 이별의 정한을 참신한 표현 기법으로 형상화하여, 여성 특유의 작품세계를 보여 주고 있으며, 고려 속요인 '가시리', '서경별곡'과 현대의 김소월의 '진달래꽃'으로 이어지는 이별시의 압권이라 하겠다.

소세양과의 이별을 하였지만 그래도 회한이야 없었겠는가. 그러나 한편 그렇게 떠나보냈기에 이런 멋진 시도 태어날 수 있지 않았을까. 인간사가 다 그렇듯 떠나야 할 때 떠날 줄 알아야 한다. 그때의 뒷모습은 아쉽지만 아름다운 것이다.

벽계수를 낙마시킨 황진이의 시

황진이와 벽계수와의 이야기는 서유영徐有英(1801~1874)의 〈금계필담錦溪筆談〉에 자세히 전한다.

황진이의 명성이 온 나라에 널리 퍼졌다. 종실宗室 벽계수(이창곤)도 황진이의 명성을 듣고 있었으며 황진이를 한 번 만나기를 원하였으나 '풍류명사風流名士'가 아니면 어렵다기에 손곡蓀谷 이달李達에게 방법을 물었다. 이달이 '그대가 황진이를 만나려면 내 말대로 해야 하는데 따를 수 있겠소?'라고 물으니 벽계수는 '당연히 그대의 말을 따르리다.'라고 답했다.

이달이 말하기를 '그대가 소동小童으로 하여금 거문고를 가지고 뒤를 따르게 하여 황진이의 집 근처 루樓에 올라 술을 마시고 거문고를 타고 있으면 황진이가 나와서 그대 곁에 앉을 것이오. 그때 본체만체하고 일어나 재빨리 말을 타고 가면 황진이가 따라올 것이오. 취적교吹笛橋를 지날 때까지 뒤를 돌아보지 않으면 일은 성공일 것이오, 그렇지 않으면 성공하지 못할 것이오.'라고 했다.

벽계수가 그 말을 따라서 작은 나귀를 타고 소동으로 하여금 거문고를 들게 하여 루에 올라 술을 마시고 거문고를 한 곡 탄 후 일어나 나귀를 타고 가니, 황진이가 과연 뒤를 따랐다. 취적교에 이르렀을 때, 황진이가 동자에게 그가 벽계수임을 묻고 시조 한 수를 읊는다.

청산리靑山裏 벽계수碧溪水ㅣ야 수이 감을 자랑마라.
일도창해一到滄海ᄒᆞ면 도라오기 어려오니,
명월明月이 만공산滿空山ᄒᆞ니 수여 간들 엇더리.

이 노래의 묘미는 중의적인 표현에 있다. '벽계수'는 흐르는 물과 왕족인 벽계수碧溪水를 뜻한다. '명월'은 밝은 달과 황진이를 뜻한다.

초장의 '청산'은 영원히 변함없는 자연을 나타내며, '벽계수'는 흘러가는 푸른 시냇물이란 뜻으로 잠시도 쉬지 않고 흘러가는 인간의 삶을 의미한다.

중장에서는 한 번 흘러가 버리면 되돌아올 수 없다는 무상감의 표현이다.

종장에서는 그러니 달빛 그윽한 이 빈산에서 덧없는 인생을 이 명월이와 풍류로 한 번 즐겨보자는 기녀다운 유혹의 노래라 할 수 있다.

벽계수가 그냥 갈 수가 없어서 고개를 돌리다가 황진이의 미모에 그만 나귀에서 떨어졌다 한다. 황진이가 웃으며 '이 사람은 명사가 아니라 단지 풍류랑일 뿐이다'하며 돌아가 버렸다. 벽계수는 매우 부끄럽고 한스러워했다. 이 시조는 벽계수 낙마곡으로 널리 알려져 있다.

지족선사 파계

지족선사와의 이야기는 문헌상으로는 오직 〈성옹지소록*〉에 '30년 면벽面壁의 지족선사도 나에게 무너졌다'는 황진이의 회고가 나오는 것이 전부이다.

황진이 관련 소설 등에서 빠지지 않고 등장하는 지족선사의 일은 구전야담을 통하여 전해온 것이다. 먼저 세간에 전하는 이야기를 살펴보면 대략 다음과 같다.

지족선사는 송도 근교 천마산 깊은 곳의 지족암에서 30년이란 긴 세월을 수도를 해온 스님으로 송도 사람들은 그를 생불生佛이라 존경하였다. 황진이는 어느 날 하얗게 소복을 하고 찾아가 자기는 청상靑孀인데 스님의 제자가 되겠노라고 애원한다. 깊은 산중에서 주야로 독경삼매讀經三昧로 속세와 절연하고 살아온 스님은 난데없는 미녀의 출현에 당황하였다. 자신의 수양부족을 탓해가면서 마귀 쫓는 주문만 열심히 외웠다.

그러나 두 번 세 번 강도를 높여 유혹하니 결국 30년 수련은 공염불이 되어버렸고, 당대의 고승 지족선사는 파계승으로 전락해버렸다. 그 후 지족은 '음양의 도를 훔쳤으니 운수행각이나 나서야지'하며 종적을 감추었으며, 나중에는 그의 생사조차 아는 사람이 없었다 한다.

성옹지소록惺翁識小錄 : 조선 중기 문신 허균許筠이 조선 중기의 고실故實과 장고掌故를 수록한 책. 필사본. 3권 1책. 1611년(광해군 3) 저작. 저자가 1610년에 과시科試 문제로 순군옥巡軍獄에 42일간 갇혀 있다가 함흥咸興으로 유배되었을 때 옥중에서 기록했던 것을 다시 정리한 것이다. 내용은 기왕의 유명한 사대부의 행적과 고실·장고·기문記文과 이견異見 194개 항목을 열거한 것이다. 이 가운데는 사대事大·외교·관방제도官房制度와 육조六曹·옥당玉堂·사관四館·호당湖堂·경연經筵·공신功臣·과거科擧·시호

諡號·역관譯官 등에 대한 설화와 그 밖에 사회적 기사(徐敬德과 黃眞伊의 교우관계 따위), 그리고 역대 명사들의 출세 연령표 등이 수록되어 있다. 책머리에 1611년 4월에 쓴 저자의 소인小引이 첨부되어 있다. 이 책은 저자의 문집인 《성소부부고惺所覆瓿藁》에도 수록되어 있다.

당대의 대표적인 고승과 최고 명기의 만남이니, 어쨌든 황진이 관련 에피소드 중 가장 흥미로운 대목임에는 틀림없는 것 같다. 민속놀이 〈만석중놀이〉는 지족선사의 파계를 풍자한 것이라 한다.

다음은 문화영님의 〈황진이, 선악과를 말한다〉에서 황진이가 지족에 대한 생각을 말하는 일부이다. 참고해 볼 일이다.

"스님이셨으나 참으로 저를 아껴주시는 분이라는 생각이 들었습니다. 속俗에서는 파계라 하나 저는 파계라 생각지 않습니다. 파계라면 그것은 불교에서 주장하는 말일 것이나 지족 선사는 기존의 인간들이 행했던 음탕한 생각으로 저와 함께 하셨던 것이 아니라 인간의 가장 숭고한 사랑으로 저와 함께 하셨던 것입니다. 저는 선사로부터 많은 사랑을 받았다고 생각하였으며, 선사 또한 숭고한 사랑의 한 방법으로 저를 다독여 주신 것입니다.

그 후로 저는 신성한 관계가 무엇인지 알게 되었으며 이후 다른 남성들을 대함에 있어서도 그때 생각했던 바를 행하였던 것입니다. 선사는 저에게 성에 대한 새로운 관념을 심어준 분이었으며 남녀 간의 사랑이 무엇인가에 대한 가르침을 내려주신 분입니다. 성적인 스승이 지족 선사라면, 정신적 스승이 화담 선생이라고 할 수 있습니다. 다른 남성들은 상호간에 즐기면서 주고받았던 사람들로서 풋사랑과 같은 것이었습니다."

花譚 서경덕에 대한 연정과 사랑시

화담 서경덕은 당시 도학군자로서 학덕과 인격이 널리 알려진 위인이었는데, 황진이의 농락에 눈썹하나 까딱하지 않았다. 어느 날 화담정사에 놀러갔다가 돌아갈 시간이 되었다. 황진이가 별안간 복통을 일으켜 신음하기 시작했다. 서경덕은 한 채밖에 없는 이불을 펴주었다.

화담은 늦도록 책을 읽었다. 꾀병을 앓으면서도 연방 서경덕의 동태를 살폈으나 일점 흐트러짐이 없었다. 눈을 떠보니 화담은 윗목에 조그마한 포대기를 얌전히 개켜놓고 단정히 책상 앞에 앉아 있었다. 전날의 자세 그대로 책을 읽고 있었다. 황진이는 자기의 부질없는 연극을 부끄럽게 생각했다.

"선생님 송도에는 삼절이 있다는데 그것을 아십니까?"

서경덕은 무엇이냐고 물었다.

"첫째는 박연폭포요, 둘째는 화담선생님이시고 셋째는 저 황진이입니다."

서화담은 성종 20년(1489)에 나서 명종 1년(1546)까지 산 당대의 석학이었다. 그는 벼슬에 나아가지 않고 학문과 후학 육성에만 전념하였다. 황진이도 서화담에게 글을 배우러 오는 문하생이 되었다. 그런데 진이가 오는 날이 뜸해졌다. 밤은 깊고 주위는 적막한데 우수수 낙엽 지는 소리가 들렸다. 오는가 싶어 영창을 열고 기울여보았으나 주위는 더욱 적막하기만 하였다. 다시금 영창을 닫았다. 불을 껐다. 잠은 십리 밖으로 달아나고 정신은 자꾸만 맑아졌다. 아무리 기다려도 진이는 오지 않았다. 서화담은 초연히 앉아 어둠 속에서 이렇게 노래를 읊었다.

마음이 어린 後ㅣ니 하는 일이 다 어리다.
만중운산萬重雲山에 어늬 님 오리마난
지난 닙 부난 바람에 행여 긘가 하노라.

초장은 인간의 본능인 사랑 앞에서는 어쩔 도리가 없는 시적화자 자신의 한계를 자책하는 내용이고,

중장에서는 만중운산萬重雲山, 즉 구름이 겹겹이 쌓인 험하고 깊은 산이 막고 있어 임이 올 수 없는 상황을 제시하여 사랑하는 이에 대한 애타는 심정을 고조시킨다.

종장에서는 감정이 한껏 고조되어 나뭇잎 지는 소리나 바람소리가 마치 임의 발자국 소리나 옷깃 스치는 소리가 아닌가 하고 님을 기다리는 간절함이 드러나 있다.

진이는 문 밖에 와있었다. 자신의 사무치는 마음을 화담 스승도 간직하고 있음을 확인하는 순간이었다. 왈칵 눈물이 쏟아졌다. 마음 속 깊이 깔려있던 그 동안의 오열이 한꺼번에 쏟아져 나온 것이다. 한참을 추스렸다가 황진이는 다음과 같이 화답하였다.

내 언제 무신無信ᄒᆞ여 님을 언제 소겻관ᄃᆡ.
월침삼경月沈三更에 온 뜻이 전혀 업ᄂᆡ
추풍秋風에 지ᄂᆞᆫ 닙 소릐야 낸들 어이 ᄒᆞ리.

초장에서는 내가 신의 없이 님을 언제 속인 일이 있느냐 반문하고 있다.

중장에서는 달을 베고 누운 깊은 밤에 찾아오신 적은 한 번도 없음을 원망하고 있다.

종장에서는 '가을바람에 나뭇잎 떨어지는 소리야 낸들 어찌 하겠습니까.'하면서 "지는 잎 부는 바람에 행여 귄가 하노라" 하는 화담의 은근한

연정을 넌지시 받아서 '가을바람에 지는 잎 소리를 낸들 어쩌겠느냐'고 타는 마음을 체념하듯 노래하고 있다.

화담의 다른 시조 한 수도 보자.

마음아 너는 어이 매양에 젊었는다
내 늙을 적이면 너는 아니 늙을소냐
아마도 너 좇아다니다가 남우일까 하노라

초장에서는 '마음아 너는 어찌하여 항상 젊은 줄만 아느냐'며 마음을 탓하고 있다.

중장에서는 몸이 늙는데 마음인들 늙지 않을 수가 있겠느냐 반문한다.

종장에서는 '내가 아무래도 마음 쏠리는 대로 좇아다니다가는 남의 웃음꺼리가 될까 걱정이라'하고 있다. 화담 역시 흔들리는 마음을 다잡으려 노력하였음을 알 수 있다.

황진이의 금강산 유람

이생李生과 황진이의 일화는 〈어우야담〉에 전한다. 이생은 재상의 아들이라고만 나와 있으며 본명은 전하지 않는다.

황진이는 금강산金剛山이 천하제일 명산이라는 말을 듣고 꼭 한번 가려고 했으나 동행할 사람이 없었다. 마침 서울에서 이생이라는 청년이 놀러왔는데, 재상의 아들이며 사람이 호탕하고 소탈해서 함께 유람을 할 만하였다. 황진이가 조용히 이생에게 말했다.

"제가 들으니, 중국 사람도 고려국에 태어나서 금강산을 한번 구경하는 것이 소원이라는데, 하물며 우리나라 사람으로 이 나라에 태어나서, 그것도 신선이 산다는 금강산을 지척에 두고 있으면서 구경을 못해서야 되겠습니까? 이제 이 몸이 우연히 선랑仙郎을 모시게 되었으니 같이 신선처럼 놀기에 마침 잘 되었습니다. 산의야복山衣野服으로 그윽하고 뛰어난 경치를 구경하고 돌아온다면 또한 즐겁지 않겠습니까?"

이생이 허락하자 일체의 시동이나 종도 따르지 못하게 하였으며, 무명옷에 초립을 쓰고 양식 주머니까지도 몸소 짊어졌다. 황진이도 스스로 여승처럼 고깔을 만들어 쓰고, 몸에는 갈포로 지은 장삼과 무명 치마에 짚신을 신고 죽장까지 들었다.

두 사람이 금강산으로 들어가서 깊숙이 이르지 않는 곳이 없었으며, 절을 두루 찾아 밥을 빌어먹었고, 어떤 때는 황진이가 몸을 팔아 중한테 양식을 얻기도 했지만, 같이 간 이생은 나무라지도 않았다. 두 사람은 수풀속을 헤매는 동안에 굶주리고 피곤해서 그전과는 모양이 딴판이 되었다.

그러던 중 한 곳에 가니 선비 여남은 명이 냇물 위 송림 속에서 잔치를 벌이고 있었는데, 황진이가 지나가며 인사를 하니 '술 할 줄 아시오?'하며 한 좌석을 내주었다. 사양하지 않고 받아 마시며 노래를 부르니 노랫소리가 유난히 맑아 수풀과 바위 속까지 울렸다. 선비들이 놀라 '안주도 뭐든지 마음대로 들구려.'하니 진이는 '저에게 하인이 하나 있는데 불러서 여기 술 남는 것 좀 먹이면 어떻겠습니까?'하고 이생을 불러 술과 고기를 먹였다.

〈성옹지소록〉에는 다음과 같은 일화가 전한다.

일찍이 산수를 유람하면서 풍악楓岳(금강산)에서 태백산과 지리산을 지나 금성(나주)에 오니, 고을 원이 절도사와 함께 한창 잔치를 벌이는데, 풍악과 기생이 좌석에 가득하였다. 황진이는 다 떨어진 옷에 때 묻은 얼굴로 끼어 앉아서 태연스레 이를 잡으며 노래하고 거문고를 타되 조금도 부끄러운 기색이 없으니, 여러 기생이 기가 죽었다.

조선시대 선비들에게 금강산은 반드시 한번 다녀가야 할 곳으로 인식되었다. 금강산뿐 아니라 전국의 명산을 직접 발로 밟으며 견문을 넓히는 것은 사대부들의 한 공부 방법이었다. 한국의 선승禪僧들 사이에서 '10년 경전經典 공부, 10년 참선參禪, 그리고 10년 만행萬行'이라는 말이 회자되는 것도 같은 맥락이다. 서경덕 또한 금강산, 지리산 등을 두루 유람하였다고 전해진다.

송도로 돌아온 황진이

황진이는 38세라는 짧은 일생을 두고 세상의 풍류남아와 영웅호걸은 원근을 불문하고 모두가 자기의 님이요, 사랑이라고 했다. 주마등처럼 지나온 역정들이 스쳐 지나간다. 남가일몽처럼 덧없는 생각이 든다. 베치마 두른 채 한 많은 유람을 마치고 온갖 회포를 달래주는 정든 송도 땅을 찾으니 누구하나 반겨줄 이 없는 슬픔이 밀려든다. 자연은 옛 그대로이나 자기와 사랑을 나누었던 님들은 물과 같이 흘러가 버렸으니 뇌리에 스치는 허전한 마음은 형언할 길 없다.

山은 녜ㅅ山이로되 물은 녜ㅅ물 안이로다
晝夜에 흘은이 녜ㅅ물리 이실손가
人傑도 물과 갓도다 가고 아니 오노매라.

초장에서는 산은 옛날과 같은 산이로되 물은 옛 물이 아니다.

중장에서는 밤낮으로 흘러갔으니 옛 물이 있을 수 있겠는가,

종장에서는 사람도 물과 같아서 한 번 가고는 오지 않는다고 한탄하고 있다.

인생무상의 감회가 물씬 풍기는 시다.

자기의 기방을 거쳐 간 수많은 남자들! 황진이는 그들 모두에게 사랑을 주었다. 그들 역시 그녀를 진정으로 사랑했을 것이나, 아내로 삼지 않는 바에야 언제까지 기방을 출입하며 만날 수는 없는 일. 결국 저마다의 연緣 따라 제 길을 갈 수 밖에 없었을 것이다.

황진이黃眞伊의 임종臨終과 백호白湖 임제林悌

그녀의 출생이 신비 속에 쌓여 있듯이 그녀의 임종에 대해서도 알 길이 없으나 그녀의 유언에 관한 이야기가 〈성옹직소록〉에 보인다.

죽음을 앞둔 진이는 지나온 자신의 생애를 되돌아보면서 후회도 원망도 없는 고요한 체념만이 가슴에 가득한 채, '내가 죽거든 울지도 말고 북과 풍악鼓樂으로서 상여를 전송해 달라'고 한 말은 일세의 명기다운 얘기이나, '생전에 업보로 관도 쓰지 말고 동문밖에 자기의 시체를 버려 뭇 버러지의 밥이 되게 하여 천하 여자들의 경계를 삼으라' 한 것을 보면 너무도 자신을 잘 알고 있었던 한 여인의 가혹한 자책이기도 하다.

어쨌든 진이는 다정다감한 여인이었다. 재질이 너무 뛰어나서 오히려 그것이 그녀를 평범한 한 여인으로 살 수 없게 하였다. 그렇게 자유분방한 여인이어서 주옥같은 많은 문학작품을 남긴 여인이었는지도 모른다.

황진이가 죽고 난 뒤의 이야기로는 활달한 호남아요 당대의 한량이었던 백호 임제가 평안감사로 임명되어 가는 길에 평소에 보고 싶었던 황진이를 찾았는데 이미 고인이 된 뒤라 백호는 그녀의 무덤을 찾아가 술을 권하며,

청초 우거진 골에 자는다 누엇는다
홍안을 어디두고 백골만 뭇쳣는다
잔잡아 권하리 업스니 글을 슬허 하노라

하며 노래했고, 그렇게 사모하며 보고 싶어 하는 사람도 한 번 죽으면 잡초가 우거진 무덤에 백골만 묻혔는가 하는 덧없는 인생을 한탄하는 애끊는 심정을 표현했다. 생전에 명성을 떨쳐 세인의 심금을 울리던 사람도 죽음 앞에서는 어쩔 수 없다는 허무감을 생생하게 나타내고 있다.

그러나 백호白湖 임제林悌는 황진이의 무덤에서 시조를 읊고 치제致祭했다 하여, 빈축을 사고 급기야 파직을 당하고 말았으니 이후 사색당쟁의 벼슬길을 스스로 버리고 야인으로 일생을 마치게 된다. 평소 인연이 되지 않았지만 사모하였던 여류 시인의 무덤에 술 한 잔 올렸다는 이유로 관직을 떠나 초야에 묻히게 된 임제의 사연이 씁쓸한 여운을 자아낸다.

황진이의 시편들은 〈식소록 識小錄〉·〈어우야담〉·〈송도기이 松都紀異〉·〈금계필담 錦溪筆談〉·〈동국시화휘성 東國詩話彙成〉·〈중경지 中京誌〉·〈조야휘언 朝野彙言〉·〈성옹지소록〉 등에 황진이에 관한 일화와 함께 실려 전한다.

이선희가 부른 〈알고 싶어요〉 표절 시비

月夜思

소요월야사하사蕭寥月夜思何事 달 밝은 밤이면 그대는 무엇을 생각하나요?

침소전전몽사양寢宵轉輾夢似樣	잠이 들면 그대는 무슨 꿈을 꾸시나요?
문군유시녹망언問君有時錄忘言	붓을 들면 때로는 제 이름도 적어보나요?
차세연분과신량此世緣分果信良	저를 만나 기쁘셨나요?
유유억군의미진悠悠憶君疑未盡	그대 생각하다 보면 모든 게 궁금해요.
일일염아기허량日日念我幾許量	하루에 제 생각 얼마만큼 하나요?
망중요고번혹희忙中要顧煩或喜	바쁠 때 얘기해도 제 말이 재미있나요?
훤훤여작정여상喧喧如雀情如常	참새처럼 떠들어도 여전히 정겨운가요?

알고 싶어요

이선희

달 밝은 밤에 그대는 누구를 생각하세요
잠이 들면 그대는 무슨 꿈꾸시나요
깊은 밤에 홀로 깨어 눈물 흘린 적 없나요
때로는 일기장에 내 얘기도 쓰시나요
나를 만나 행복했나요 나의 사랑을 믿나요
그대 생각 하다보면 모든게 궁금해요

하루 중에서 내 생각 얼만큼 많이 하나요
내가 정말 그대의 마음에 드시나요
참새처럼 떠들어도 여전히 귀여운가요
바쁠 때 전화해도 내 목소리 반갑나요
내가 많이 어여쁜 가요 진정 날 사랑하나요
난 정말 알고 싶어요 얘기를 해 주세요

황진이가 사랑했던 소세양에게 동선이를 시켜 보냈던 한시로 황진이 시를 이선희가 부른 것으로 알려져 있는데, 진상은 정반대로 〈알고 싶어요〉의 양인자 작사가의 노랫말을 이재운이 그의 소설에서 한시로 번역한 것이라 한다.

다음은 야후 블로그에 올려진 양인자 작가의 글이다.

이재운씨라는 작가가 계십니다. 그분은 토정비결을 만드신 토정 이지함 선생의 후손이시기도 한데 "연암 박지원" "소설 토정비결" "금강경" 등 많은 작품을 쓰셨지요. 만나면 서로 반가워하는 사인데 95년 어느 날 전화가 왔었어요.

그때 그분은 주간조선에 역사 뒤집어보기 "청사홍사"를 쓰고 계셨는데 황진이 편에 이선희가 부른 〈알고 싶어요〉를 쓰고 싶다는 거였어요. 엥? 얼른 머리가 잘 안돌아가데요.

역사 뒤집기라고 해서 현재와 과거를 넘나들며 오늘날의 가치관으로 시대를 재단하고 인물을 재조명하는 건 알고 있지만 그렇다 하더라도 그 노래를 엇다 쓸 수 있겠습니까?

그러나 사실 이른 아침, 잠에 묻힌 채 받은 전화라 길게 물어보지는 않고

"선생님 작품에 제 노래가 들어간다면 영광이지요."

그러고는 다시 잠 속으로 기어들어갔는데 그때부터 그 노래의 수난이 시작될 줄은 꿈에도 몰랐습니다. 그 노래는 이재운 선생님의 빛나는 한문 실력으로 멋진 한시로 바뀌었습니다. 그리고 황진이가 소세양이라는 남자를 유혹하는데 쓰였습니다.

그날 이후로 '알고 싶어요'는 양인자가 황진이의 한시를 표절한 것으로 바람을 타지요. 나보다도 더 당황한 이재운씨가 자신의 연재소설 말미에 되풀이 사건의 전말을 밝혔건만 10년이 지난 이 시간까지 바로잡아지지 않고 있네요.

임 제

로맨티시스트의 사랑

임제林悌 1549(명종 4)~1587(선조 20). 조선 전기의 문인. 명종 4년(1549)에 전남 나주시 다시면 신풍리에서 태어났다. 본관은 나주羅州. 자는 자순子順, 호는 백호白湖·풍강楓江·벽산碧山·소치嘯癡·겸재謙齋. 아버지는 오도절도사 훈련원 판관을 지낸 진晉이다.

큰아버지 풍암楓岩이 친아들처럼 사랑하며 돌보았다. 초년에는 늦도록 술과 창루娼樓를 탐하며 지내다가 20세가 되어서야 비로소 학문에 뜻을 두었다. 제주목사였던 아버지를 만나기 위해 풍랑이 거친 바다를 조각배로 건너가고, 올 때는 배가 가벼우면 파선된다고 배 가운데에 돌을 가득 싣고 왔다고 한다.

1577년(선조 9) 문과에 급제했다. 그러나 당시 당쟁의 와중에 휘말리기를 꺼려한 탓에 변변한 벼슬자리를 얻지 못하고 예조정랑 겸 사국지제교史局知製敎에 이른 것이 고작이었다. 스승인 성운成運이 죽자 세상과 인연을 끊고 벼슬을 멀리한 채 산야를 방랑하며 혹은 술에 젖고 음풍영월吟風詠月로 삶의 보람을 삼았다. 전국을 누비며 방랑했는데 남으로 탐라·광한루에서 북으로 의주 용만 부벽루에 이르렀다. 그의 방랑벽과 호방한 기질로 인해 당대인들은 모두 그를 법도法度 외의 인물로 보았다.

백호 임제는 기풍이 호방하고 재기가 넘치는 문인으로 평가받으면서 전국을 누비다보니 여러 일화들이 전한다. 특히 기생이나 여인과의 일화가 많은데, 당시 명기 한우와 주고받은 화답시, 평양 제일가는 기생 일지매一枝梅와 생선장수로 변장하고 정원에 들어가 화답시和答詩로 인연을 맺은 일, 영남 어느 지방에서 화전놀이 나온 부인들에게 육담肉談적인 시를 지어주어 음식을 제공받고 종일 더불어 논 일, 박팽년 사당에 짚신을 신고 가 알현한 일 등은 유명하다.

황진이의 무덤을 지나며 읊은 "청초 우거진 골에……"로 시작되는 시조를 포함해 기생 한우寒雨와 화답하는 것 등 사랑과 풍류를 다룬 시조 4수를 남겼다. 문집으로는 〈백호집白湖集〉이 있다. 700여 수가 넘는 한시 중 전국을 누비며 방랑의 서정을 담은 서정시가 제일 많다. 절과 승려에 관한 시, 기생과의 사랑을 읊은 시가 많은 것도 특색이다.

꿈의 세계를 통해 세조의 왕위찬탈이란 정치권력의 모순을 풍자한 〈원생몽유록元生夢游錄〉, 인간의 심성을 의인화한 〈수성지愁城誌〉, 그리고 식물세계를 통해 인간역사를 풍자한 〈화사花史〉 등 한문소설도 남겼다.

진본청구영언珍本靑丘永言에 다음과 같은 기록이 보인다.

임제는 자를 자순子順, 호는 백호白湖라 하며 금성인錦城人이다. 선조 때에 과거에 급제, 벼슬은 예조정랑에 이르렀다. 시문에 능하고, 거문고를 잘 타며, 노래를 잘 불러 호방한 선비였다. 백호 나이 20세, 집을 떠나 보은 속리산 기슭 종곡마을로 대곡大谷 성운成運을 찾아가 가르침을 받을 때의 일이다. 백호가 약간 덜 떨어진 충청감사의 아들에게 말오줌을 신선이 마시는 불로주라고 속여서 먹인 일화가 전한다.

어느 날 백호가 방문을 열어놓고 책을 읽고 읽는데 저 멀리서부터 시끄러운 소리가 들려왔다. 알고 보니 충청감사의 아들 패거리들이 속리산 구경을 온 것이었다. 슬그머니 장난기가 발동한 백호가 읽던 책을 덮고 밖으로 나섰다. 그는 지름길로 법주사를 찾아가 노승 두 사람에게 부탁하여 절에서 잘 보이는 산봉우리에서 바둑을 두고 있으라 하고 동자승에게는 푸른 옷을 입혀 그 곁에서 시중을 들도록 시켰다. 그리고 자신은 산중턱에서 옥피리를 불기 시작했다.

감사의 아들이 법주사에 거의 이르렀을 때, 어디선가 아름다운 피리소리가 들려왔다. 감사 아들이 마중 나온 스님에게 물었다.

"저 피리소리는 어디서 누가 부는 것인고? 제법 그럴싸하구려!"

"아, 예. 이 산에는 옛날부터 이따금 신선이 찾아와 저렇게 피리를 불면서 놀다가 갑니다만 아무도 그 신선을 본 적은 없습니다요."

"그래? 그렇다면 내 오늘 저 신선을 꼭 한 번 만나보고야 말리라!"

감사의 아들이 큰소리치고는 피리소리를 따라 산으로 올라가니 과연 신선들이 바둑을 두고 있는 것이었다. 가까이 다가가려고 하자 시중들던 동자가 신선들에게 아뢰었다.

"저기 속객俗客이 오고 있사옵니다."

"어허, 기특하구나! 그렇다면 이 불로주를 속객에게 주어 대접하도록 하라."

감사의 아들은 신선이 내린 불로주라는 말에 너무나 감격한 나머지 단숨에 다 마셔 버렸다. 그것은 실은 백호가 미리 준비한 말 오줌이었으니 맛이 괴상할 수밖에 없었다. 감사의 아들이 우거지상을 하고 있는 것을 몰래 숨어서 보고 있던 백호가 동자승을 시켜 시 한 수를 전해주게 했다. 감사의 아들이 보니 이렇게 쓰여 있었다.

붉은 띠를 두른 미소년이여

진세간에서 기특한 남아로다
한 병 술로 서로 전송하며 헤어지니
속리산 구름이 만리로구나

백호가 감사 아들을 조롱한 시인데, 감사 아들은 자신을 칭찬한 시로 곡해했던 것이다.

대곡 성운선생의 가르침을 받은 백호는 늙은 스승을 하직하고 귀향길에 올랐다. 고향 회진으로 돌아온 백호는 벼슬길에 뜻이 없어 신걸산에 오르기도 하고 영산강변을 거닐기도 하고 벗들과 영모정永慕亭에서 술 마시고 시 읊고 거문고 뜯으며 풍류 속에서 즐거운 한 시절을 보냈다.

남북을 오르내리며 방랑하던 백호는 다시 집으로 돌아와 29세 되던 선조 10년에 비로소 과거를 보아 문과에 급제하였다. 그리고 2년 뒤인 31세 때에는 고산찰방으로 짧은 벼슬살이의 첫발을 내디뎠다. 양사언 허봉 차천로 같은 당대의 명사들과 교유를 시작한 것도 그 무렵이었다. 이듬해 봄에는 북도평사로 부임했는데, 묘향산으로 서산대사西山大師를 찾아가 만난 것도, 소설 〈원생몽유록元生夢遊錄〉을 지은 것도 바로 그해였다.

백호는 풍류남아로서 시만 잘 읊은 것이 아니라 〈원생몽유록〉을 비롯하여 〈수성지〉 〈화사〉등 세 편의 한문소설도 남겼다. 특히 〈수성지〉는 그의 후학으로서 〈홍길동전〉을 지은 허균許筠이 '천지간의 대작'이라고 극찬하기도 했다.

황진이에게 바친 헌시

청초 우거진 골에 자는다 누엇는다
홍안을 어디두고 백골만 뭇쳣는다
잔잡아 권하리 업스니 글을 슬허 하노라

이 시조는 백호白湖 임제林悌가 명기 황진이黃眞伊의 묘를 찾아가 읊은 것이다. 그때 백호는 평안도 도사로 부임하는 길이었는데, 개성을 지나다가 평소에 한 번 만나보고 싶었던 풍류 기녀 황진이가 석 달 전에 죽었다는 말을 듣고 닭 한 마리와 술 한 병을 사들고 그녀의 무덤을 찾아가 제사를 지내주고 이렇게 아쉬운 심정을 읊었던 것이다. (황진이 편 〈보내고 그리는 정〉 참조)

검과 거문고의 조율사, 멋과 기백의 풍류 기남아, 시대를 앞서간 우국지사….

이는 모두 당대의 풍류가 백호 임제을 따라다니던 수식어들이었다.

한우寒雨와의 로맨스

선조 16년(1583) 35세 때 평안도 도사를 지냈지만, 그의 벼슬살이는 순탄치 않아 채 1년을 넘기지 못했다. 평양은 색향으로 이름난 고장이라 평양에서 백호는 풍류 일화를 많이 남겼다. 특히 평양 명기 한우寒雨와 일지매一枝梅와의 로맨스가 널리 회자되고 있다. 백호가 평안도 도사직을 마치고 한우와 마지막 밤을 보내게 되었다. 밤이 깊어가자 취흥에 백호가 시조 한 수를 읊었다.

월심야삼경 양인심사양인지月深夜三更 兩人心事兩人知

– 밤은 깊어 3경인데 두 사람의 마음은 두 사람만이 알고 있다.

북창北窓이 맑다커늘 우장雨裝업씨 길을 난이
산에는 눈이 오고 들에는 찬비로다
오늘은 찬비 맛잣시니 얼어 잘까 하노라

초장에서는 북녘 창으로 보이는 하늘이 맑다고 하기에 우장도 안 가지고 길을 떠났더니, 중장에서는 도중에 날씨가 나빠져서 산에서는 눈이 내리고, 들에서는 찬비가 내리는 구나. 종장에서는 오늘은 찬비를 맞았으니, 할 수 없이 언 몸으로 잘까 하노라 하고 읊었다.

이 시조는 그 중의적 의미에 묘미가 있다. 기생 이름인 '한우寒雨'의 순우리말은 곧 '찬비'가 된다. 따라서 '찬비'는 기생 '한우寒雨'를 은유한 것이고, '마자시니'는 '비를 맞다'는 뜻도 되지만 '맞이한다迎'의 뜻도 있다. '오늘은 그리던 한우 너를 맞았으니'의 뜻이 되기도 한다.

'찬비 맞았으니 얼어 자게 되었다'는 '찬비라는 이름을 가진 여인이니 얼마나 차가운 여인이겠으며, 그러니 얼어 잘 수밖에 더 있겠는가.'라는 직역도 가능하지만, '얼어 잘까'는 '임 없이 혼자 웅크리고 자는 이불 속의 쓸쓸함'을 암시하고 있다고 볼 수 있다.

그러자 한우가 망설이지 않고 기다렸다는 듯이 화답했다.

어이 얼어 자리 무슨 일로 얼어 자리
원앙침 비취금을 어디 두고 얼어 자리
오늘은 찬비 맞았으니 녹아 잘까 하노라

한우의 화답은 더욱 절묘하다.

'어이 얼어 잘이 므스 일 얼어 잘이'는 '무엇 때문에 찬 이불 속에서 혼자서 주무시렵니까. 저와 같이 가슴 맞대고 따뜻하게 주무십시오.'하는 은근한 정담情談이다.

즉 '찬비 맞았으니 마땅히 언 몸을 녹여 자야지요.'하고 임제의 꽁꽁 언 손을 자기의 고운 손으로 감싸 쥔 채 뜨거운 가슴에 묻게 하는 기생 한우의 다정다감한 모습은 우리의 숨결을 일 순 멈추게 한다. 비록 이름은 찬비이지만 실제로는 뜨거운 가슴을 지녔기에 아무리 꽁꽁 언 몸이라도 포근히 녹여 드릴 수 있다는 기생 한우의 풍류와 사랑이 멋지다.

재치 있는 두 남녀의 감칠맛 있는 은근함과 운치가 넘치고 있다. 동시에 이 시조를 읽으면서 우리는 조선 시조의 한 속성을 알게 된다. 그것은 시조의 창작 태도다. 극히 소수의 작가를 제외하고는 시조란 즉흥적인 노래였다는 점이다. 시조를 짓기 위하여 애쓰고 문학성을 발휘하려는 것이 아니라, 도락이나 취미를 본위로 하여 즉흥적으로 읊어 나간 것이 대부분의 시조다. 고려말의 단심가丹心歌와 하여가何如歌도 그런 태도로 지어진 것이다.

그녀에 대한 자세한 기록이 없음은 아쉬운 일이다. 그녀에 대한 기록으로는 〈병와가곡집甁窩歌曲集〉에는 '규수閨秀', 〈해동가요〉에는 '명기구인名妓九人'이라 하여, 아홉 기생 중에 넣은 것이 전부다.

일지매와의 로맨스

일지매와의 사연은 평양 근무 시절이 아니라 백호가 서울로 돌아온 뒤의 일이다. 일지매는 재색을 겸비한 당시 평양 제일의 명기였다. 그러나 절개가 굳고 자부심이 강해 웬만한 사내는 거들떠보지도 않았다. 벼슬이 종2품 당상관인 평안감사의 유혹과 위협에도 눈썹 하나 깜빡하지 않았다. 어느 날 서울의 백호에게 절친한 벗인 평안감사가 편지를 보냈는데 안부 끝에 이런 대목이 있었다.

'나도 일지매를 수청 들게 하는데 실패했으니 자네가 와서 한 번 꺾어 보지 않겠는가?'

백호가 편지를 받고 며칠 뒤 남루를 걸친 초라한 행색의 생선장수로 변장하여 평양에 이르렀다. 드높은 명성과는 달리 일지매의 집은 검소한 초가였다. 백호가 싱싱한 숭어를 사라고 외치자 마침 사군자를 치고 있던 일지매가 생선장수 치고는 낭랑한 목소리에 마음이 끌려 계집종을 시켜 집안으로 들어오게 했다. 그런데 싱싱한 생선이라는 것이 한물간 숭어 다섯 마리였다.

"물이 간 숭어를 싱싱하다니, 어찌 그런 거짓말을 할 수 있는가?"

일지매의 핀잔에 백호가 너스레를 떨었다.

"처음에야 물이 좋았지요. 그런데 저녁이 되니 한물갔구먼요. 아, 사람도 늙으면 쪼그라드는데 그러지 말고 팔아주오."

그런 수작 끝에 떼를 쓰다 시피 하여 그날 밤을 일지매네 문간방에서 보내게 되었다. 휘영청 달 밝은 5월. 춘정을 이기지 못한 일지매가 거문고를 뜯었다. 그러자 기다렸다는 듯이 문간방 쪽에서 피리소리가 울려와 화음을 이루는 것이었다. 도대체 이 깊은 밤중에 누가 저토록 절묘한 가락의 피리를 부는 것일까. 호기심을 이기지 못한 일지매가 일어나 피리소리가 들려온 곳으로 찾아가보니 거기에는 아까 그 생선 장수만이 코를 골며 자고 있었다.

일지매가 돌아서며 다시 한 수 읊었다.
"창가에는 복희씨 적처럼 달이 밝구나"
그러자 문간방 쪽에서 이렇게 대꾸하는 소리가 들려왔다.
"마루에는 태고 적 바람이 맑도다"
신기하게 생각한 일지매가 다시 한 구 읊었다.
"비단 이불을 누구와 더불어 덮을꼬"
그러자 여전히 문간방에서 이렇게 대꾸하는 것이 아닌가.
"나그네 베갯머리 한 쪽이 비었네"
일지매가 문간방 앞으로 다가가며 말을 건넨다.
"어인 호한好漢이 아녀자의 약한 간장을 녹이는고…."
새 옷을 갈아입은 한량과 술상을 사이에 둔 일지매! 정담情談과 화창話唱으로 밤 가는 줄 몰랐다.

국조인물고國朝人物考에는 그의 인품을 이렇게 기록하고 있다. 그는 성품이 강직하고 고집이 있어 벼슬에 높이 오르지 못하였으며, 선비들은 그를 법도 밖의 사람이라 하여 사귀기를 꺼려하였으나, 그의 시와 문장은 서로 취하였다. 일찍이 그는 속리산에 들어가 대곡大谷 성운成運에게 사사師事하였으며, 이율곡, 허균, 양사언 등과 교우하였다.

그는 또한 우리 소설사에서 '화사花史'라는 가전체소설(의인체소설)을 써서 의인문학疑人文學의 정상의 자리를 차지하고 있다. 그는 조선시대의 대표적 멋쟁이요 한량閑良이었다.

한 번은 임제가 좋아하는 기생에게 부채를 선사하였다.
부채에는 다음과 같은 글이 적혀 있었다.

막괴융동증선지莫怪隆冬贈扇枝	엄동에 부채를 선사하는 이 마음을
이금년소기능지爾今年少豈能知	너는 아직 나이 어려 그 뜻을 모르겠지.
상사반야흉생화相思半夜胸生火	그리워 깊은 밤에 가슴에 불이 일거든
독승염증육월시獨勝炎蒸六月時	오뉴월 복더위 같은 불길을 이 부채로 식히렴.

엄동설한 추운 겨울에 부채를 보내는 심사는 심술궂지만, 그 차원 높은 역설의 논리엔 정회情懷와 낭만浪漫이 넘친다. 정녕 아름다운 정경이다.

그는 한시문에 능하여 백호집白湖集에는 주옥같은 작품 700여수가 전하는데, '막여정이간莫如精而簡'이라 한 종제從弟 임서林壻의 '후식後識'을 보면, 그는 양보다 질에 치중하였다는 것을 알 수 있다.

규원閨怨 —무어별無語別

십오월계녀十五越溪女	열다섯 갓 넘은 어여쁜 아가씨
수인무어별羞人無語別	수줍어 말 못하고 임을 보내고,
귀래엄중문歸來掩重門	돌아와 겹겹이 문 걸어 닫고는
읍향이화월泣向梨花月	이화梨花에 달 밝은데 눈물짓누나!

'규원'이라고도 불리는 이 작품은, 어린 소녀의 애틋한 사랑을 절제된 언어를 통해 표현한 작품으로 섬세한 여인의 심정을 감각적이고 심미적인 형상으로 엮어 내고 있다. 이 작품에서 보듯 작가는 여성적인 섬세한 감각으로 이별을 당한 여인의 슬픔을 효과적으로 포착해 내고 있다. 사랑하는 임과 헤어지면서도 남이 부끄러워 이별의 말 한 마디 못하고 소리 없는 눈물을 흘리는 모습이 손에 잡힐 듯하다. 작가의 자유 분망한 낭만주의적 경향이 잘 드러난 작품으로 권위와 법도가 중시되던 봉건주의적

시대의 남녀 사랑이란 절실한 마음속에만 간직될 수밖에 없는 것을 표현한 작품이다.

임제는 송순宋純 · 정철鄭澈 등과 함께 한 시대를 풍미風靡했던 풍류남아요, 재사才士였다. 그는 소설과 시조의 작가로도 탁월한 재주를 보였고, 한시의 창작에서도 독특한 경지를 개척했다.

헛된 명리를 멀리하고 저자와 산수간을 넘나들던 백호 임제는 선조 20년(1587) 음력 8월 21일에 39세 한창나이로 짧지만 굵은 한 삶을 마치고 저세상으로 갔다.

성호星湖 이익李瀷의 〈성호사설〉에서 백호가 임종하기 전 구슬피 우는 자식들에게 이렇게 꾸짖었다고 전한다.

"이 세상의 모든 나라에서 황제를 칭하지 않은 나라가 없는데 우리나라만 예부터 그렇게 부르지 못하고 있다. 내가 이처럼 누추한 나라에서 태어났는데 죽는다고 무엇이 슬프단 말이냐?"

일세의 풍류가객 백호 임제의 묘는 영산강 줄기가 내려다보이는 전남 나주시 다시면 가운리 신걸산 중턱에 있다.

홍랑

밤비예 새닙곳 나거든

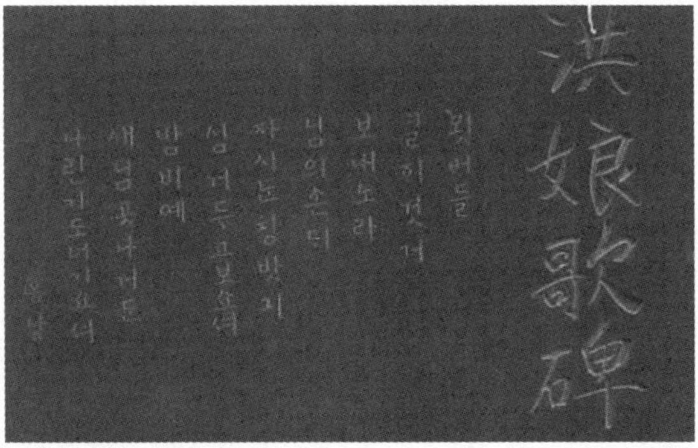

홍랑紅娘은 함경도 금성에서 태어나 일찍이 아버지를 여의고 홀어머니와 함께 살았다. 지병을 앓아온 어머니가 위독하자 집에서 80리 떨어진 곳의 최崔의원이라는 명의를 모셔 온다. 그러나 이미 어머니는 더 이상 이 세상 사람이 아니었다. 홍랑은 하늘이 무너지는 충격에 휩싸인다. 홍랑의 어머니는 동네사람들의 주선으로 뒷산 양지바른 언덕에 묻혔다.

어린 홍랑이었으나 석 달을 어머니 무덤가에서 지냈다. 그때 홍랑의 나이 겨우 12세였다. 홍랑의 효심에 감동한 최의원이 다시 왔다. 효성 지극한 홍랑을 그냥 버려둘 수 없었기 때문이다. 최의원은 그녀를 자기 집으로 데려가 수양딸로 삼는다. 그곳에서 홍랑은 시문을 배우고 예의범절 등을 익히며 행복한 어린 시절을 보낸다.

몇 년이 지난 후 그녀는 최의원에게 이제 다 자랐으니 떠나야겠다고 말한다. 친딸처럼 여기고 키웠던 최의원은 보내기가 아쉬웠으나 결국 허락한다. 최의원 집을 떠난 홍랑은 먼저 어머니 무덤을 찾는다. 우거진 잡초를 하나하나 정성스럽게 뽑는다. 명부의 어머니께 하직 인사를 올리고 그 후 기적에 몸을 담는다.

조선시대 기생들의 이야기를 담고 있는 〈조선 해어화사〉에는 홍랑의 사랑에 관한 짧은 일화가 소개돼 있다. 책의 내용에 의하면 선조 때의 시인 고죽 최경창이 바로 홍랑의 연인이라 기록되어 있다. 생몰 연대가 확실치 않은 홍랑의 시가 조선 중기의 것으로 알려질 수 있었던 것은 최경창*과의 사랑 이야기가 전해지기 때문이다.

고죽 최경창은 전라남도 영암군 군서면 동구림리에서 어린 시절을 보냈다. 당대 이름난 학자였던 박순의 문하에서 백광훈 등과 함께 공부하면서 일찍부터 탁월한 문장을 보였고, 악기를 다루는 재주도 뛰어났다고 전한다. 그의 악기 다루는 솜씨에 대해 전해지는 일화가 있다. 임진왜란이 나자 고죽이 배를 타고 서호강을 건너는데 왜군이 쫓아왔다. 그 때 고죽이 가지고 있던 옥피리를 불자 그 소리를 들은 왜군이 "저 배에는 귀신神자에 사람 人자, 神人이 있다"며 쫓아가기를 포기했다는 것이다.

최경창이 과거에 합격한 것은 1568년, 1573년 가을 최경창이 북도평사로 부임했다. 그가 부임한 곳은 함경북도 경성, 서울에서 천릿길이 훨씬 넘는 변방이다. 고려시대부터 여진족을 비롯해 수많은 이민족의 침입을 받은 경성은 국방의 요지였고 예부터 많은 군대를 두고 있었다. 최경창은 이곳에 북도평사, 즉 병마절도사의 보좌관으로 부임한 것이다. 당시 서른넷의 최경창에겐 이미 처자가 있었지만 경성에 부임할 때는 혼자였다.

고죽이 변방에 군사 활동을 나갔다가 그 지역 관리가 마련한 술자리가 있어 참석했는데 그 자리에 홍랑이 있었다. 주거니 받거니 하면서 시를 읊는데 홍랑이 함께 있는 사람이 고죽인지 모르고 그의 시를 읊었다. 이에 고죽이 누구의 시를 좋아하냐고 묻자 홍랑이 고죽 선생의 시를 좋아한다고 대답했고, 그때서야 최경창이 자신의 신분을 밝혔다는 것이다. 사실 고죽 최경창은 당대의 문인인 송강 정철등과 교류하면서 조선 중기

최경창 : 본관 해주海州. 자 가운嘉運. 호 고죽孤竹. 박순朴淳의 문인. 문장과 학문에 뛰어나 이이李珥 · 송익필宋翼弼 등과 함께 팔문장으로 불리었고, 당시唐詩에도 능하여 삼당파三唐派이라고도 일컬어졌다. 1568년(선조 1) 증광시문과增廣試文科에 급제, 대동도찰방大同道察訪 · 종성부사鍾城府使를 지냈다. 1583년 방어사防禦使의 종사관從事官에 임명되었으나 상경 도중 죽었다. 시와 서화書畵에 뛰어났으며, 피리도 잘 불었다. 숙종 때 청백리淸白吏에 녹선錄選되었다. 문집에 《고죽유고孤竹遺稿》가 있다.

8문장으로 불렸다. 특히 당시唐詩에 뛰어난 평가를 받았는데, 율곡 이이는 그의 시를 가리켜 '청신준일하다'고 까지 평했을 정도였다. 오죽하면 기생인 홍랑이 그의 시를 외고 있었겠는가.

시와 풍류를 아는 젊은 관리 최경창과 재색을 겸비한 경성의 이름난 기생 홍랑은 곧 사랑하는 사이가 되었다. 고죽은 당시를 이렇게 적고 있다. 홍랑이 자신의 처소인 경성 병영에 따라와 함께 지냈다는 것이다. 관기의 신분인 홍랑이 최경창과 함께 사는 일이 과연 가능했을까? 이에 관해 실록에 조선시대 변방에서의 기녀 풍속을 보여주는 대목이 있는데 세종 18년의 일이다.

'군사들이 가정을 멀리 떠나서 추위와 더위를 두 번씩이나 지나므로 일상의 사소한 일도 어려울 것이니, 기녀를 두는 게 합당하다.' 당시 변방의 부대에 기녀가 사는 게 일반적이었음을 보여주는 것이다. 변방에 배치된 방직기(병영에 배치된 기생)는 바느질, 빨래 등 군사들의 수발을 맡았고 심지어는 잠자리 시중까지 들었다. 변방 군대의 방직기는 현지에 있는 현지처의 역할을 했다고도 할 수 있다. 변방에서 겨울을 보내야 했던 최경창에게 홍랑은 비록 기생 신분이지만 문학적인 교양과 미모를 겸비하였기에 서로의 마음을 이해하고 시와 풍류를 나눌 수 있는 사랑하는 관계로까지 발전한 것은 어쩌면 당연한 일이었다.

지방 관리와 기생의 사랑에는 애초부터 한계가 있었다. 관리의 임기가 끝나면 사랑도 지속되기 어려웠던 것이다. 조선시대 기생은 노비였기 때문에 해당 지역을 벗어나 다른 지역으로 갈 수 없었다. 소유권이 해당 관청에 있기 때문이다. 기생과 관리의 사랑은 많았지만 지방을 벗어나면 사랑도 계속될 수 없는 게 현실이었다.

이듬해 최경창은 관직이 바뀌어 한양으로 돌아오게 되니, 홍랑은 경성에서 쌍성까지 며칠 길을 마다 않고 따라온다.

최경창은 당시의 상황을 이렇게 적고 있다. '나와 이별한 뒤, 홍랑이 함관령에 이르렀을 때 날이 저물고 비가 내렸다. 이곳에서 홍랑이 내게 시를 지어 보내왔다.'

> 묏버들 골 것거 보내노라 님의 손딕,
> 자시는 창窓 밧긔 심거 두고 보쇼셔.
> 밤비에 새닙곳 나거든 날인가도 너기쇼셔.

이별의 슬픔 속에 혼자 경성으로 돌아가면서 홍랑은 마음이나마 고죽 곁에 머물기를 원했을 것이다. 서울로 떠나간 고죽에게 적어 보낸 시 한 수에 홍랑이 담은 것은 간절하고도 지극한 사랑이었다.

초장에서 묏버들를 가리어 꺾어 님에게 보내노라 한다.
중장에서는 님이 주무시는 창 밖에 심어두고 보라 부탁한다.
종장에서는 밤비에 새 잎이 나거든 나인 듯이 여겨 달라 한다.

우리의 전통적 여인네들의 사랑은 이토록 은근하고도 절제의 미가 있다. 슬프되 감정을 드러내지 않는 애이불비哀而不悲의 간접적 표현이 한껏 승화된 애정관으로 차원을 높이고 있다.

최경창이 한양으로 돌아온 2년 뒤인 선조 9년(1576년) 봄, 사헌부는 최경창의 파직을 청하는 상소를 올린다.

'최경창은 식견 있는 문관으로서 몸가짐을 삼가지 않고 북방의 관비를 불시에 데리고 와 사니 이는 너무도 기탄없는 일입니다. 파직을 명하소서.'

이때는 최경창이 경성을 떠나온 지 2년이나 지난 무렵이다. 그런데 이미 이별한 두 사람이 함께 살고 있다는 상소의 내용은 무슨 의미일까?

최경창은 당시의 상황을 이렇게 적고 있다.

'을해년에 내가 병이 들어 봄부터 겨울까지 자리에서 일어나지 못했다. 홍랑이 이 소식을 듣고 7일 밤낮을 걸어 한양에 도착했다.'

단지 병석에 누운 고죽을 걱정해 찾아온 홍랑의 행동이 최경창의 파직으로까지 비화된 까닭은 당시의 시대 상황에 있었다. 최경창은 자신의 기록에서 '그때 양계의 금이 있었고 국상 때였다.'고 적고 있다.

'양계의 금'은 함경도와 평안도 사람들의 도성 출입을 제한하는 제도를 말한다. 양계는 중국과 국경을 맞댄 변방이고, 국방을 튼튼히 하기 위해서는 이 지역을 번성하게 할 필요가 있었다. 때문에 조선시대에는 양계인들이 밖으로 나가는 것을 엄격하게 막았다. 다른 지방 사람들과 결혼하는 것조차 금할 정도였다. 더구나 당시는 명종비 인순왕후가 죽은 지 1년이 채 안 되어 국상 중이었고 사회의 분위기도 평소와는 달랐다.

허균도 국상 기간에 기녀와의 관계 때문에 파직을 당한 일이 있다. 이는 강상을 어지럽히는 일이고 삼강오륜을 무너뜨리는 일이라고 여겨진 것이다. 홍랑의 경우도 마침 국상 기간이었고 게다가 동인과 서인간의 당쟁이 한창이었기 때문에 정적이 표적으로 삼기에 좋았다. 이 같은 상황

속에서 최경창을 찾아 한양에 온 홍랑의 일은 결국 최경창이 홍랑을 첩으로 삼았다고까지 비화되고 만 것이다.

결국 최경창은 파직 당했고 홍랑도 고향으로 돌아갈 수밖에 없었다. 경성에서 이별한 뒤 2년 만에 병석에 누운 최경창과 홍랑의 짧은 재회는 파직과 이별로 막을 내리고 말았다. 파직을 감수하면서까지 사랑했던 최경창과 홍랑의 사랑은 시련 속에서 오히려 더 꿋꿋했다. 이 때 돌아가는 홍랑에게 최경창이 썼다는 한시가 전해지고 있다.

상간맥맥증유란相看脈脈贈幽蘭	말없이 마주보며 유란을 주노라
차거천애기일환此去天涯幾日還	오늘 하늘 끝으로 떠나고 나면 언제 돌아오랴
막창함관구시곡莫唱咸關舊時曲	함관령의 옛 노래를 부르지 마라
지금운우암청산至今雲雨暗靑山	지금까지도 비구름에 청산이 어둡나니

후에 최경창이 복직되어 같은 함경도 종성부사를 자청하여 부임하다가, 종성 객관에서 병을 얻어 누웠는데, 홍랑이 이 소식을 듣고 달려와 온갖 간호와 수발을 다하였지만 최경창은 끝내 죽음을 맞이하고 만다.

조선 중기의 학자 남학명은 문집 〈회은집〉에서 최경창이 죽은 후 홍랑의 행동을 이렇게 적고 있다.

'고죽이 죽은 뒤 홍랑은 스스로 얼굴을 상하게 하고 그의 무덤에서 시묘살이를 했다.'

3년의 세월 동안 움막을 짓고 씻지도 않고 꾸미지도 않으며 묘를 지켰다고 한다.

〈회은집〉은 계속해서 이런 기록을 남기고 있다.

'난리가 일어나자 홍랑은 고죽의 시를 지고 피난하여 병화를 면하게 했다.'

3년 상을 마치고도 무덤을 지키던 홍랑은 전쟁(임진왜란)이 일어나자 어쩔 수 없이 피난길에 오른다. 고죽이 남긴 시를 모두 정리해 고향으로 돌아간 것이다. 조선시대 뛰어난 시인인 고죽의 시가 지금까지 전해지게 된 것은 이 같은 홍랑의 사랑이 있었기 때문이다.

〈고죽집〉에는 홍랑이 수집한 시가 대부분 실려 있다.

홍랑의 산소는 파주군 교하면 다율리에 있는 해주 최씨의 선산에 연인과 함께 아래위로 자리하고 있다. 그리고 조선조 기녀로는 유일하게 양반 가문인 최씨 후손들의 제사도 받고 조상으로 섬겨지고 있다. 현재 산소 올라가는 길 입구에는 해주 최씨 집안이 살고 있는데, 그들은 홍랑을 자신들의 할머니라고 서슴없이 말할 정도로 홍랑에 대한 마음이 각별하다.

입구에 세워진 시비詩碑 앞면은 '고죽시비孤竹詩碑'라 음각하여, 고죽의 시가 새겨져 있고, 뒷면은 '홍랑가비洪郎歌碑'로 '묏버들~' 시조를 새겨두었다.

두 사람의 시비를 따로 세우지 않고, 이렇게 하나의 비석 양면에 새긴 것은, 살아서 못 다한 정을 죽어서나 한 몸 되어 지내라는 후인들의 뜻이리라. 비천한 신분으로 그나마 사랑하는 사람의 발치에라도 묻힐 수 있었던 것은 홍랑의 지극한 정성이 후손들의 마음에 큰 감동을 준 연유일 것이다.

홍랑과 최경창의 사랑이야기를 소상히 적고 있는 〈회은집〉에 따르면 유일자有一子, 즉 아들 한 명을 두었다는 얘기가 나온다. 그는 누구일까? 추적결과 최경창의 서자 최즙을 찾게 되었고 그 후손은 현재까지 내려오고 있다 한다. 서른 네 살의 최경창이 홍랑을 만나 함께 지낸 것은 불과 6개월 남짓. 짧은 사랑이었지만 두 사람의 신분을 초월한 사랑은 홍랑의 시조와 함께 영원히 꺼지지 않고 우리들 가슴에 남아 있다.

계랑

이화우 흩날릴 제

매창{1573(선조 6)~1610(광해군 2)}은 조선 중기의 여류시인이다. 본명은 향금香今, 자는 천향天香, 매창梅窓은 호이다. 계유년에 태어났으므로 계생癸生이라 불렀으며, 계랑(癸娘·桂娘)이라고도 하였다.

아전 이탕종李湯從의 딸로서, 시문과 거문고에 뛰어나 당대의 문사인 유희경劉希慶, 이귀李貴, 허균許筠 등과 교유가 깊었다. 부안扶安의 기생으로 개성의 황진이黃眞伊와 더불어 조선 명기의 쌍벽을 이루었다.

그의 문집 〈매창집〉 발문에 기록된 생몰연대에 의하면 그는 37세에 요절하였다. 유희경의 시에 계랑에게 주는 시가 10여 편 있으며, 〈가곡원류〉에 실린 '이화우梨花雨 흩뿌릴 제 울며 잡고 이별離別한 님'으로 시작되는 매창의 시조는 유희경을 생각하며 지은 것이라는 주가 붙어 있다.

허균의 〈성소부부고〉에도 매창과 시를 주고받은 이야기가 전하며, 계생의 죽음을 전해 듣고 애도하는 시와 함께 매창의 사람됨에 대하여 간단한 기록을 덧붙였다. 매창의 시문의 특징은 가늘고 약한 선으로 자신의 숙명을 그대로 읊고 있는 것이며, 자유자재로 시어를 구사하는 데서 그의 우수한 시재詩才를 엿볼 수 있다. 여성적 정서를 읊은 〈추사秋思〉·〈춘원春怨〉·〈견회遣懷〉·〈증취객贈醉客〉·〈부안회고扶安懷古〉·〈자한自恨〉 등이 유명하며, 가무·현금에도 능한 다재다능한 예술인이었다.

기방오불妓房五不이란 게 있다. 기방에 출입할 때 다섯 가지 금기 사항을 말한다.

첫 번째-기생의 맹세는 믿지 말라.

이 사람 저 사람 많이 만날수록 주가가 올라가고 몸값도 오르는 기생의 처지에 약속이 무슨 대수였을까? 그런데 순진한 양반들이 기생의 약속에 목매달고 오매불망하다가는 신세 망치는 지름길로 접어든다는 것이다.

두 번째-기방에 꽃을 들고 가지 말라.

옛 기생들의 별칭이 해어화解語花다. 말하는 꽃이라는 뜻인데, 아무튼 인간들 중의 꽃이니 자연의 꽃과 비교되는 건 싫어했던 것이다. 연인들 사이의 꽃 선물이야 마음을 전하는 것이지만, 기생들에게 한량들이 주는 꽃이란 비교 대상일 뿐인 셈이다.

세 번째-기방에서 처첩 자랑을 하지 말라.

어리숙한 남정네들이 아양을 떨고 기분을 맞춰주는 기생들의 화술에 농락당하다 보면 부지불식중에 집안의 여자 얘기를 하게 되는데, 기생들의 기분을 망치는 데는 이것이 제일 지름길이다. 좋으면 끼고 앉았지 기방엔 왜 오누?

네 번째-기방에서 문자 자랑 하지 말라.

간혹 황진이나 홍랑이나 매창처럼 문자에 능한 멋진 기생들이 없는 건 아니지만 드문 일이고, 기생들도 양반들과 접촉하다 보니 문자 나부랭이는 어느 정도 알고 있긴 하지만 그거야 귀동냥 눈동냥일 뿐이니 문자 앞에선 침 맞은 지네 꼴이 될 수밖에, 술 마시고 놀러 왔으면 목적에 충실할 것이지 기생 앞에서 문자 자랑이 웬 말이냐!

다섯 번째-기생 앞에서 제 집 효녀, 열녀 자랑 하지 말라.

굳이 설명할 필요가 없는 말이다. 불난 데 부채질도 유분수지.

기생오불은 기생집 출입을 오래한 사람들의 노하우가 배어 있는 생활 지침이다. 한편으로는 기생을 믿지 말라는 거고, 또 한편으로는 아무리 웃음을 팔고 몸을 던진 여성들이지만 마지막 자존심 하나는 건들이지 말라는 경고인 셈이다.

기생은 뭇 한량들의 노리개였다. 신분이 기생인지라 술에 취한 손님들이 집적거리기 마련이다. 그 심경을 매창은 이렇게 읊었다.

여한侶恨

평생에 기생된 몸 부끄러워라
달빛 젖은 매화를 사랑하는 나
세상사람 내 마음 못 알아주고
오가는 길손마다 집작거리네.

매창은 아무에게나 몸을 허락하지 않았다. 때로는 시를 지어 그들을 무색케 했다.

증취객贈醉客 – 취한 손님에게

매창

취객집라삼醉客執羅衫 취한 손님이 비단저고리 옷자락을 잡으니
라삼타수렬羅衫隨手裂 비단저고리 소매 손길 따라 찢어졌어라
불석일라삼不惜一羅衫 명주저고리 하나쯤이야 애석할 것 없지만
단공은정절但恐恩情絕 다만 임이 주신 은정까지 끊어질까 두려워라

유희경과의 사랑

당대 시인으로 이름이 높았던 유희경의 문집으로 〈촌은집村隱集〉이 있다. 희경이 1590년 무렵 부안을 찾았을 때 매창도 시인으로 이름이 높던 그를 이미 알고 있었던 듯하다. 매창은 그가 서울에서 이름난 시인이라는 말을 듣고는 '유희경과 백대붕 가운데 어느 분이십니까?'라고 물었다. 그와 백대붕의 이름이 먼 곳까지도 알려져 있었기 때문이었다. 그는 그때까지 기생을 가까이 하지 않았지만 유희경은 이 때 비로소 파계하였다.

유희경은 매창을 처음 만난 날 그에게 다음과 같은 시를 남겼다.

증문남국계랑명曾聞南國癸娘名　일찍이 남국의 계랑 이름 들었노라
시운가사동낙성詩韻歌詞動洛城　시운과 가사가 서울에까지 울렸어라
금일상간진면목今日相看眞面目　오늘에야 서로 참모습을 대하노니
각의신녀하삼청却疑神女下三淸　선녀가 떨쳐입고 내려온 듯하여라

40대 중반의 대시인 유희경과 18세의 기녀 매창이 사랑으로 만나게 된 것이다. 그러나 유희경이 서울로 돌아가고 이어 임진왜란이 일어나 이들의 재회는 기약이 없게 되었다. 유희경은 전쟁을 맞아 의병을 일으키는 등 바쁜 틈에 매창을 다시 만날 여유가 없었던 것이다.

비록 짧은 기간이었지만 진정 마음이 통했던 연인을 떠나보낸 매창은 깊은 마음의 상처를 받았다. 이후 쓰인 그의 시들은 님에 대한 그리움을 넘어서 서러움과 한恨을 드러내고 있다.

춘냉보한의春冷補寒衣　봄날이 차서 엷은 옷을 꿰매는데

사창일조시紗窓日照時 사창에는 햇빛이 비치고 있네
저두신수처低頭信手處 머리 숙여 손길 가는 대로 맡긴 채
주루적침사珠淚滴針絲 구슬 같은 눈물이 바늘과 실 적시누나

유희경 역시 매창이 그립기는 마찬가지였다

랑가재랑주娘家在浪州 그대의 집은 부안에 있고
아가주경구我家住京口 나의 집은 서울에 있어
상사불상견相思不相見 서로 그리워도 보지 못하니
장단오동우腸斷梧桐雨 오동나무에 비 뿌릴 제 애를 끊노라

1607년 유희경을 다시 만난 기록이 있지만 매창은 그와 헤어진 뒤 10여 년을 마음의 정을 주는 사람이 없이 유희경을 그리며 살았다. 이 고장 출신의 고 신석정 시인은 이매창, 유희경, 직소폭포를 가리켜 부안삼절扶安三絶이라고 하였다.

허균과의 우정

허균의 〈조관기행〉에 매창이 마음을 준 두 번째 남자는 이웃 고을 김제에 군수로 내려온 이귀李貴였다는 기록이 있다. 이귀는 명문 집안 출신으로 글재주까지 뛰어났다 한다.

허균은 1601년 6월 충청도와 전라도의 세금을 거둬들이는 해운판관이 되어 호남에 내려와 부안에 들렀다. 신축년(1601) 7월 23일 부안에 이르렀다. 비가 몹시 내렸으므로, 객사에 머물렀다.

"기생 계생은 김제의 전임 군수 이귀李貴의 정인이었는데, 거문고를 끼

고 와서 시를 읊었다. 얼굴이 비록 아름답지는 못했지만, 재주와 정취가 있어서 함께 얘기를 나눌만 하였다. 하루 종일 술을 나누어 마시며 서로 시를 주고받았다."

허균은 여자관계에 있어서도 유교의 굴레를 벗어 던진 사람이었다. 허균은 일찍이 '남녀의 정욕은 본능이고, 예법에 따라 행하는 것은 성인이다. 나는 본능을 좇고 감히 성인을 따르지 아니하리라.'라고 하였고, 여행할 때마다 잠자리를 같이 한 기생들의 이름을 그의 기행문에 버젓이 적어놓기도 하였다. 부안에 오기 전인 1599년 황해도사(종5품)로 있을 때만 해도 서울에서 창기들을 데려다 놀면서 물의를 일으켜 사헌부의 탄핵을 받아 파직되기도 하였다.

그러한 그가 매창과 잠자리를 같이 하지 않고 정신적인 교감만 가진 것은 비록 천한 기생이지만 똑같은 인간으로서 대우를 하였고, 더구나 매창의 시를 좋아하였기 때문이었다. 허균은 다음과 같이 매창을 보았다.

"계생은 부안의 창녀라. 시에 밝고 글을 알고 노래와 거문고를 잘 한다. 그러나 절개가 굳어서 색을 좋아하지 않는다. 내가 그 재주를 사랑하고 정의가 막역하여 농을 할 정도로 서로 터놓고 얘기도 하지만 지나치지 아니하였으므로 오래도록 우정이 가시지 아니하였다."

매창은 시뿐만 아니라 가무에도 뛰어난 재주를 보여 허난설헌, 황진이와 함께 조선시대의 대표적인 여류시인으로 평가를 받고 있다. '이화우'는 가곡원류에 실려 전해지고, 그 밖의 다수의 시조와 한시가 전해지고 있다. 매창은 평생 동안 수백 편의 시를 남겼으나, 거의 흩어져 없어졌다.

다행히 1668년 부안의 아전들이 외어 전하던 58편을 모아 개암사에서 목판으로 〈매창집〉을 엮어내어 지금까지 남아있다.

매창은 1610년(광해군2년) 여름에 세상을 떠났는데 거문고와 함께 부안의 봉덕리에 묻혔다. 매창의 묘소가 있는 곳을 '매창이뜸'이라 부르는데, 2001년 부안군에서 이 일대에 매창공원을 조성하였다.

이 묘역은 전라북도 기념물 제 65호로 지정되어 있다. 평탄하게 조성된 무덤 주변은 잔디가 뒤덮고 있다. 앞으로 2기의 비석이 세워져 있으며, 뒤쪽으로 둥근 원형으로 에워싸고 있어 아담한 느낌을 준다. 그 뒤쪽으로 소나무들이 자라고 있다. 결코 화려하거나 웅장함은 없고 소박한 서민들의 무덤 같은 느낌이다.

이화우 흩날리제 울며잡고 이별한 님
추풍낙엽에 저도 날 생각는가
천리에 외로운꿈만 오락가락 하노라

물론 이 시조는 유희경을 그리워하며 읊은 것이다. 매창의 대표적인 시조로 매창 공원에 시비가 서 있다. '이화우' 와 '추풍낙엽'의 이미지가 작품을 아름답고 슬프게 채색하고 있다. 임과 헤어진 뒤의 시간적 거리감과 임과 멀리 떨어져 있다는 공간적 거리감이 조화를 이루고 있는 작품이다.

초장에서는 배꽃이 비처럼 흩날릴 때의 이별의 정한을,
중장에서는 낙엽 지는 가을날에 님도 날과 같이 생각하는지를,

종장에서는 천리를 두고 그리워하는 마음과 재회에 대한 염원을 표현하고 있다.

여성 특유의 섬세한 정감이 한 폭의 동양화처럼 그려져 있다.

공원 주변에는 다양한 시가 새겨진 시비를 만날 수 있다. '이화우' 시비를 비롯해, 허균의 시비 '매창의 죽음을 슬퍼하며'가 눈길을 끈다. 여덟 줄로 된 짧은 시에 매창을 추모하는 의미가 담겨져 있다. "복숭아를 훔쳐서 인간 세계로 내려오더니 불사약을 훔쳐서 인간 무리를 두고 떠났네"하는 구절이 인상적이다. 이밖에 매창의 시 '취하신 님께', '어수대', '임생각' 등의 시비가 있으며, 매창을 추모하는 여러 시인들의 시비가 세워져 있어 매창의 문학세계를 이해하며 산책하기에 좋은 곳이다.

이옥봉

절필로 사랑을 쓰다

옥봉은 왕실 종친으로 충청도 옥천 군수를 지낸 이봉지李逢之의 서녀庶女로 태어났다. 딸의 총명함을 기특하게 여긴 부친이 글을 가르쳐 어려서부터 시문詩文에 뛰어났던 그녀는, 서녀라는 신분의 굴레 때문에 혼인을 포기하고 서울로 가서 장안의 내로라하는 명사들과 교류하였다. 애처롭게 죽은 단종의 복위운동에도 가담했고, 그녀의 시재詩才는 어지간한 선비라면 알아줄 만한 유명인사가 되었다.

《명시종明詩綜》《열조시집列朝詩集》《명원시귀名媛詩歸》 등에 작품이 전해졌고 한 권의 시집詩集이 있었다고 하나 시 32편이 수록된 《옥봉집玉峰集》 1권 만이 《가림세고嘉林世稿》의 부록으로 전한다. 작품으로 《영월도중寧越途中》《만흥증랑(謾興贈郎)》《추사秋思》《자적自適》《증운강贈雲江》《규정閨情》 등이 있다.

후세 문인들이 허난설헌과 쌍벽을 이룬다고 평하는 조선중기의 여류시인 옥봉玉峰 이숙원李淑媛은 생몰연대는 정확하지 않으나 명종 말년인 1550년대 후반에 태어나, 임진왜란 발발 직후인 1590년대 초에 35세 정도의 나이에 죽은 것으로 보고 있다.

옥봉의 시詩는 님에 대한 사무치는 정을 담은 것이 많이 알려져 있으나 다른 시들은 오히려 조선시대의 여류시인 중 가장 호방하고 높은 기상을 지녔다고 평가받고 있다.

조원趙瑗의 소실小室이 되다.

부친도 비록 서녀의 신분이지만 비범한 재능을 지닌 딸을 아무한테나 보낼 수 없어 당시 학식과 인품이 그중 뛰어났던 젊은 선비 조원趙瑗(1544~ ?, 호 雲江)에게 소실로 들일 것을 청하였다. 한사코 사양하던 조원은 앞으로는 절대 시를 짓지 않겠다는 약속을 걸고 그를 받아들였다. 여염의 여인이 시를 짓는 건 정숙한 일이 못 된다는 이유 때문이었다.

조원의 집안은 대대로 가풍이 엄격하고 학문이 뛰어난 가문이었다. 대를 이어 승지를 지내고, 그의 후손은 3대에 걸쳐 연속으로 문과 장원급제를 할 정도였으며, 그 후손이 정리한 선대조先代祖의 문집인 가림세고嘉林世稿로 인하여 옥봉의 시 32수도 전해지게 되었다.

옥봉은 비록 신분의 차이로 소실로 들어갔지만, 10여 년간 남편의 임지를 따라 다니며 단란하게 살았던 것으로 보인다.

다음은 역사 연구가 박은봉님이 들려 준 옥봉에 대한 이야기다.

> 조선 인조 때의 일이다. 승지 조희일이 명나라에 사신으로 갔다가 그곳 원로대신과 인사를 나누게 되었다. "조원을 아느냐"는 물음에 조희일이 부친이라 대답하니, 원로대신은 서가에서 〈이옥봉 시집〉이라 쓰인 책 한 권을 꺼내보였다. 조희일은 깜짝 놀랐다. 이옥봉은 아버지 조원의 소실로 생사를 모른 지 40여년이 되었기 때문이다. 옥봉의 시집이 어떻게 해서 머나먼 명나라 땅에 있게 되었는지 조희일로서는 짐작조차 할 수 없는 일이었다. 원로대신이 들려준 이야기는 이러했다.
>
> 40년 전쯤 중국 동해안에 괴이한 주검이 떠다닌다는 소문이 돌았다.

너무나 흉측한 몰골이라 아무도 건지려 하지 않아 파도에 밀려 이 포구 저 포구로 떠돈다는 것이었다. 사람을 시켜 건져보니 온몸을 종이로 수백 겹 감고 노끈으로 묶은 여자 시체였다. 노끈을 풀고 겹겹이 두른 종이를 벗겨 냈더니 바깥쪽 종이는 백지였으나 안쪽의 종이에는 빽빽이 시가 적혀 있고 "해동 조선국 승지 조원의 첩 이옥봉"이라 씌어 있었다. 읽어 본즉 하나같이 빼어난 작품들이라 자신이 거둬 책을 만들었다고 했다.

온몸을 시로 감고 죽은 여인 이옥봉. 이옥봉은 조선 명종 때 충청도에서 왕족의 후예 이봉지의 서녀로 태어났다. 어려서부터 시문에 뛰어난 재주를 보인 옥봉은 신분의 굴레로 첩살이 밖에 못함을 알게 되자 결혼에 대한 꿈을 버리고 서울로 갔다. 옥봉은 장안의 내로라하는 명사들과 어울리며 단종 복위운동에 뛰어들었고, 곧 시구나 짓는 선비라면 모르는 이가 없을 정도로 유명인사가 되었다.

옥봉은 조원이란 선비를 사랑하여 첩이 되겠다고 자청했다. 첩살이가 싫어 결혼을 거부했던 그였지만 사랑 앞에서는 약해진 모양이다. 한데, 조원은 옥봉을 받아들이는 대신 앞으로는 절대 시를 짓지 않겠다고 맹세하라 했다. 여염의 여인이 시를 짓는 건 지아비의 얼굴을 깎아내리는 일이라면서. 옥봉은 맹세했다. 자신의 시는 외로움과 허망함의 발로였으니 지아비를 얻으면 시를 쓰지 않아도 좋다고.

세월이 흘렀다. 어느 날 조원 집안의 산지기 아내가 찾아와 하소연했다. 남편이 소도둑 누명을 쓰고 잡혀갔으니 조원과 친분이 두터운 파주목사에게 손을 좀 써달라고 했다. 사정을 들어본즉 아전들의 토색질이 분명했다. 옥봉은 파주목사에게 시 한수를 써 보냈고, 산지기는 무사히 풀려났다. 그러나 이 일로 옥봉은 쫓겨나는 신세가 되고 말았다. 조원이 "약속을 지키지 않는 여자와는 살 수 없다"며 내친 것이다.

뚝섬 근처에 방 한 칸을 얻어 지내며 옥봉은 조원의 마음을 돌려보려 애썼으나 허사였다. 조원과의 약속을 지키느라 10년 가까이 시혼을 억눌러오다가 산지기를 위해 한수 지어준 일로 쫓겨나다니. 옥봉으로서는 야속하기 이를 데 없는 일이었으리라. 옥봉은 애통한 마음을 담아 시를 읊고 또 읊었다. 더 이상 참을 까닭도 없었으니까.

평생이한성신병平生離恨成身病 평생 동안 이별의 한 이 몸에 병이 되어
주부능료약부치酒不能療藥不治 술로도 못 고치고, 약으로도 못 다스려.
금이읍여빙하수衾裏泣如氷下水 이불 속 흘리는 눈물은, 얼음장 밑에 물과 같아,
일야장류인부지日夜長流人不知 밤과 낮을 길게 흘려도 알아주는 이 없구나.

조원을 단념한 옥봉은 평소 가보고 싶었던 중국으로 가 마음껏 시심을 펴보려 했나 보다. 그리고 자신의 시로 몸을 감고 낯선 바다에 뛰어들었나 보다. 여성을 가정 내 존재로 규정하고 그 틀을 벗어나는 여성은 천시하거나 사회적 보호밖에 두었던 조선시대의 여성관에 죽음으로 항의한셈 이다. 사랑을 위해 시를 포기했지만 자신의 삶은 결국 시로 남을 수밖에 없다고 침묵으로 웅변하면서.

출처 : 한겨레 21. 1997. 7. 17

시 때문에 사랑하는 사람을 만났으나 시 때문에 버림을 받았고 죽어서까지 온몸에 시를 칭칭 감았으니 옥봉의 시에 맺힌 한을 짐작케 한다. 조원은 첩으로 들인 옥봉이 조신하고 정결한 처신을 하기를 바랐다. 그녀의 시가 아름답긴 하지만, 당시 사회에서 권장되는 아녀자의 부덕이 아니었다. 여자가 시를 쓰는 일은 화류계에서나 있음직한 일로 여성 천대의 극단을 보여주는 것이었다. 조원은 사사로운 정보다 규범을 중히 여긴 사대부의 전형으로 볼 수 있을 것이다.

다음 시가 옥봉이 자신의 문학적 재능을 통해 다른 여성을 구한 이야기가 이수광의 〈지봉유설〉에 전하는 시다. 소를 훔친 혐의를 받은 산지기 남편의 아낙을 위해 써 준 이 시로 태수가 산지기를 방면시켜 주었다는 바로 그 시다.

위인송원爲人訟寃

세면분위경洗面盆爲鏡 세수 대야로 거울을 삼고
소두수작유梳頭水作油 물로 기름 삼아 머리를 빗었네
첩신비직녀妾身非織女 첩의 몸이 직녀가 아닌데
랑기시견우郎豈是牽牛 낭군이 어찌 견우(소를 끌어 온 도둑)가 되리오

세숫대야로 거울을 삼고 물로 기름을 삼는다는 것은 겸손하고도 깨끗한 삶의 자세를 보여주는 대목이라 할 수 있다. 그러한 삶을 먼저 밝힌 후에 이어지는 "이 몸이 직녀 아닌데 낭군이 어찌 견우가 되리오"라는 말은 견우의 중의성을 한껏 살린 재치 있는 구절이다.

견우 직녀의 이야기를 끌어와 이야기를 하면서 견우, 즉 소를 끌어간 사람이 자신의 남편이 아니라는 점을 확인시킨 것이다. 읽는 이에게 흥미

와 호감을 주는 시로 이수광이 〈지봉유설〉에서 표현한 것처럼 "귀신이 흐느끼는" 솜씨가 아닐 수 없다.

이 일로 발길을 끊은 조원에게 옥봉이 글을 지어 보냈다는 시가 바로 〈몽혼夢魂〉시다.

夢魂

근래안부문여하近來安否問如何 근래의 안부를 묻노니 어떠하신지요
월도사창첩한다月到紗窓妾恨多 달이 사창에 이르니 첩의 한이 많기도 합니다
약사몽혼행유적若使夢魂行有跡 만약 꿈속의 혼백으로 하여 자취 있게 했다면
문전석로반성사門前石路半成沙 님의 문 앞 돌길은 반쯤 모래가 되었을 것입니다

남녀 간 정한의 마음을 간절한 그리움으로 풀어낸 옥봉의 이 시를 읽으면 마음가득 절절한 여운이 남는다. 그리움이 얼마나 사무쳤으면 꿈속의 혼백마저 그리운 님의 문 앞을 서성이어 돌길이 모래가 되었을까.

글을 받아보고 차후를 기약하고도 끝내 발길을 끊으니 다시 보낸 시가 규정閨情이란 시다.

閨情

유약래하만有約來何晩 약속을 해 놓고 어찌 이리 늦으신지요
정매욕사시庭梅欲謝時 뜰 앞의 매화는 시들어 떨어지려 하는데
홀문지상작忽聞枝上鵲 문득 나뭇가지 위의 까치 소리 듣고

허허경중미虛畵鏡中娥 헛되이 거울보고 눈썹을 그려보노라

끝으로 이옥봉의 〈매화〉 시조로 이 글을 마친다.

고향을 못 잊기는 옛 매화 탓이로다
담머리 달 밝을 제 그 꽃이 피었고야
밤마다 꿈속에 들어 잊을 길이 없어라

서구편

시인

그들만의 아름다운 사랑이야기

단테 구원의 여인 베아트리체 • 괴테 베르테르의 슬픔 • 푸슈킨 삶이 그대를 속일지라도 • 루 살로메 나의 누이여! 나의 신부여! • 헤르만 헤세 지와 사랑의 노래

단테

구원의 여인 베아트리체

두란테 알리기에리(Durante Alighieri, 1265~1321) 1265년 5월 중부 이탈리아의 피렌체에서 태어났으며, 그의 삶에 대해 알려진 것은 대부분 그 자신의 입을 통해서이다. 그의 먼 조상들이 아르노강 둑을 따라 정착했던 로마 병사의 후예들이라는 사실에서 긍지를 느꼈다고 이야기한다. 언제부턴가 그는 그의 이름을 줄여 단테(Dante)로 사용하였다.

그의 가족이 지지한 구엘프당이 1266년에야 망명에서 돌아왔다는 사실로 볼 때 단테의 아버지는 꼭 망명해야 할 이유가 있을 만큼 중요한 인물은 아니었던 것 같다.

어머니는 단테가 14세가 되기 전에 세상을 떠났다. 어머니의 이름은 벨라였지만 가족 사항은 알려져 있지 않다. 어머니가 죽은 뒤, 아버지는 재혼하여 아들 프란체스코와 딸 가에타나를 두었다. 단테의 아버지는 1283년 이전에 죽은 듯하며 당시 성년에 들어선 단테는 고아로서 아버지 소유의 재산을 팔 수 있었다. 아버지 알리기에리는 자식들에게 피렌체와 시골에 있는 소유지를 물려주어 대단하지는 않지만 편안하게 지낼 수 있는 재산을 남겼다.

알리기에리 집안의 가세가 기우는 동안 그 도시는 크게 발전했다. 피렌체는 이미 관광객이 즐겨 찾는 명소가 되었고, 미술가와 수공 장인들에게 상거래의 중심지로 널리 알려졌다. 피렌체에는 화려한 옷을 입고 아름다운 건물을 드나드는 많은 신흥 부자들이 있었다. 피렌체는 햇볕을 듬뿍 받아 활력이 넘치는 도시였다.

아름다운 꽃들이 화창하게 피어나던 오월, 피렌체. 명문귀족 폴코 포르티나리 가문은 저명인사들을 초청해 축제를 베풀었다. 피렌체에서 내로라하는 귀족들은 모두 가족과 함께 단테의 부친 알리기기에리(Alighieri)도 아들을 데리고 흥겨운 파티에 참석했다. 단테는 이 파티에서 포르티나리의 귀엽고 예쁜 딸 베아트리체를 처음 보게 된다. 어린 단테의 눈에 비친 베아트리체는 천사 그 자체였다.

아름다운 용모와 우아한 자태를 자랑하는 베아트리체는 파티의 꽃이었다. 단테는 첫눈에 베아트리체에게 운명적인 사랑을 느끼게 되고, 그날 이후 단테에겐 오직 베아트리체를 보는 것만이 생의 유일한 위안이요 행복이었다. 그때 단테는 아홉 살 소년이었고, 베아트리체는 한 살 아래의 소녀였다.

그렇다고 단테와 베아트리체 사이에 무슨 굉장한 스캔들이 있었던 건 아니다. 아홉 살 때(1274) 그녀를 만나 첫눈에 반하게 되고, 9년 후 우연히 길에서 다시 만나 그녀의 정중한 인사를 받자 지극한 행복을 느꼈으며, 그 후로 영원한 여성으로 그의 마음속에 품고 살았다, (이 무렵 단테는 이미 1277년부터 약혼한 사이였던 젬마 도나티와 결혼했다.) 베아트리체는 1288년에 시모네 디 발디의 아내가 되나 1290년(24세)에 요절하게 된다.

단테는 서정시를 덧붙인 산문 작품 〈새로운 인생 La vita nuova〉(1293)에서 단테와 베아트리체의 첫 만남, 단테가 어떻게 베아트리체를 사랑했고, 그녀가 그에게 어떤 의미였는지를 12년에 걸쳐 써둔 글들을 시편으로 엮였다. 또한 베아트리체의 죽음을 전해들은 날을 묘사하고 있으며, 그 사건이 일어난 뒤 괴로움에 가득 찬 마음으로 쓴 몇 편의 시도 함께 담겨 있다. 단테가 베아트리체을 처음 보았을 때 자신의 감정을 이렇게 털어놓았다.

'그 순간 아무도 볼 수 없는 마음의 방에 살고 있던 생명의 정신은 너무도 격렬하게 요동쳤으며 작은 맥박소리에도 놀라 부들부들 떨었다.
보아라, 신이 오시어 나보다 더 강하게 나를 압도했도다. 지복이 여기 나타나셨도다.'

이 작품의 마지막 장에서 단테는 베아트리체에 관해서 아직까지 어떤 여자에 대해서도 씌어진 적이 없는 작품을 쓸 수 있을 때까지 더 이상 그녀에 대해 아무 것도 쓰지 않겠다고 맹세한다. 이 약속이 〈신곡〉으로 실현된 것이다.

단테의 〈신곡〉은 지옥편, 연옥편, 천국편으로 되어 있는데, 지옥과 연옥에서는 단테가 최고로 존경했던 로마 시인 베르길리우스가 인도하지만, 천국에서는 베아트리체가 단테를 이끌어 천국의 가장 높은 곳에 이르게 된다.

〈신곡〉의 내용을 간단히 요약하면 이렇다.

신곡은 단테가 35세 되던 1300년 4월 8일 그리스도가 십자가에 못 박힌 성 금요일 새벽을 배경으로 시작된다. 어두컴컴한 산림 속을 방황하고 있던 단테는 로마의 시성 베르길리우스를 만나 그의 안내에 따라 피안의 세계로 간다. 지옥은 전체 아홉 단계로 구분되어 있었으며 하부로 내려갈수록 죄가 무거운 영혼들이 혹독한 형벌을 받고 있었다.

연옥의 문을 지키는 칼을 든 천사는 단테의 이마에 7개의 P(Peccata, 죄)자를 그려 주면서 천국에 이르면 없어질 것이라고 말한다. 이것은 연옥에서 속죄해야 하는 오만 질투 분노 태만 탐욕 폭식 색욕의 7가지 악을 가리키는 것이다. 연옥은 위로 올라가면서 7개의 두렁길로 갈라진다. 단테가 그 두렁길을 통과할 때마다 천사가 그의 이마에 새겨진 P자를 하나씩 지워준다.

그때 황금의 촛대를 든 신비로운 행렬을 선두로 하여 천사가 꽃을 뿌리는 사이로 베아트리체가 나타난다. 베아트리체는 단테의 방황과 죄를 힐책한다. 그리고 단테로 하여금 망각의 레테 강물로 몸을 적시게 하고 그 물을 마시게 함으로써 모든 과거를 잊고, 깨끗한 정신으로 천국을 향하여 날아갈 수 있도록 한다. 단테는 9개의 천계를 통과하여 드디어 '제10 하늘'인 광명천光明天에 이른다. 그곳은 우주의 가장 높은 곳이며 빛나는 천사와 성인들이 계단에 늘어앉아 있다. 단테는 성 베르나르드의 안내로 찬양이 울려 퍼지는 가운데 하나님의 얼굴을 뵙고 삼위일체의 성스런 교리를 터득하게 된다.

"아! 인간의 지성이 다다르지 못할 지고의 빛이시여!"

그 환한 빛 앞에 단테와 베아트리체가 다정하게 서 있다.

'신곡'의 전체를 감싸는 울림은 하나!
단테가 이루지 못한 사랑 '베아트리체!'

신神의 빛, 그것은 사랑의 빛이다.
신을 노래하는 〈신곡〉은 사랑에서 완성된다.

아름다운 아가씨들이
단테

성자의 축제날 아름다운 아가씨들이
바로 내 곁을 지나갔습니다.
맨 처음 아가씨가 내 곁을 스칠 때
사랑은 우리를 마주 보게 하였습니다.
타오르는 불꽃의 정령인 양
그 아가씨의 눈은 아름답게 빛났고
내 마음에는 뜨거운 불길이 타올라
천사의 모습을 바라보는 듯했습니다.
그 해맑고 순수한 아가씨의 눈에서 넘쳐흐르는
사랑의 속삭임을 보는 사람의 마음속에는
끝없는 행복이 넘치게 마련입니다.
아아, 아름다운 아가씨는
우리에게 행복을 일깨워 주기 위해
천국에서 온 것이라 생각될 만큼
아가씨를 보기만 해도 행복해집니다.

단테의 〈신곡〉 중 지옥문에 새겨진 시

나를 거쳐 슬픔의 나라로 들어가라.
나는 영겁의 고통으로 가는 문.
나는 영원히 버림받은 이들에게로 가는 문.
정의는 저 지존한 신을 움직여
성스러운 힘과 최상의 지혜, 그리고
태초의 사랑으로 나를 이루었도다.

나보다 더 먼저 창조된 것이란 영원한 것 이외는 없으니
나는 영원토록 남아 있으리라.
이 안에 들어가는 그대들은 모든 희망을 다 버릴 지어다.

단테와 베아트리체의 사랑에서 이후 사람들은 운명적 사랑의 대명사처럼 '베아트리체'를 상기하게 되었다. 비록 아홉 살의 어린 나이었지만 단 하나의 운명적 사랑을 만나게 예정되어 있다면 시간의 조만早晩이 무슨 상관이겠는가. 사람의 일생에서 가장 중요한 것은 그 예정된 운명적 '나'의 반쪽을 만나는 일 아니겠는가? 그 운명과 가장 적절한 시기에 만나 부부로 한 생을 해로한다면 그보다 행복한 일이 없을 텐데 단테의 경우처럼 운명인 줄 알면서도 다른 생을 사는 것이 인생 아닌가 싶기도 하다.

괴테

베르테르의 슬픔

괴테(Johann Wolfgang von Goethe)는 1749년 8월 28일 마인 강변에 있는 프랑크푸르트 자유시에서 유서 깊은 명문 집안의 장남으로 태어났다. 그는 독일 고전주의의 대표자로서 자연연구자, 바이마르 공국公國의 재상으로도 활약하였다. 1765년에 라이프치히 대학에 들어가 법률을 공부하면서 자유분방한 생활을 보내던 괴테는 1768년에 고향으로 돌아와 요양생활을 하며 신비주의와 중세의 연금술鍊金術, 경건파敬虔派의 신앙에 관심을 두었으며, 1770년 스트라스부르에서 법학 공부를 계속하기 위해 머무르면서 J. G. 헤르더를 알게 되고, 셰익스피어의 위대성을 배우게 되었다.

괴테는 1774년 비련悲戀을 겪고 나서 「젊은 베르테르의 슬픔 Die Leiden des jungen Werthers」을 써 일약 문단에서 이름을 떨치고, 독일적 개성해방個性解放 문학운동인 '슈투름 운트 드랑(Sturm und Drang: 질풍과 노도)'의 중심인물로 창작활동을 하였다. 괴테는 1775년에 젊은 대공大公 카를 아우구스트의 초청을 받고 바이마르로 가 여러 공직에 앉게 되고 재상이 되어 10년 남짓 국정國政에 참여하였다. 이 동안 그는 정치적으로 치적治積을 쌓는 한편, 지질학 · 광물학을 비롯하여 해부학 등 과학 연구에도 몰두하였다.

괴테는 1786년에 이탈리아 여행을 떠났다. 이 여행은 예술가로서의 괴테의 생애에서 하나의 전환점이 되었으며, 고전주의에의 지향志向을 결정한 시기로서 중요하다. 괴테는 이탈리아에서 수업하는 화가로서 1,000매에 이르는 스케치를 그렸으며, 희곡 「타우리스섬의 이피게니 Iphigenie auf

Tauris」(1787), 「에그몬트 Egmont」(1787) 등을 썼다. 이후 프랑스 혁명의 격동은 바이마르 공국도 휩쓸게 되어, 1792년에 괴테는 아우구스트 대공을 따라 프랑스로 종군하였으며 1794년부터 실러와 우정을 맺었다. 이념의 사람 실러와 실재實在(자연)의 사람 괴테와의 이 우정은 1805년에 실러가 죽을 때까지 계속되었는데, 그 10년 남짓한 시기에 괴테는 실러의 깊은 이해에 용기를 얻어 많은 작품을 완성하였다.

「빌헬름 마이스터의 수업시대 Wilhelm Meisters Lehrjahre」, 서사시 「헤르만과 도로테아 Hermann und Dorothea」 등에서 '독일 고전주의가 확립되었다. 실러의 죽음과 더불어 괴테는 만년기晩年期를 맞이하였다. 괴테는 그 무렵 이미 유럽 문학의 최고 위치를 차지하고 있었으며, '세계문학'의 제창提唱과 그 실천을 특징으로 하는 문학 활동을 펼쳤다. 만년의 문학작품으로 「파우스트」는 괴테가 23세 때부터 쓰기 시작하여 83세로 죽기 1년 전인 1831년에야 완성된 생애의 대작이며, 세계문학 최대 걸작의 하나이다. 1832년 3월 22일 바이마르에서 일생을 끝마쳤다. 괴테의 유해는 바이마르 대공가大公家의 묘지에 대공 및 실러와 나란히 안치되어 있다.

괴테의 여인들

괴테는 항상 많은 연인 곁에 있었다. 그럼 그의 여성 편력을 연대기적으로 살펴보자.

1770년 대학 시절에는 제젠하이의 목사 딸 프리드리케 브리온을,
1772년에는 친구의 약혼자 샬롯테를,
1774년 무렵에는 약혼자 리리 쉐레만을,

1775년에는 폰 슈타인 남작의 아내이며 7년 연상의 유부녀인 슈타인 부인을,

1786년부터 2년에 걸쳐 이탈리아를 여행하고 돌아온 후에는 크리스티아네 불피우스를,

1822년 74세 때에는 보헤미아의 온천으로 휴양하러 온 17세의 소녀 울리케 폰 레보초를,

이처럼 많은 여인들과 열애했던 그의 여성편력이 문학사에 길이 남을 걸작품들을 탄생시킨 주요한 창작 동인이었다고 볼 수 있을 것이다.

그 중 괴테가 가장 오랫동안 연인으로 사귀었던 여자는 슈타인 부인으로 괴테가 바이마르에 온 26세 때부터 그가 크리스티아네 불피우스와 결혼한 58세 때까지였다.

때로는 그의 변함없는 이해자요 지도자이며, 때로는 자유분방한 그의 생활 태도를 시정하고 정신적인 안정을 준 보호자였다. 괴테는 이러한 그녀를 항상 잊지 못했으며 그녀를 정신적인 등불로 여겨 찬미했다.

또한 74세의 괴테에게 뜨거운 사랑을 받았던 17세의 소녀 울리케는 괴테의 청년 시절의 연인 프리드리케 브리온과 마찬가지로 평생 결혼하지 않고 독신으로 지냈다. 괴테를 아름다운 서정시를 짓는 시인이 되게 하였던 프리드리케는 말크에 있는 수도원으로 들어가 수녀가 되었으며, 후에는 보헤미아의 그녀 집에서 지난날을 회상하면서 조용히 여생을 보내다가 1899년 95세의 나이로 눈을 감았다.

괴테는 83살의 나이로 숨을 거둘 때까지 이토록 많은 여인들을 만났고

사랑했다.

괴테의 〈젊은 베르테르의 슬픔〉도 그의 여성 편력으로 소산으로 볼 수 있다. 이 작품은 괴테가 쉬트라스부르크 대학에서 법학사의 학위를 받고 귀향하여 프랑크푸르트에서 아버지의 권유에 못 이겨 변호사 개업을 시작하고, 그 당시 도이치의 대심원이 있었던 베츨러로 가서 수습 판사 생활을 하게 된다. 그러던 중 어느 무도회에서 자기 친구인 케스트너의 약혼자 샬롯테 뷔페를 사귀게 된다. 이 여인을 알고 나서부터 그에게 고민이 생겼고, 이 고민의 피난처를 괴테는 작품 속에서 찾으려 했다. 어느 하나의 대상을 연모하거나 존경하다가 도저히 자신이 독점할 수 없다 싶으면 그는 으레 작품 세계에서 피난처를 찾았던 것이다.

그래 괴테는 고민 끝에 베츨러를 떠나 고향으로 돌아오지만. 그래도 샬롯테에 대한 연모의 정은 어쩔 수가 없었다. 그래서 그는 늘 케스트너와 샬롯테에게 서신을 보내어 그가 거기에서 보낸 시절에 대한 추억을 새롭게 하였다. 게다가 고향에 돌아 온 후 여러 가지로 불쾌한 일이 많았기 때문에 생활력이 강한 청년이면서도 가끔 자살을 심각하게 생각하게 되었다.

마침 이때 그가 베츨러에서 알게 된 예루살렘이라는 청년이 어느 유부녀에게 연정을 품다가 이루어질 수 없는 사랑의 절망에 그만 자살을 하고만 소식을 듣게 된다. 그후 괴테는 직접 베츨러에 가서 예루살렘이 자살하게 된 경위를 체스트너와 샬롯테로부터 듣고 〈베르테르〉를 구상하게 된다.

일부는 예루살렘을 그 모델로 삼았지만 이 작품에 나오는 베르테르는 괴테 자신의 분신이고, 롯데는 물론 샬롯테를 그대로 등장시켰던 것이다. 어찌 보면 자전적 소설인 셈이다. 이 소설에서 괴테는 질풍과 노도疾風怒濤(strum und Drang)같이 시대에 앞장서는 기수가 되었던 것이다.

이 작품은 낭만적인 사랑과 예술의 아름다움을 예찬한 괴테의 서간체書簡體 소설로, 자신의 인생관과 세계관을 편지를 통해 친구에게 고백하는 형식을 취하고 있다. 예술과 연인에 대한 사랑의 열정을 제재로 하여 "아름다움을 향한 순수한 열정"을 주제로 하고 있다.

이 작품으로 당시 젊은이들 사이에서 베르테르의 노란색 복장이 선풍적旋風的인 바람을 일으켰고, 베르테르의 비극적인 자살을 모방하여 자살이 유행하게 되기도 하였다.

다음은 괴테의 그의 불후의 명작 〈파우스트〉에 대해 얘기해 보자.

〈파우스트〉는 독일에서 전해지는 파우스트 전설을 극화한 대작으로, 신과 악마 사이에서 방황하는 한 인간의 내면을 그리고 있다.

제1부에서는 학문을 통해 우주의 원리를 규명하려는 파우스트가 지식의 무기력함에 절망하여 악마인 메피스토펠레스에게 자신의 영혼을 맡기고 쾌락을 추구하다가 그 결과 순결한 소녀 그레트헨을 얻어 그녀를 파멸시킨다는 줄거리다.

제2부에서 파우스트는 현세적 쾌락을 얻게 되지만 결국 만족하지 못한다. 오히려 그것은 파우스트로 하여금 이상을 추구하도록 자극하는 결과를 낳게 되고, 파우스트는 차츰 무한의 추구에서 다수의 행복을 위한 활동을 시작한다. 100세에 달한 파우스트는 실명하지만 내면의 빛은 꺼지

지 않아, '영원히 여성적인 것'에 의해 천상으로 인도된다는 줄거리다.

그러나 메피스토펠레스를 객관적으로 존재하는 악마惡魔로 볼 필요는 없다. 이런 악마적 성향은 인간에게 내재해 있는 하나의 요소이며 경향이다. 인간이 자기의 의욕을 실현하려고 할 때 인간 능력의 한계성 때문에 나타날 뿐이다. 그러나 만일에 인간이 굳센 의욕대로 생각하는 바에 의해 행동을 할 수 있다고 하면 결국 어떤 결과에 도달할까. 이를 규명하기 위해서는 의욕 실현의 가능성을 극도로 확대해 보지 않으면 안 된다. 이때 스스로 좌절하고 방황하는 요소를 마법魔法이라는 것으로 상징화한다. 이러한 마법을 극복하고 무한의 의욕이 고도로 발현될 경우에 인간은 결국 어디로 갈 것인가. 〈파우스트〉는 이와 같은 전인간적인 문제를 탐구하고자 한 작품으로 볼 수 있다.

파우스트가 죽자, 천사들은 그를 악마의 범주에서 구출하여 하늘로 호위해 가면서, 이 위대한 드라마의 마지막 부분은 천상에서 들려온 신비의 합창으로 마감된다.

> 우리의 모든 과거 행위는
> 다만 희미하게 비칠 뿐,
> 우리에게는 미흡하던 모든 것이
> 여기서는 모두 충만하다.
> 뭐라 표현할 수 없는 것들을
> 우리는 여기에서 본다.
> 영원히 여성적인 것들이
> 우리를 천상으로 인도한다.

결국 〈파우스트〉는 이렇게 요약할 수 있겠다. 무엇인가를 찾고 있는 인간은 방황하게 마련이라는 것. 인간은 비록 어두운 충동 속에 휩쓸릴 때조차 자신의 옳은 길을 잊지 않는다는 것. 항상 노력하는 자는 구원받을 수 있다는 것. 영원히 여성적인 것만이 우리를 구원할 수 있다는 것.

마지막으로 괴테의 시 몇 편을 더 보면서 괴테 이야기를 마치기로 하자.

연인의 곁

햇빛이 바다를 비출 때
나는 그대를 생각합니다.
달그림자 샘에 어릴 때
나는 그대를 생각합니다.

먼 길 위에 먼지 자욱이 일 때
나는 그대 모습 봅니다.
깊은 밤 좁은 길을 나그네가 지날 때
나는 그대 모습 봅니다.

물결이 거칠게 출렁일 때
나는 그대 목소리 듣습니다.
모두가 잠든 고요한 숲 속을 거닐면
나는 또한 그대 목소리 듣습니다.

그대 멀리 떨어져 있어도 나는 그대 곁에
그대는 내 곁에 있습니다.
해는 기울어 별이 곧 반짝일 것이니
아, 그대 여기에 있다면…

들장미

한 소년이 장미를 보았다,
들에 핀 장미꽃.
너무도 싱싱하고 해맑아
소년은 가까이 보려고 달려갔다.
기쁨에 겨워 바라보았다.
장미, 장미, 붉은 장미,
들에 핀 장미꽃.

소년이 말했다 널 꺾을 테야,
들에 핀 장미꽃!
장미가 말했다 널 찌를 테야,
나를 영원히 잊지 못하도록.
난 고통 받지 않을 거야.
장미, 장미, 붉은 장미,
들에 핀 장미꽃.

거친 소년은 꺾고 말았다,
들에 핀 장미꽃.
장미는 자신을 방어하며 찔렀다.
하지만 외침 소리도 소용없이
고통을 받아야만 했다.
장미, 장미, 붉은 장미,
들에 핀 장미꽃.

물 위로 피어오르는 영혼들의 노래

인간의 영혼은
물과 같구나.

물은 하늘에서 와서
다시 땅으로 내려가야 한다.
영원히 번갈아가면서.

깨끗한 물줄기가
높고 깎아지른
암벽에서 쏟아진다.
그런 다음 귀엽게 흩어져서
구름이 되어 파도처럼
매끄러운 암벽을 향한다.
그리고 가볍게 받아들여져서
암벽을 가리면서
은은한 소리를 내며
심연으로 떨어진다.

바위가 돌출해서
낙하를 막으면
물줄기는 기분이 상한 듯 포말을 일으키며
한 층 한 층
심연으로 내려간다.

물은 평평한 하천을 따라
초원의 계곡을 흘러간다.
모든 성신은
잔잔한 호수에서
용모를 뽐낸다.

바람은 물결의
귀여운 연인.
바람은 포말을 일으키는 파도를
밑바닥으로부터 뒤섞는다.

인간의 영혼이어,
너는 어찌 이리 바람과 같으냐!
인간의 운명이어,
너는 어찌 이리 바람과 같으냐!

그대는 아는가 레몬꽃 피는 남쪽 나라를

당신은 아시나요, 저 레몬꽃 피는 나라?
어두운 잎 사이로 황금빛 오렌지 빛나고
푸른 하늘에선 부드러운 바람 불어오고
감람나무는 고요히, 월계수는 드높이 서 있는 그 나라를 아시나요?
그곳으로! 그곳으로
가고 싶어요, 당신과 함께, 오 내 사랑이여!

당신은 아시나요, 그 집을? 둥근 기둥들이
지붕 떠받치고 있고, 홀은 휘황 찬란, 방은 빛나고,
대리석 입상들이 날 바라보면서
"가엾은 아이야, 무슨 몹쓸 일을 당했느냐?"고 물어주는 곳
그 곳으로! 그곳으로
가고 싶어요, 당신과 함께, 오 내 보호자여!

당신은 아시나요, 그 산, 그 구름다리를?
노새가 안개 속에서 제 갈 길을 찾고 있고
동굴 속에는 해묵은 용들 살고 있으며
무너져 내리는 바위 위로는 다시
폭포수 내려 쏟아지는 곳
그 곳으로! 그 곳으로
우리의 갈 길 뻗쳐 있어요, 오 아버지, 우리 그리로 가요!

마왕

한밤중에 바람을 뚫고 말 달리는 자 누구인가?
아들과 더불어 달리고 있는 아버지이다.
아버지는 품안에 아이를 껴안고 있다.
아버지는 아들을 꼭 붙들고 따뜻하게 안고 있다.

아이야, 무엇이 두려워 네 얼굴을 파묻고 있느냐?
아빠, 아빠는 마왕이 보이지 않으세요?
왕관을 쓰고 꼬리를 달고 있는 마왕이 보이지 않나요?
아이야, 그것은 안개가 만든 띠이다.

"귀여운 아이야, 이리와서 나와 함께 가자!
아주 멋진 놀이도 너와 함께 놀아줄께.
울긋불긋 꽃들도 해변에 만발하지.
우리 엄마는 황금의 옷도 많이 가지고 있단다."

아빠, 아빠, 들리지 않나요,
마왕의 속삭이며 나에게 약속하는 소리가?
마음 놓아라, 가만히 있거라, 아이야!
마른 나뭇잎 사이로 바람이 살랑대는 소리란다.

"착한 아이야, 나와 함께 가지 않으련?
내 딸아이들이 너를 잘 돌보도록 해 주마.
내 딸 아이들은 밤마다 윤무를 추고
춤추고 노래 부르며 너를 재워줄 거야."

아빠, 아빠, 보이지도 않으세요,
어두운 곳에 있는 마왕의 딸들이?
애야, 애야, 나도 똑똑히 보고 있다.
그러나 그것은 늙은 버드나무가 그렇게 희미하게 보일 뿐이다.

"나는 너를 사랑해, 너의 귀여운 모습에 나는 반했다.
네가 정 싫어하면, 완력을 쓸 테다."
아빠, 아빠, 마왕이 이젠 저를 붙잡았어요!
마왕이 나에게 상처를 냈어요!

아버지는 무서워 쏜살같이 달린다.
신음하는 아이를 품안에 꼭 껴안고
힘을 다해서 궁성에 다다랐으나
그의 품안에 아이는 죽어 있었다.

푸슈킨

삶이 그대를 속일지라도

알렉산드르 세르게예비치 푸슈킨(Aleksandr Sergeevich Pushkin, 1799~1837)은 러시아 국민의 한결같은 사랑을 받아온 러시아 최대의 국민 시인이다. 푸슈킨은 1799년 6월 6일 러시아의 수도 모스크바 근교에서 600년 전통의 유서 깊은 귀족의 혈통으로 출생하였다. 청소년 시절엔 귀족 자제를 위한 기숙학교인 리쩨이에서 수학하였으며, 이 시절 자유주의 의식이 싹트고 야만적인 농노제로 신음하던 러시아 현실에 대해 깊은 각성을 하게 된다.

1817년 리쩨이를 졸업하고 외무부 서기로 근무하던 그는 진보적 문학 모임과 혁명적 인사들과 교제하며 짜르(황제) 체제의 러시아 현실을 신랄하게 풍자하는 시들을 발표하는데, 이로 인해 1820년 남러시아 유형 길에 오르게 된다. 이후 비밀 결사와의 친교, 보론쪼프 장군의 아내와의 사랑, 아버지와의 불화, 나딸리야와의 열애와 결혼 등 1833년 가을 뻬쩨르부르그로 돌아오기까지 개인적인 불운과 고난 속에서 유명한 운문 소설 「예프게니 오네긴」(1823~1831)을 비롯, 서사시 「집시들」 「청동의 기사」 중편 소설 「벨낀의 이야기」 「스페이드 여왕」과 비극 「모짜르트와 살리에리」 등 많은 작품들을 발표하게 된다.

아내와의 갈등, 경제적 궁핍, 창작의 자유 박탈 등으로 고통 받던 푸슈킨은 아내와 밀회를 나누던 단테스와의 결투에서 중상을 입고 사망, 1837년 2월 10일 스뱌또고르스끼 수도원에 안장되기까지 열정과 고독, 파란으로 채워진 생을 마감하게 된다.

푸슈킨의 삶은 그 자체로 이미 사랑이고 열정이고 문학이었다. 그러나 결국 그 사랑으로 인해 그는 불행한 죽음을 맞게 된 것이다. 푸슈킨의 극적인 죽음은 격정과 고독, 현실과 신비, 순수와 반란으로 뒤범벅을 이룬 19세기 초반 러시아 문화의 뜨겁고도 화려한 정점과 상징적이고도 의미심장한 결말을 동시에 보여주는 문화사적인 사건으로 볼 수 있다. 사랑하는 아내를 위한 결투로 목숨을 잃었지만 그의 열정적 사랑이 그의 불멸의 문학적 업적을 낳게 하였다.

푸슈킨은 시, 드라마, 산문에 걸쳐 두루 뛰어난 작품을 썼으며, 러시아 문학에 새 장을 연 작가로 평가받고 있다. 러시아인에게 푸슈킨은 단순한 작가가 아니며, 러시아의 문학이자 러시아의 정신이요, 러시아의 문화적 자부심 바로 그 자체이다. 독일인들에게 괴테가 있고, 영국인들에게 셰익스피어가 있으며, 중국인들에게 이백과 두보가 있다면, 러시아인들에게는 푸슈킨과 톨스토이가 있다고 말할 수 있다.

그러나 그의 삶은 자신의 시처럼 불행했으며, 그 원인은 잘못된 사랑의 선택에 있었다. 귀족 청년 예브게니와 미녀 타치아나와의 애달픈 사랑을 그린 걸작 "예브게니 오네긴"으로 화려하게 등단하여 문단의 이목을 끌었던 푸슈킨은 34세 때 황제의 소개로 2년 동안 사랑해 온 러시아 최고의 미인 나탈리아와 결혼하게 된다.

나탈리야는 미인이었으나 경박하고 사치스러운 여인이었다. 그녀는 농노제의 횡포를 고발하는 민중시인의 아내로서는 부적격이었다. 푸슈킨의 결혼생활은 평탄하지 못했으며, 국외로의 망명실패와 궁정宮政의 감시 등으로 심신이 피폐해질 대로 피폐해진 푸슈킨은 아내의 성적 욕구도 만족시켜 줄 수 없는 불행한 결혼생활을 이어갔다.

한편 나탈리야는 근위近衛 장교인 단테스와 노골적인 염문을 뿌린다. 푸슈킨은 할 수 없이 당시의 풍습대로 연적戀敵에게 결투를 신청하지 않을 수 없었다. 친구들이 만류했으나 사나이로서의 자존심 때문에 이성을 잃고 말았다. 결국 푸슈킨은 결투에서 입은 치명상으로 38살의 아까운 나이로 요절하게 된다. 한 여인의 사치와 성적 불만족이 위대한 문학가의 삶을 죽음에 이르게 한 것이다.

나의 영혼 속에 아마도 사랑은 여전히 불타고 있으리라.
하지만 나의 사랑은 이제 당신을 괴롭히지 않을 거요.
어떻게 하든 당신을 슬프게 하고 싶지 않다오.

침묵으로, 희망도 없이 난 당신을 사랑했소.
때로는 두려움, 때로는 질투로 괴로워하면서도
나는 신이 당신으로 하여금 타인의 사람을 받게 만든바 그대로
진심으로, 부드럽게 당신을 사랑했소

〈나는 당신을 사랑했소〉 全文

이 시에는 사랑하는 사람을 진정 사랑하지만 두 사람의 원만한 사랑이 아님을 알 수 있다. 그래서 그의 사랑이 상대를 괴롭게 하고 슬프게 하고 있다. 그의 사랑은 차라리 절망적이었음도 알 수 있다. 사랑하는 당신은 타인의 사랑을 받고 있다. 그렇지만 진정으로 당신을 사랑했노라 노래하고 있다. 그만큼 그의 사랑은 비극적인 사랑이었다. 아내에 대한 그의 이런 사랑은 끝내 그를 죽음으로 내몰았던 것이다.

삶이 그대를 속일지라도
슬퍼하거나 노여워하지 마라.
설움의 날을 참고 견디면
기쁨의 날이 오고야 말리니,

마음은 미래에 살고
현재는 언제나 슬픈 것,
모든 것은 순식간에 지나가고
지나간 것은 또 다시 그리움이 되리라.

〈삶이 그대를 속일지라도〉 全文

이 시는 세계인들이 가장 많이 애송하는 시 중의 하나다. 푸슈킨이 당시 유행하던 앨범시의 형태로 사랑하는 여인에게 남긴 것이라 한다.

그는 짧은 생을 살았지만 수많은 아름다운 여인들을 사랑했고 그 마음을 글로 남겼는데, 삶과 사랑에 대한 그의 열정은 그의 문학 작품 속에 그대로 살아 숨 쉬고 있다.

그럼 푸슈킨의 다른 시편들을 감상해 보도록 하자.

작은 새

머나먼 마을에 이르러
고향의 풍습을 따라서

해맑은 봄철 축제일에
작은 새 놓아 주노라.

비록 한 마리 새이지만

산 것에 자유를 주고
아쉬운 생각은 없으니
나의 마음은 평화로워라.

시인에게

시인이여! 사람들의 사랑에 연연해하지 말라
열광의 칭찬은 잠시 지나가는 소음일 뿐
어리석은 비평과 냉담한 비웃음을 들어도
그대는 강하고 평정하고 진지하게 남으라.

그대는 황제, 홀로 살아라.
자유의 길을 가라,
자유로운 지혜가 그대를 이끄는 곳으로
사랑스런 사색의 열매들을 완성시켜 가면서
고귀한 그대 행위의 보상을 요구하지 마라

보상은 그대 속에, 그대는 자신의 가장 높은 판관
누구보다도 엄격하게 그대 노고를 평가할 수 있는.
그대는 자신의 작업에 만족했느냐, 준엄한 예술가여?
만족했다고? 그러면 대중이 그것을 힐난하며
그대의 불꽃이 타오르는 제단에 침 뱉고
어린애처럼 소란하게 그대의 제단을 흔들지라도
그냥 그렇게 두라.

푸슈킨의 아포리즘(aphorism, 금언)

– 남자의 기술이 좋으면 무관심한 여자도 욕망을 느끼게 된다.

- 상류 사교계에서 미인들이 권력을 갖게 되는 것은 그들이 여신이라는 환상 때문이다.

- 사랑에 재능이 있는 여자들은 사랑의 노예가 된다.
그들은 정말 뛰어난 연인이지만, 아내로서는 끔찍하다.

- 아내와 연인의 차이점은 아내와 함께 잠자리에 들 때는 욕정이 없다는 것이다.
결혼이 신성한 이유가 바로 이것이다.
욕정이 점점 사라져가면서 부부간의 관계는 그냥 친구처럼 사이좋은 것으로 변하거나, 심지어는 무관심한 관계 또는 적대적인 관계로까지 변하기도 한다.

- 무관심은 새로운 열정에 대한 모욕이다

- 당신이 그녀의 몸속으로 들어가고 난 후에도 그녀가 계속 예쁜 여자로 보인다면, 그녀는 정말로 예쁜 여자다

- 정절을 지킨다는 것은 정절을 지키고 싶지 않다는 유혹과의 싸움이다.

- 여자가 처녀성을 잃는 것은 처녀막이 찢어질 때가 아니라 그녀의 성기에서 처음으로 피가 흐를 때이다.

- 불길은 더 많은 나무를 태울수록 더욱 더 강력해지는 법이다.

– 아름다움을 얻으려고 노력하는 것은 인간에게 너무나 자연스러운 것이며, 그 어떤 것도 아름다움을 대신할 수 없다.

– 아름다움은 한 번 보기만 해도 결코 잊을 수 없는 법이다.

– 만약 연인들이 정말로 자기들의 관계를 숨기고 싶다면 사교계에 함께 나타나서는 안 된다.

– 단 한번만이라도 나와 관계를 맺었던 여자는 영원히 내 것이다.
남자들이 아내가 처녀이길 바라는 것은 바로 이 때문이다.
한 여자를 소유했던 남자는 그녀가 죽을 때까지 그녀에 대해 힘을 가지고 있기 때문이다. 그녀가 이것을 알고 있든, 모르고 있든 간에 항상 그렇다.

– 죽을 준비가 돼 있는 사람은 자유롭고 강하다.

– 아름다움이란 인식할 수는 있으되 정의할 수는 없는 것이다.

– 돈의 힘에서 벗어나고 싶다는 생각 때문에 나는 싫어하는 일들을 하게 되고 익숙하지 않은 일들의 성공 여부에 점점 더 의존하게 된다.

– 한두 번 여자와 관계를 가진 후에는 그녀의 곁을 떠나고 싶지 않지만 어쩔 수 없이 떠나야하며, 그것도 다른 여자 때문이 아니라 신비스럽고 운명적인 상황 때문이라고 그녀를 설득해야 한다.
그러면 그녀는 그 남자에 대해 좋은 추억들을 지니게 될 것이다.

– 우리에게 생명을 주는 어머니는 죽을 때 그것을 다시 가지고 간다.

– 자기 자신과 사이좋게 지내기 위해서는 자신을 사랑해야만 한다. 나를 존재하게 해준 사람들을 미워하면서 그 결과물인 나 자신을 사랑할 수는 없다.

– 아름다운 아내는 남편에게 끝없는 근심을 가져다준다.

– 사랑은 죽음과 마찬가지로 주인과 노예를 동등하게 만들고
사람들 사이의 모든 차이점들을 없애버린다.

– 사람에게는 무덤에까지 가지고 가는 영혼의 비밀이 있다.

– 여자에게 있어 고통과 쾌락 사이의 경계가 너무나 모호해서 쾌락을 고통으로 받아들일 수 있다면 여자는 고통도 쾌락으로 받아들일 수 있다.

– 영원한 사랑의 맹세는 현재의 사랑이 얼마나 강한지를 보여주는 증거이지만 미래에도 지금과 똑같을 것이라고 보장해주지는 못한다.

– 사랑과 예술은 그에게 현실의 극복, 행복과 자유를 구현하는 수단이었던 것이다.

– 어떠한 나이라도 사랑에는 약한 것이다.
그러나 젊고 순진한 가슴에는 그것이 좋은 열매를 맺는다.

루 살로메

나의 누이여! 나의 신부여!

루 살로메(Lou Andreas-Salomé 1861. 2. 12~1937. 2. 5)

루 살로메는, 러시아 상트 페테르부르크의 궁전 맞은편에 있는 대저택에서 로마노프 왕가에 봉사하던 독일 장군 구스타프 폰 살로메와 어머니 루이즈 사이에서 5남 1녀 중 막내딸로 태어났다. 농노가 해방되고 혁명과 자유의 기운이 일어나던 무렵이었다.

루는 뚜렷한 쌍꺼풀, 깊은 눈동자, 강력한 의지가 담긴 입술 등 타고난 미모에 지적 편력이 더해져 평범한 여자로 살 수 없는 운명이었다. 러시아 차르 체제에 대한 염증이 싹틀 무렵 새로운 혁명의 흐름을 동경하던 17세 소녀는 그때부터 철학과 신학과 예술에 몰두했다.

신에 대한 유년기의 믿음을 잃어버린 뒤, 18세 때부터는 당시의 뛰어난 설교자였던 네덜란드 출신 목사 헨릭 길로트와 가까이 지내며 서구 사상사, 종교사, 종교 심리학 등을 공부했다. 사춘기의 환상과 열정으로 고양되었던 이러한 사제관계는 나이든 기혼자였던 길로트의 청혼으로 말미암아 깨지고 말았고, 이듬해에 그녀는 스위스 취리히로 떠나게 된다.

취리히 대학에 들어간 루는 새로운 학문 탐구에만 온통 시간을 바쳤다. 그러다가 건강을 해치게 되어 요양을 위해 로마로 떠난다. 거기서 그녀는 독일 여권운동가인 마르비다 폰 마 리젠부크를 알게 된다. 그녀의 집에는 지식인들이 많이 드나들었는데, 여기서 그는 유복한 지주의 아들인 소장 철학자 파울 레를 사귀게 된다. 이 무렵 그녀의 첫 소설 〈신을 둘러싼 투쟁〉(1885)을 발표하는 등 창작과 학문적 탐구를 계속했다.

이때 알게 된 레와 루는 이미 절친한 사이었고, 레의 친구 니체가 끼어 듦으로써 세 사람의 삼각관계가 형성되었다. 그러던 중 어느 날 루가 갑작스런 제안을 하였다.

'우리 셋이서 함께 살아보는 것이 어떻겠어요.'

레는 그녀를 잃고 싶지 않아서 루의 이 제안을 받아들였다. 이렇게 해서 1882년부터 루 살로메(당시 22세), 레(당시 33세), 니체(당시 38세) 세 사람의 동거 생활이 시작된다.

니체는 아름다운 루를 혼자서 차지하고 싶었다. 그는 레를 쫓아내고 그녀를 자기만의 여자로 만들고 싶었다. 이때부터 두 남자 사이에는 심각한 갈등이 시작되었다. 그러던 중, 1882년 루는 니체의 초대를 받아 그의 별장에서 한 달을 머물러 지내게 된다. 그러다가 한 번은 산책길에 기회를 보아 그녀에게 슬그머니 프로포즈를 했다. 그녀는 즉각 거절하고는 느닷없이 몸을 돌려 그에게 키스를 퍼부었다. 니체는 그녀야말로 정말 종잡을 수 없는 여인이라고 생각하지 않을 수 없었다. 한편, 파울 레는 그녀가 니체와 단 둘이서 너무 오랫동안 함께 있는 것에 화가 나서, 니체를 헐뜯는 편지를 보내 그녀의 마음을 돌려보려고 애를 쓴다. 마침 그녀도 니체에게 싫증을 느끼고 있던 터라, 이내 그녀는 니체를 떠나 레와 함께 베를린으로 가서 단 둘이 동거 생활에 들어간다.

어느 날, 레와 루가 로마의 성베드로성당에 딸린 부속 건물의 작은 방에서 공부하고 있을 때였다. 그때 한 남자가 갑자기 나타나, 루에게 곧장 다가가서는 정중하게 허리를 굽혀 인사하며 말을 건넸다. "우리가 여기에서 다시 만난 것은 어느 별이 도운 것일까요?" 그는 바로 프리드리히 니체였다.

로마에서 지낸 지 며칠 지나지 않아, 니체는 한 번도 루와 단둘이 시간을 보낸 적이 없음에도 그녀와 결혼하고 싶어했다. 그는 레에게 자신의 청혼을 이야기해 달라고 부탁했다. 루와 결혼하고 싶어하는 레에게 중매인 노릇을 부탁한 것이다. 트리오에 대한 오래된 환상은 이내 깨져버렸다. 니체가 먼저 그것을 깨닫고 그들 곁을 떠났다. 이제 니체 앞에는 절망의 터널이 놓여 있었다. 그는 앞으로 다시는 루를 만날 수 없으리라는 것을 깨달았다.

타우텐부르크에서 니체는 체념도 하지 못한 채 혼자 괴로워했다. 그리고 서서히 하나씩 깨달았다. 루가 결정적으로 자신을 완강하게 피했고, 그녀와 함께 살지도 못할 것이며, 결국 레가 그녀를 빼앗아갔다는 사실을. 이후 그는 배신녀를 몹시 증오하기 시작했다. 니체는 그야말로 고통을 끌어안고 있는 덩어리 그 자체였을 뿐, 그 이상 아무것도 아니었다. 그때 그는 펜을 다시 잡고 열흘 만에 〈짜라투스트라는 이렇게 말했다〉 1부를 썼다. 창조의 신비였다.

프랑수와즈 지루의 〈루 살로메 3장 니체, 존경했지만 사랑하지는 않은〉 중에서

무거운 마차를 끌면서 채찍을 맞는 말의 눈이 너무 슬퍼보여서 말의 목을 부둥켜안고 눈물을 흘렸다는 38세의 철학자 니체는 냉철함보다 시적 감수성이 풍부한 연애론자의 모습에 가까웠다. 실연의 고통을 안고 고뇌와 씨름하던 니체는 이〈짜라투스트라는 이렇게 말하였다〉에서 루를 '이 지상에서의 이상'으로까지 칭송했다. 니체는 평생 루 한 여인만을 사랑했다.

파울 레는 루 살로메와 베를린에서 5년 동안 동거생활을 했지만, 한 번도 그녀와 잠자리를 같이 해보지는 못했다. 루는 연애는 하되 육체는 허

용하지 않는 여인이었다. 게다가 그녀가 돌연 동양 언어학자인 프리드리히 카를 안드레아스와 결혼해 버렸다. 이에 큰 충격을 받은 레는 슬그머니 자취를 감춰 버렸다. 그로부터 4년 후 그는 그녀와의 추억 어린 장소로부터 가까이에 있는 한 절벽에서 투신자살하고 만다.

루와 프리드리히 카를 안드레아스의 결혼은 처음부터 성관계가 배제된 결혼이었다. 두 사람은 자주 로마 거리를 산보하면서 데이트를 즐겼지만 그녀의 마음은 무덤덤했다. 그녀는 그와 그저 '좋은 친구'로서 지내기를 원했다. 그 이상은 원치 않았다. 두 사람은 단 한 번도 성관계를 갖지 않은 것으로 전해지고 있다. 루가 루 안드레아스 살로메로 불리는 것은 이 결혼으로 그 남편의 성을 따른 것이다.

우리는 어디에서 어디로 가는가

루 살로메

자유로운 정신의 소유자는 삶의 거센 투쟁과 수많은 괴로움 끝에
비로소 한 조각 하늘을 스스로의 힘으로 쟁취하게 되고,
그제서야 그곳으로부터 그의 생활에 한 줄기 밝은 빛이 비쳐들게 되는 것이다.
그때가 되어야 그는 일상생활의 먼지 속에 파묻혀 있으면서도
그 쟁취한 바 자유로운 에테르의 높이에 항상 주목하고 있을 수가 있다.
마음에 뜨거운 감동과 박력을 지니고 인생과 용감하게 싸우는 자에게는 누구에게나
이런 푸른 하늘의 한 구석이 열리기 마련이다.

릴케는 그 당시 젊은 남자가 꿈꿀 수 있는 가장 매력적이고 모성적인

이미지인 루를 보자 곧바로 사로잡히고 말았다. 두 연인은 서로에게 길고도 결정적인 영향을 미쳤다. 루의 아주 아름다운 표현을 그대로 빌리자면, 라이너는 '운명'에 의해 그녀의 삶 속으로 들어왔다.

"사랑은 결투를 해서 쟁취하는 것도 아니고 죄의식 없이도 다가온다. 사랑은 축복처럼 다가온다. 축복처럼 다가온 사랑하는 존재로 인해 세상은 완벽해진다."

'사랑의 이야기'라는 표현은 바로 릴케라는 남자와 루라는 여자의 결합을 지칭하기 위한 말이었다. 독일어를 사용하는 작가 중에 가장 유명한 이 남자에게 아낌없이 영감을 불어넣어줄 여자와의 결합, 어떤 면에서는, 그녀가 그를 붙잡아주었고, 그들이 만난 초기의 몇 해뿐만이 아니라 그 이후에도 자신의 내부에 지니고 있는 에너지로 그를 키워왔다고 말할 수 있다. 사실 영양을 공급해 주는 끈은 두 사람 사이에서 한 번도 끊어진 적이 없었다.

프랑수와즈 지루의 〈루 살로메 5장 릴케, 미친 사랑을 만나다〉 중에서

루는 37세 때 14세 연하인 무명 시인 릴케를 만났다. 두 사람은 곧 연인 사이가 되어 4년간이나 뜨거운 사랑을 했다. 연하의 릴케와 함께 1년간 러시아를 여행한 루는 릴케의 인생과 시에 결정적인 전환점을 마련해준 것으로 유명하다. 루는 릴케의 이름을 '르네 마리아 릴케'에서 '라이너 마리아 릴케'로 남자답고 시인답게 바꿔주었고, 젊고 경력이 부족한 릴케를 문화계의 쟁쟁한 인사들한테 소개해주기도 했다. 릴케는 이때 알게 된 인물들과의 평생우정을 지속했다.

"나의 누이여, 나의 신부여.
그대는 내 마음을 빼앗았노라.

그대의 눈길 하나로,
목구슬 하나로,
내 마음을 빼앗았노라.
나의 누이여, 나의 신부여,
그대의 사랑은 얼마나 아름다운가!
그대의 사랑은 포도주보다 아름답도다."

(아가서 4장 9~10절)

릴케는 이렇게 마력적인 영혼과 늘씬한 몸매와 유연하면서도 육감적인 입술 그리고 빛을 쏘는 듯한 눈매에 넋을 잃고 그녀의 매력 앞에 사랑의 불꽃을 태웠다. 열네 살 연상의 여인인 루에게서 모성애와 이성적 정열을 느낀 릴케는 성경의 아가서 4장 9~10절을 읊조리며 그의 열렬한 사랑을 고백했던 것이다.

볼가강

루 살로메

너 비록 멀리 있어도 난 너를 볼 수 있다.
너 비록 멀리 있어도 넌 내게 머물러 있다
표백될 수 없는 현재처럼, 나의 풍경風景처럼,
내 생명을 감싸고 있구나.
네 기슭에서 내 한번도 쉬지 않았더라도
네 광막함을 난 알 것만 같다
꿈결은 항상 네 거대한 고독에
날 상륙시킬 것만 같다.

그러나 그녀는 릴케의 병적인 신경질이 싫어 그의 곁을 떠난다. 릴케는 루와 헤어진 후 〈두이노의 비가〉, 〈헌시집〉 등 생의 최고의 걸작을 완성하게 된다. 그 후 릴케는 다른 여성과 결혼했지만, 죽는 날까지 루를 잊지 못했다. 그는 반 혼수상태에서 이렇게 부르짖기까지 했다.

"나의 어떤 점이 루를 실망시켰는지 물어봐 주십시오."

루 살로메

R. M. 릴케

내 눈빛을 지우십시오
나는 당신을 볼 수 있습니다.

내 귀를 막으십시오
나는 당신을 들을 수 있습니다.

발이 없어도 당신에게 갈 수 있고
입이 없어도 당신을 부를 수 있습니다.

나의 양팔이 꺾이어 당신을 붙들 수 없다면
나의 불붙은 심장으로 당신을 붙잡을 것입니다.
나의 심장이 멈춘다면 나의 뇌수라도
그대를 향해 노래할 것입니다.
나의 뇌수마저 불타버린다면
나는 당신을 내 핏속에
싣고 갈 것입니다.

이들의 뜨거웠던 열정은 오랜 세월에 거쳐 깊은 슬픔이 밴 따스한 사랑으로 변했고 죽을 때까지 서로 편지를 나누었다. 스위스에서 백혈병으로 릴케가 사망한 후에 루는 〈하얀 길 위의 릴케〉라는 책을 썼다. 그러나 그의 병상은 단 한번도 찾지 않았다. 릴케와 오랜 세월 주고받았던 편지들은 1952년 책으로 출판되었다.

장미여

라이너 마리아 릴케

장미여,
오 순수한 모순이여
수많은 눈꺼풀 아래
그 누구의 잠도 아닌
기꺼움이여

이 시는 릴케의 묘비명이다. 스위스 뮈조트성에 마지막으로 기거할 무렵 손님맞이를 위해 넝쿨 장미를 꺾던 그의 손에 장미 가시가 찔렸고 이게 화근이 되어 백혈병을 앓던 릴케는 세상을 뜨고 만다. 그는 죽음을 예견하기라도 한 듯 〈장미여〉라는 시를 지어 두었던 것이다. 순수한 모순에서 잠(죽음)을 두려워하지 않고 고통까지도 감내하며 죽음까지 삶의 일부라고 하였던, 장미 가시에 찔려 죽은, 너무나도 시적인 죽음을 맞이한 그를 후세인들은 '장미의 시인'이라 부르게 되었다.

프로이트는 그녀의 솔직함과 자연스러움이 마음에 들었다. 이 세상에서 가장 비관적인 남자, "인간이 행복하다는 것은 조물주의 창조계획 속에 들어 있지 않다"라고 말한 이 남자는, 영광으로 빛나던 인생의 전성기에 루를 만나 그녀의 자신감에 사로잡혔다. 어린아이 같은 열성적인 태도로 "저는 정신분석을 배우고 싶습니다."라고 말하는 그녀를 보고, 그 위대한 스승은 웃었다고 한다. 놀라운 일이었다.

정신분석 의사들이 루가 하는 말을 듣거나 그녀의 글들을 읽을 때, 그들은 루의 사물에 대한 통찰력에 깜짝 놀랐다. 프로이트 자신도 그 점에 깊은 인상을 받았다. 그는 언제나 루의 솔직한 태도를 매우 좋아했다. 그런 솔직한 태도로 그녀는 모든 위험을 무릅쓰고 자신을 드러냈으며 자신의 주장을 지켜나갔다.

프로이트는 결국 루에게 자신이 그녀를 얼마나 소중하게 여기는지 고백했다. 필요하다면 두 사람은 더욱 가까워졌을 수도 있었다. 그와 그녀 사이에는 진정한 육친과도 같은 관계가 이루어졌다.

프랑수와즈 지루의 〈루 살로메 8장 프로이트를 가장 깊이 이해한 여자〉 중에서

1911년 바이마르의 국제정신분석학회의에서 지그문트 프로이트를 만났을 때 그녀는 50세였고, 이미 여러 편의 소설과 평론으로 알려진 작가였다. 인간에 대한 지칠 줄 모르는 탐구 끝에 얻어진 그녀 자신의 통찰이 정신분석학과 일맥상통하는 것을 발견한 그녀는 프로이트의 연구 모임에 참여하게 되었다. 프로이트는 이 비범한 여성에게서 단순한 추종자가 아닌 진정한 대화자를 발견했고, 두 사람 사이에는 상호존경에 기초한 우정이 평생 지속되었다.

이후 세상을 떠나기까지 루는 정신분석학에 관심을 가지고서 많은 논문들을 발표했고 탁월한 임상분석가로서도 활동했다.

나는 당신이 늘 말하던 대로 할 것이오. 그저 즐거워하며 당신이 한 말이 나에게 어떤 영향을 끼치는지 두고 볼 것이오. 그런 방식보다 더 분명한 것은 없기 때문이오. 당신의 재능은 매번 나보다 뛰어나고 오히려 내 생각을 완성시켜 주었소. 더구나 당신은 뛰어난 혜안으로 내 생각을 하나의 체계로 만들어놓으려고, 생각의 단편들을 모아서 맞추고 완성시키려고 애쓰고 있어요.

프랑수와즈 지루*의 〈 루 살로메 부록: 프로이트가 루에게 보낸 편지〉 중에서

프로이트는 자신의 제자 타우스크가 루를 사랑하여 자살했지만 연인으로서 루의 궁핍을 걱정하여 평생토록 후원했다. 프로이트의 서재에는 루의 사진이 늘 걸려 있었다 한다.

프랑수와즈 지루 (Francoise Giroud) – 〈루 살로메〉의 저자. 1916년 스위스 제네바에서 태어났다. 프랑스 최초의 여성 시나리오 작가이자 감독, 최초의 여성 신문사 편집국장, 최초의 여성 장관 등 '최초'라는 수식어가 빠지지 않았던 여성언론인이다. 2차 세계 대전 때는 레지스탕스 활동에 적극 가담했고, 이후 「엘르」의 편집장,「렉스프레스」의 창간자로 활동하며 명성을 떨쳤다. 1974~1976년에는 여성부 장관, 1976~1977년에는 문화부 장관을 역임했으며, 2003년 타계했다.

함유선 – 〈루 살로메〉의 역자. 1954년 서울에서 태어났다. 이화여대 불문과를 졸업하고, 같은 대학 대학원에서 박사학위를 받았다. 2006년 현재 번역 작가로 활동하고 있다. 옮긴 책으로 〈붉은 말〉, 〈지중해의 영감〉, 〈시간의 옷〉, 〈프랑스적인 삶〉, 〈겨울나기〉, 〈루 살로메〉 등이 있다. 도서출판 〈해냄〉에서 펴냄.

1930년대의 나치 집권은 그녀에게도 큰 위협이었다. 나치당은 정신분석을 '유태인 학문'으로 간주하여 제거 대상으로 삼고 있었기 때문이다. 그러나 그 무렵 루는 병들고 늙어 국외로 떠날 수가 없었다. 그녀가 76세 생일을 일주일 앞두고 세상을 떠난 후 나치는 그녀의 모든 책과 서류들을 압수했다. 통틀어 그녀는 20권의 책과 100편 이상의 에세이, 기사, 서평들을 쓴 것으로 밝혀졌다.

다음은 루 살로메와 교분을 가졌던 인물들을 정리해 본 것이다.

헨릭 길로트(네덜란드 출신 목사)
파울 레(유복한 지주의 아들인 소장철학자)
프리드리히 니체(19세기 독일의 철학자)
라이너 마리아 릴케(오스트리아 태생 독일의 시인)
지그문트 프로이트(오스트리아의 신경학자, 정신분석학의 창시자)

게르하르트 하우프트만(독일의 극작가 · 시인 · 소설가)

보리스 파스테르나크(장편소설 〈Doctor Zhivago〉로 1958년도 노벨 문학상 수상자)

칼 융(스위스의 심리학자, 정신과 의사)

레오 톨스토이(러시아의 작가)

페르디난트 퇴니에스(독일의 사회학자)

헤르만 에빙하우스(독일의 심리학자)

프랑크 베데킨트(독일의 배우 · 극작가)

크누트 함순(노르웨이의 소설가 · 극작가 · 시인)

마르틴 부버(독일의 유대계 종교철학자, 성서 번역 및 주석가, 독일어 산문체 대가)

아르투어 슈니츨러(오스트리아의 극작가 · 소설가)

이들은 루 살로메와의 사랑과 이별에 기뻐하고 슬퍼했다. 실연으로 자살한 이도 있었고, 실연당한 후 평생 독신으로 살아간 이도 있었고, 짧은 기간의 사랑을 평생 동안 간직한 채 죽은 이도 있었다. 루 살로메의 무엇이 세기의 천재들을 사랑의 도가니에 몰아넣었을까?

루는 그 중 한 남자의 아이를 가졌으나 두 번이나 유산했다. 40년을 같이 살면서 단 한 번도 섹스를 한 적이 없는 남편이 다른 여자에게서 낳은 여자 아이를 입양해 말년에는 그 아이에게 의탁해 살았다. 루는 잠을 자다가 세상을 떠났다. 그녀는 화장해 주길 바랐으나, 가족들은 그녀를 괴팅겐에 있는 그녀 남편의 무덤에 합장시켰다.

나폴레옹이 괴테를 만났을 때 "보라, 여기 한 남성이 있다."라고 했듯이 유럽 최고의 지성들과 정신적으로든 육체적으로든 깊은 관계를 맺은 루 살로메는 〈나의 누이여 나의 신부여〉의 저자 H.F 페터즈가 "보라, 여기 한 여성이 있다."(Voila une femme)라고 말했듯이 루 살로메는 20세기 최고의 여성으로 소개할 만하지 않은가.

여성이 예술가의 창조적 영감의 원천이 되는 경우가 많은데, 루 안드레아스 살로메야말로 바로 그런 여성의 전형이 아닐까 하는 생각이 든다.

생의 기도

그렇지,
친구 사이의 우정과도 같이
나 그대를 사랑하지

수수께끼 같은 삶

나 그대 품에서 환희하든
눈물을 흘리든
그대 나에게 행복을 주든
아픔을 주든
아랑곳 하지 않고.
루 살로메의 〈사랑과 생애〉 中에서

루 살로메의 아포리즘(aphorism, 금언)

– 온갖 사랑이란 원래가 비극적인 것이다.

- 양적으로 최대의 사랑은 열렬한 사랑이고, 질적으로 최선의 사랑은 깊은 사랑이다.

- 두 사람이 사랑한다는 사실은 결코 희귀한 일이 아니지만, 두 사람이 서로 잘 어울린다는 것은 무척 희귀한 일이다.

- 사랑이 크면 클수록 결혼은 그만큼 더 위험하다.

- 이성 사이의 우정은 고귀한 인공 식물이다.
  그것을 키우기 위해서는 정원사의 특별한 재능이 필요하다.

- 가장 낮은 차원의 사랑, 즉 관능적인 사랑일수록 어렵게 마련이다.

- 사랑한다는 것은 존경한다는 것을 말한다.

- 행복한 사랑은 배불러서 죽지만, 불행한 사랑은 굶주려서 죽는다.
  그리고 굶주려서 죽는 편이 보다 시간이 오래 걸리고 또한 보다 고통스럽다.

- 별리別離에 즈음하여 우리는 가장 사랑하게 된다.

- 여성은 남성의 사랑으로 말미암아 죽는 것이 아니라, 남성의 사랑의 결핍으로 말미암아 죽는다.

- 우리의 사랑의 근본이 되는 것은 보통의 경우 사랑의 대상을 자기 자

신 속에 간직하든가, 또는 사랑의 대상으로 하여금 자기 자신에게 발전적으로 영향을 끼치게 하든가 하여, 우리 스스로가 자기 자신을 풍요롭게 하는 데 있다.

– 관능적인 정열로부터 정신적 공감에 이르는 길은 없지만, 정신적 공감으로부터 관능적인 정열에 이르는 길은 무수히 존재한다.

– 이성간의 우정을 깨끗하게 유지하기 위해서는 약간의 생리적 반발이든가 아니면 커다란 정신적 공감이 필요하다.

– 증오는 사랑보다도 강한 관심의 표현이다.

– 생애에 걸친 커다란 공통적인 관심사를 지니는 것이야 말로 두 사람의 영속성을 보증하는 유일한 방법이다. 왜냐하면 개인적인 것이란 아무리 풍요롭다 해도 마침내는 말라버리고 말기 때문이다.

– 약혼자들은 서로가 장미빛 기대를 품게 마련이지만, 부부 사이에는 쓰디쓴 인식만이 있게 마련이다.

헤르만 헤세

지와 사랑의 노래

헤르만 헤세Hermann.Hesse(1877~1962)는 독일의 시인이자 소설가이다. 1877년 독일 남부 카르부에서 선교사의 아들로 태어나 어린 시절 시인이 되고자 신학교를 중퇴하였다. 시계 공장과 서점에서 견습사원으로 일하다 열다섯 살 때 자살을 기도해 정신병원에 입원하는 등 질풍노도의 청소년기를 보낸다. 독학으로 문학에 열중, 이십대 초부터 작품 활동을 시작해 처녀 시집 〈낭만적인 노래〉를 출판하였다. 이어 〈한밤중 후의 한 시간〉, 〈헤르만 라우샤〉, 〈청춘시집〉을 내고 장편소설 〈페터 카멘찐트〉로 일약 인기 작가 된다. 결혼 후 〈수레바퀴 밑에서〉, 〈현세〉, 〈케르트루트〉 등의 주요작품을 발표하고 스위스에 이주하여 〈로스할데〉를 쓴다.

그 뒤 1차 세계대전의 영향과 결혼생활의 파탄, 유교와 인도 등의 고전적 동양사상의 영향을 받아 그의 작품 경향이 변화한다. 또한 정신분석학자 C.G.융의 영향을 많이 받았는데, 그 체험에 기초한 것이 1919년 발표한 〈데미안〉으로, 현실의 고뇌에 대결하는 영혼의 모습을 그리고 있다. 이 외에 〈황야의 이리〉, 〈싯다르타〉, 〈지성과 사랑〉, 〈유리알 유희〉 등의 대작을 발표한다. 1946년 괴테상과 노벨문학상을 수상하게 된다. 1962년 8월 9일 제2의 고향 몬타놀라에서 뇌일혈로 영면한다.

지와 사랑

『지와 사랑』 원제는 〈나르시스와 골트문트〉인데, 나르시스는 냉철한 철학자이고 골트문트는 애욕의 편력으로 일관하는 예술가이다. 에로스와 로고스, 헬레니즘과 헤브라이즘의 대립은 문학의 영원한 주제로 헤세도 인간의 이 양극성, 이원성에 줄기차게 관심을 기울인다. 이 두 사람은 서로 헤어져 다른 길을 걷지만 마음속으로는 서로를 갈망한다.

『지와 사랑』의 주 내용은 뛰어난 젊은 학자인 나르시스와 다정다감한 소년 골드문트와 마브리아론 수도원에서의 만남으로 시작된다. 그 후 골드문트가 여자를 알고 수도원을 떠나서 애욕의 편력을 계속하면서 조각 수업을 하는 시기가 있고, 그리고 골드문트가 다시 수도원으로 돌아와 다시 두 사람이 우정으로 맺어지고 골드문트가 지와 사랑을 융합시킨 마리아상을 조각하는 것이 마지막 내용으로 되어 있다.

『지와 사랑』은 두 젊은이의 우정과 예술, 기독교적 세계와 예술적 삶의 다르면서도 같고, 같으면서도 다른 세계를 발견해가는 고행의 이야기이다. 삶의 환희와 열정, 때론 어렵고 힘든 일들도 딛고 일어설 수 있는 자만이 마침내 나를 알게 되고, 세상을 아는 진정으로 성숙한 인간이 될 수 있다는 것, 두 사람은 서로 상반된 삶을 살았지만 결국 궁극적 도달점은 다르지 않다는 걸 보여주는 작품이다.

이 작품은 간결하고 아름다운 서사시적인 헤세 특유의 필치를 보여주고 있다. 그가 즐겨 그리는 아름다운 자연과 정적이며 영적인 세계는 서구의 어느 작품보다 우리에게 친근하게 다가온다. 이 책이 지니고 있는 주제는 한마디로 이성과 감성의 대립, 선과 악의 갈등이다. 인간이 지니고 있는 근원적이고 본능적인 고뇌와 갈등을 나르시스와 골드문트라는 대립된 두 인물을 통해 추구하고 있다. 즉 나르시스는 지를, 골드문트는 사랑을 추구하면서 서로 대립되기도 하고, 서로 갈구하기도 한다. 인간은 이 두 가지를 동시에 가지고 있기 때문에 늘 고뇌하고 갈등에 시달린다.

헤세는 이 작품을 통해 인간의 욕망과 관능적인 사랑의 편력을 그리면서 인간의 참모습을 찾으려 했다.

해와 달이,
혹은 바다와 육지가
서로 접근할 수 없듯,
우리들도 서로
접근하지 않는 게 우리들의 과업이야.
우리 두 사람은 말하자면
해와 달이며 바다와 육지란 말이야.

우리의 목표는 하나로 결합하는 것이 아니라
오히려 서로를 인식하고, 서로를 통찰하고,
서로 존경하는 법을 배우는 거야.
상반되는 것이 무엇이며,
서로 보완할 것이 무엇인가를 말이지.

〈나르시스와 골드문트〉 중에서

헤세의 사랑

니논 아우스랜더가 헤세에게 보낸 서간 모음집 《헤세, 내 영혼의 작은 새》를 중심으로 헤세의 사랑을 살펴보자.

니논 아우스랜더는 열네 살 소녀시절(1910년) 헤세의 소설 《페터 카멘찐트》를 읽고 독자로서 처음으로 작가로 명성을 떨치던 헤르만 헤세에게 조심스럽고도 떨리는 마음으로 편지를 써서 보낸다. 헤르만 헤세는 이 최초의 편지에 짧은 답장을 보낸다. 이 첫 편지에서부터 이미 헤세와 니논과의 평생 깊은 연이 맺어진 셈이다.

《헤세, 내 영혼의 작은 새》는 그녀가 평생 헤세를 흠모하고 숭배한 사랑의 기록이며 그녀 내면의 자서전이다. 그녀는 후일 헤세의 세 번째 부인이 된다. 동양과 서양, 자연과 정신, 예술가와 사상가, 은둔자와 세속인 사이를 오간 헤세의 만년은 한 여인과 나눈 사랑으로 더욱 위대하고 풍요로워진다.

두 사람의 결합은 결코 순탄치 않았다. 처음 만났을 때 두 사람은 각자 결혼한 상태였다. 두 번째 이혼 이후 헤세는 정신적 육체적 고통에 빠져 있었다. 니논은 어떻게든 헤세에게 도움을 주어야겠다고 결심하고 그에게 동거를 제안한다. 하지만 인간관계에 대해 깊은 회의에 빠져 있던 헤세는 그 제안을 거절한다. 그러나 니논은 헤세의 단호한 거절 뒤에 감춰진 절망적인 구원의 외침을 놓치지 않는다. 헤세의 우려와는 달리 두 사람은 결국 만족스러운 관계를 맺는 데 성공하고, 해를 거듭할수록 헤세에게 니논은 없어서는 안 될 존재가 된다.

두 사람의 만남은 일찍이 예술가로 탁월한 문학적 성취를 보였으나 가정과 사회와 조화를 이루는 데는 실패한 한 남자와 그를 무조건적으로 숭배하는 지적인 여성의 흔치 않은 결합이었다. 1895년 오스트리아 제국의 식민지 부코비나에서 태어나 빈 대학에서 의학과 미술사를 공부한 니논은 두 번의 이혼과 피해망상을 동반한 우울증, 고독감으로 극도로 황폐해져 있던 헤세의 고통을 감지하고 그에게로 가 그의 아내가 된 것이다.

헤세는 처절한 고독 속에서 술로 위안으로 삼았으며, 이제까지 놓쳐 버린 삶, 놓쳐 버린 사랑을 뒤늦게 만회하려고 몸부림치고 있었다. 헤세가 수년 동안에 걸쳐 지기들에게 보낸 위와 같은 반복된 구조 신호가 없었다면, 니논이 빈을 떠나 헤세의 발치 가까이까지 갈 이유가 없었을 것이다. 그녀는 삶의 깊은 절망에 빠진 그의 곁에 있어 줘야겠다는 결단을 내리게 된다.

헤르만 헤세의 영혼은 끝없이 자유를 바랐으며, 니논 헤세는 그의 바람을 있는 그대로 받아들였다. 니논은 기꺼이 헤세라는 울타리 안에 자신의 삶을 가두었고 그 속에서 자신의 삶을 그려나갔다. 또한 그녀는 헤세가 고통에 사로잡혀 있을지라도 '당신은 시인입니다'라며 헤세를 일깨워 주었다. 일찍이 '시인이 아니면 그 무엇도 되고 싶지 않다'고 공언했던 헤세가 한평생 진정한 의미에서 시인으로 살 수 있었던 것은 세 번 째 부인인 바로 니논 헤세라는 여인이 있었기에 가능했을 것이다.

니논 헤세는 때때로 지병으로 인한 고통과 창작에 집중하고픈 열망으로 극도로 예민해 있던 헤세에게 변함없는 사랑을 주었고, 고귀한 존재를 대하듯 존경하고 그에게 헌신했다. 헤세와 함께 있을 때 집안에서 주고받은 짧은 편지와 쪽지들, 그리고 여행을 할 때 아침 저녁으로 끊임없이 써 내려간 편지들에 비친 그녀의 애틋한 사랑은 숭고함마저 띤다. 그녀는 박물관과 미술관에서, 낯선 도시의 거리와 풍경 속에서 자신이 보고 느끼는 모든 것을 그에게 들려주고픈 간절한 욕망으로 펜을 놓지 못했다.

헤세 역시 그녀가 곁에 없을 때 그녀가 보내오는 편지들을 즐거이 읽고 답장을 썼으며, 그녀의 편지에서 먼 곳의 신선한 공기와 그녀의 사랑을 느꼈다. 그녀는 헤세가 그녀를 필요로 할 때 곁에 있어 주었고, 그가 원하지 않으면 조용히 물러나 주는 욕심 없는 사랑을 통해 그에게 진정한 의미의 평화를 가져다주었다.

두 사람의 공동생활이 많은 사람들이 놀랄 만큼 오래 지속될 수 있었던 데는 서로가 지킨 멀고도 가까운 관계가 근간이 되었다. 니논 헤세는 이렇게 말한다.

"제가 생각하기에, 제대로 함께 산다는 것은 상대방이 자기를 원할 때 거기에 있어 주는 것만이 아니라, 특히 상대방이 자기를 원하지 않을 때 거기에 없어 주는 데에도 있습니다."

니논 헤세는 헌신적인 반려자였을 뿐만 아니라 동시에 자신의 독립적인 삶을 지키려 노력한 여성이었다. 그녀는 헤세에 대한 사랑 못지않게 신화와 예술의 세계에 대한 호기심과 탐구열을 평생 잃지 않았다. 그래서 지적 호기심에 가득 찬 시선으로 동경하던 신화의 땅 그리스, 이탈리아 등지를 여행하고 신화 연구에 몰두하였으며, 헤세의 죽음 이후까지 그의 문학과 생애를 알리고 지키는 데 헌신했다. 자신이 소원한 대로 예술가가 되어 예술을 통해 자신을 표현하지는 못했지만 영혼의 소리에 충실한 삶을 살고자 애썼고, 헤세가 죽은 뒤에도 그에 대한 사랑을 버리지 않았다.

니논의 조건 없는 사랑과 헌신이 없었더라면, 그리하여 헤세가 지독한 우울증과 자살 충동, 고독에서 벗어나 영적 안정을 찾지 못하였다면《황야의 이리》《지와 사랑》《유리알 유희》같은 작품은 빛을 보지 못했을지 모른다. 이해심 많은 니논 헤세의 따스한 애정과 배려가 있었기에 '자연과 정원의 시인' 헤세는 몬타뇰라의 집에서 은둔자 생활을 하며 자연에 침

잠하여 시와 소설을 쓰고 그림을 그리면서 지혜롭고 관조적인 만년을 보낼 수 있었다.

"그와 나는 하나였다. 그의 죽음은 나를 갈기갈기 찢고 말았다. 나는 남아 있는 절반이었다. 피를 흘리는 절반의 존재였다."

1966년 마지막 일기에 이런 글을 남기고 사망한 니논 헤세는 60여 년을 사랑한 연인이자 남편인 헤르만 헤세 곁에 묻혔다. 이 책은 첫 만남에서부터 결혼, 그리고 헤세와 함께한 아름다운 노년에 이르기까지 니논 헤세의 드라마틱한 인생 여정을 그녀가 헤세에게 보낸 서간들을 통해 진솔하게 보여주고 있다.

〈헤세 내 영혼의 작은 새〉 저자 : 니논 헤세, 역자: 기젤라클라이네, 웅진씽크빅 (주) (구) 웅진닷컴(주) 참조

이 서간집 저자이자 헤세의 부인인 니논 아우스랜더는 지와 사랑의 '나르시스'라면, 헤세는 '골드문트'가 아닐까 하는 생각이 든다. 영속적인 것을 남기지 않고서는 견디지 못하는, 예술적 충동으로 가득 찬 골드문트를 헌신적인 사랑으로 그의 예술적 욕구를 구현하도록 도와 준 니논 아우스랜더야말로 이성적 영혼의 소유자인 나르시스가 아닐까……

흔히 인간을 반쪽짜리 존재라 한다. 잃어버린 반쪽을 찾는 것이 사랑이요. 그 반쪽이 서로 만나 하나가 되는 것을 결혼이라 한다. 그래 흔한 말로 부부일심동체라 하지 않는가. 단테가 운명적 사랑을 아홉 살이라는 어린 나이에 만나 이루지 못한 비운의 사랑을 했다면, 헤세는 운명의 여인 니논을 만나 상대적으로 행복한 삶을 살았다 한 만하다. 열네 살에 처음 인연이 되어, 헤세의 절망적 시절에 부부가 되어, 사후까지 헌신한 니논

헤세의 사랑이 없었다면 오늘날의 헤세의 불후의 명작들은 존재하지 못했을지도 모를 일이다.

그럼 이제 헤세의 시편 몇 편을 감상해 보기로 하자.

사랑

키스로 나를 축복해 주는 너의 입술을
즐거운 나의 입이 다시 만나고 싶어 한다.

고운 너의 손가락을 어루만지며
나의 손가락에 깍지 끼고 싶다.

내 눈의 목마름을 내 눈에서 적시고
내 머리를 깊숙이 머리에 묻고
언제나 눈 떠 있는 젊은 육체로
네 몸의 움직임에 충실히 따라
늘 새로운 사랑의 불꽃으로 천 번이나
너의 아름다움을 새롭게 하고 싶다.

우리의 마음이 온전히 가라앉고 감사하게
모든 괴로움을 이기고 복되게 살 때까지
낮과 밤에 오늘과 내일에 담담히
다정한 누이로서 인사할 때까지
모든 행위를 넘어서서 빛에 싸인 사람으로
조용히 평화 속을 거닐 때까지……

나 그대를 사랑하기에

나 그대를 사랑하기에,
나는 밤에
그렇게 설레며 그대에게 가서
속삭였습니다.

그대가 나를
언제나 못 잊도록
내가 그대의 마음을
따 왔습니다.

좋거나 나쁘거나
그대의 마음은
나와 함께 있으니 오로지
내 것입니다.

설레고 타오르는
내 사랑에서
그 어느 천사도
그대를 빼앗지 못합니다.

9월

정원이 서러워한다.
차갑게 꽃 속으로
빗방울이 스며든다.
마지막 길을 향하여
여름은 조용히 몸서리친다.
잎이 하나하나
황금의 물방울 되어
높은 아카시아 나무에서
떨어진다.

여름은
가라앉는 정원의 꿈속에서
놀라고 피곤한 미소를 짓는다.
아직도 오랫동안 그 여름은
장미 곁에 멈춰 서서
안식하기를 염원한다.
여름은 조용히
그의 고달픈 눈을 감는다.

기도

신이여!
나로 하여금 내 자신에 대하여 절망하게 하여 주시옵소서.
그러나, 당신에게만은 절망치 않게 하여 주시옵소서.

나로 하여금 비탄을 맛보게 하여 주시고
고뇌의 불꽃이 나를 휩싸게 하여 주시옵소서.

나로 하여금 온갖 모욕을 겪게 하여 주시옵고
스스로 견디어 나감을 돕지 마시옵소서.

내가 발전하는 것도 돕지 마옵소서.
그러나, 나의 모든 고집이 꺾이어지거든
그렇게 만드신 분이 당신이었음을 보여주시옵소서.

당신이 그 불꽃과 고뇌를 낳으셨음을 알게 하소서.
왜냐하면 나는 기꺼이 멸망하고 기꺼이 죽겠사오나
당신 품 안에서만 죽을 수 있기 때문입니다.

청춘의 도주逃走

고달픈 여름이 머리를 숙이고
호심湖心에 비친 자기의 퇴색한 모습을 본다.
나는 지쳐서 먼지를 쓰고, 무거운
가로수 그늘 속을 걸어간다.
포플러 가지 사이를 소담한 바람이 불어 가고,

등 뒤의 하늘에는 빨간 노을이 탄다.
그리고, 내 앞은 저녁의 불안과, 황혼과 죽음이……
나는 지쳐서 먼지를 쓰고 걸어간다.

내 뒤에는, 청춘이 머뭇거리던 걸음마저 멈추고,
예쁜 머리를 숙이며, 이제부터는 나와 동행하지 않으려 한다.

안개 속

기이하도다, 안개 속을 편력하는 것은!
모든 숲과 들은 외롭고,
나무들은 서로를 보지 못해,
모두가 다 홀로이도다.

내 인생이 아직 밝았을 때는,
세상은 내겐 친구들로 가득했었는데
이제 안개가 드리워지고 나니
누구한사람도 더 이상 볼 수 없구나.

모든 것으로부터 벗어날 수 없이
조용히 사람을 분리시키는
어둠을 알지 못하는 자,
그 사람은 참으로 현명치 못하도다.

기이하도다. 안개 속을 편력하는 것은!
인생이란 외로운 존재,
어떤 사람도 타인을 알지 못하니
사람은 각자가 홀로이도다.

여행자의 노래

태양아! 내 가슴 속을 비춰 보아라
바람아! 내 근심과 번뇌를 날려 보내라

넓은 세상 떠도는 것보다 더 깊은 기쁨이
이 세상 어디에 있는지
나는 알 수 없구나

저 들판 향해

나는 나의 길을 가겠다

태양아, 나를 불살라라
바다여, 나를 시원하게 해다오

흙과 생명을 함께 느끼기 위해
나는 서슴없이 온몸의 감각을 열어버리겠다

그리고 새로운 날들이여,
새로운 친구들과 형제들을 알려다오

번민 없이 내가 온갖 자연을 찬양하고
온갖 별들의 손님과 친구가 되는 그날까지

헤르만 헤세의 아포리즘((aphorism, 금언)

- 고통에서 도피하지 말라. 고통의 밑바닥이 얼마나 감미로운가를 맛보라.

- 그대가 행복을 추구하고 있는 한, 그대는 언제까지나 행복해지지 못한다. 그대가 소망을 버리고 이미 목표도 욕망도 없고 행복에 대해서도 말하지 않게 되었을 때 그때에야 세상의 거친 파도는 그대 마음에 미치지 않고 그대의 마음은 비로소 휴식을 안다.

- 기도는 음악처럼 신성하고 구원이 된다. 기도는 신뢰이며 확인이다. 진정 기도하는 자는 원하지 않는다. 단지 자기의 경우와 고뇌를 말할 뿐이다.

- 큰일에는 진지하게 대하지만 작은 일에는 손을 빼는 것이 당연하다고 생각하는 것, 몰락은 언제나 여기에서 시작된다.

- 행복만을 바라보고 좇아가는 한 너는 행복을 누릴 만큼 성숙하지 못한 것이다. 모든 사랑스러운 것이 네 것이 된다 하더라도, 잃어버린 것이 아까워 한탄을 하고 목적을 가지고 초조하게 애쓰는 한, 아직 평화가 무엇인지 모르는 것이다. 모든 희망을 포기하고 목적도 욕망도 다 버리게 되었을 때, 행복, 행복하며 이름을 붙여 바라지 않을 때, 그 때에 비로소 세상만사의 흐름이 너의 마음에 부딪히지 않게 될 것이며, 너의 영혼이 안식을 얻게 되는 것이다.

- 누구 한 사람 아는 이 없는 곳에서 사는 것은 즐거운 일이기도 하다.

- 다른 사람에게서 사랑을 바라는 생활은 위험하다. 그 사람이 스스로 충만 되어서 나에게서 떠난다고 해도 그 사람을 위해 기도드릴 각오 없이 사랑하는 것은 처음부터 잘못된 일이다.

- 말로 갈 수도, 차로 갈 수도, 둘이서 갈 수도, 셋이서 갈 수도 있다. 하지만 맨 마지막 한 걸음은 자기 혼자서 걷지 않으면 안 된다.

- 명성이나 좋은 술, 사랑이나 지성보다도 더 귀하고 나를 행복하게 해 준 것은 우정이었다.

- 모든 예술의 궁극적인 목적은 인생은 살만한 가치가 있다는 것을 일깨워 주는 것이다. 또한 그것은 예술가에게 더 없는 위안이 된다.

- 모든 인간의 생활은 자기 자신에의 길이며, 하나의 시도이다.

- 사람은 고통을 통하여 자기를 잊는 길을 걷는다. 사색을 함으로써 자기를 던지는 길을 걷는다.

- 사랑을 받는 것은 행복이 아니다. 사랑하는 것이야말로 행복이다.

- 사랑은 우리들을 행복하게 하기 위해서 존재하는 것이 아니라, 우리들이 고뇌와 인내에서 얼마만큼 견딜 수 있는가를 보기 위해서 존재한다.

- 사랑은 증오보다 고귀하고, 이해는 분노보다 높으며, 평화는 전쟁보다 고귀하다.

- 사랑이란 슬픔 속에서도 의연하게 이해하고 미소 지을 수 있는 능력을 말한다.

- 사랑이란 애걸해서도 안 되고 요구해서는 안 된다. 사랑은 자신 속에서 확신에 이르는 힘을 가지지 않으면 안 되는 것이다. 사랑은 결코 이끌어지는 것이 아니고 이끄는 것이다.

- 새는 알속에서 빠져 나오려고 싸운다. 알은 세계이다. 태어나기를 원하는 자는 하나의 세계를 파괴하지 않으면 안 된다.

- 세상에는 단 하나의 마술, 단 하나의 힘, 단 하나의 행복이 있을 뿐이고, 그것은 사랑이라고 불리는 것이다.

부록

- 시에 관한 명언 모음
- 사랑에 관한 명언 모음
- 러브스토리 속의 스타들의 사랑 명언

부록 1

시에 관한 명언 모음

1 공자께서 말씀하셨다.

「시경詩經에 있는 삼백 편의 시詩는 한 마디로 말해 사악함이 없다.」

子曰 詩三百 一言以蔽之曰 思無邪 —논어 위정편 論語 爲政篇

2 붓 놓자 풍우가 놀라고

시편이 완성되자 귀신이 우는구나.

筆落驚風雨(필락경풍우)

詩成泣鬼神(시성읍귀신) —두보 杜甫

3 시란 정情을 뿌리로 하고 말을 싹으로 하며, 소리를 꽃으로 하고 의미를 열매로 한다. —백거이 白居易

4 시는 의미하는 것이 아니라 존재하는 것이다. —맥뤼시 시론 詩論

5 시는 모든 지식의 숨결이자 정수精髓이다.

—W.워즈워스 서정민요집 抒情民謠集

6 완벽한 아름다움을 지닌 것은 모두가 그렇듯이 시도 경탄을 강요한다. —S.말라르메 예술藝術의 이단異端

7 시는 자기 속에 가지고 있지 못하면 아무 데에서도 찾지 못한다.

—주베르

8 시는 결국 야회복을 입은 산문은 아니다. —J.콕토

9 시는 보통의 이성의 한계를 지난 신성한 본능이며 비범한 영감이다. —E.스펜서

10 시는 어떤 리듬을 선택하여 그것들을 체계화시켜 반복한다. 이것이 운율이다. —R.S.브리지스

11 시는 몸을 언어의 세계에 두고 언어를 소재로 하여 창조된다. —M.하이데거 시론 詩論

12 시는 오직 인간의 능력을 발양發揚하기 위해서 우주를 비감성화 시킨 것이다. —T.S.엘리엇 간략사전 簡略辭典

13 시인은 그의 예민한 흥분된 눈망울을 하늘에서 땅으로, 땅에서 하늘로 굴리며, 상상은 모르는 사물의 형체를 구체화시켜, 시인의 펜은 그것들에 형태를 부여해 주며 형상 없는 것에 장소와 명칭을 부여해 준다. —W.셰익스피어

14 시의 언어는 필연적인 것같이 보이는 것이어야 한다. —W.B.예이츠

15 시인의 시는 국어처럼 직접적이고 자연스런 것이어야 한다. —W.B.예이츠

16 나에게 있어서 시는 목적이 아니고 정열이다. —E.A.포

17 시적詩的이 아닌 한, 나에게 있어서는 아무것도 존재하지 않는다. —A.지드

18 시는 모든 예술의 장녀長女이며 대부분의 사람들의 양친이다. —W.콩그리브

19 만약 사람이 마력적인 시의 의미를 알게 된다면 그 때부터 그대는 아름다운 생生을 알게 된다. —J.F.아이헨도르프

20 도덕적인 시라든가 부도덕한 시라든가에 대해서 말할 것은 아니다. 시는 잘 쓰여져 있는가 아니면 시원찮게 쓰여져 있는가, 그것만이 중요하다. –O.F.O.W.와일드

21 시는 악마의 술이다. –A아우구스티누스

22 시는 아름답기만 해서는 모자란다. 사람의 마음을 뒤흔들 필요가 있고, 듣는 이의 영혼을 뜻대로 이끌어 나가야 한다. –호라티우스 시론 詩論

23 시는 신神의 말이다. 그러나 시는 반드시 운문韻文 속에만 있는 것이 아니다.
시는 곳곳에 충일充溢한다.
미와 생명이 있는 곳에는 시가 있다. –I.S.투르게네프

24 시란 것은 걸작이든가, 아니면 전연 존재해서는 안 되는 것이다. –J.W.괴테

25 위대한 시는 가장 귀중한 국가의 보석이다. –L.베토벤

26 시란 미美의 음악적인 창조이다. –E.A.포

27 시는 단지 그 자체를 위해 쓰인다. –E.A.포

28 시는 단 하나의 진리이다. 명백한 사실에 대해서가 아니라 이상에 대해 말하고 있는 건전한 마음의 표현이다. –R.W.에머슨

29 시는 최상의 마음의 가장 훌륭하고 행복한 순간의 기록이다.
하나의 시란 그것이 영원한 진리로 표현된 인생의 의미이다. –P.B.셸리

30 즉흥시는 진정 재지才知의 시금석試金石이다. – J.B.P.몰리에르

31 시의 목적은 진리나 도덕을 노래하는 것은 아니다.
시는 다만 시를 위한 표현인 것이다. – C.P.보들레르

32 기쁨이든 슬픔이든 시는 항상 그 자체 속에 이상을 좇는 신과 같은 성격을 갖고 있다. – C.P.보들레르

33 감옥에서는 시는 폭동이 된다. 병원의 창가에서는 쾌유에의 불타는 희망이다. 시는 단순히 확인만 하는 것이 아니다. 재건하는 것이다. 어디에서나 시는 부정不正의 부정否定이 된다.
–C.P.보들레르 예술론 藝術論

34 시란 영혼의 음악이다.
보다 더욱 위대하고 다감한 영혼들의 음악이다. –볼테르

35 시란 냉랭한 지식의 영역을 통과해선 안 된다.
시란 심중에서 우러나오는 것이기 때문에 곧바로 마음으로 통해야 한다. –J.C.F.실러

36 과학의 적절하고 직접적인 목적은 진리를 획득하고 전달하는 것이며, 시의 적절하고 직접적인 목적은 즉흥적인 즐거움을 전달하는 것이다. –S.T.콜리지

37 시란 본질적인 면에서 인생의 비평이다. –M.아널드

38 시란 힘찬 감정의 발로이며, 고요로움 속에서 회상되는 정서에 그기원을 둔다. –W.워즈워스

39 시는 최상의 행복, 최선의 정신, 최량이고 최고의 행복한 순간의 기록이다.

—P.B.셸리 시가옹호론 詩歌擁護論

40 시는 마치 손가락 사이에서 빠져 나가는 모래와 같은 것이다.

—R.M.릴케

41 시는 사람이 생각하는 것처럼 감정은 아니다.
시가 만일 감정이라면 나이 젊어서 이미 남아돌아갈 만큼 가지고 있지 않아서는 안 된다. 시는 정말로 경험인 것이다.

— R.M.릴케/말테의 수기 手記

42 나이 어려서 시詩를 쓴다는 것처럼 무의미한 것은 없다.
시는 언제까지나 끈기 있게 기다리지 않아서는 안 되는 것이다.
사람은 일생을 두고, 그것도 될 수만 있으면 칠십 년, 혹은 팔십 년을 두고 벌처럼 꿀과 의미意味를 모아 두지 않으면 안 된다.
그리하여 최후에 가서 서너 줄의 훌륭한 시가 씌여질 것이다.

—R.M.릴케/말테의 수기 手記

43 시란 진리며 단순성이다. 그것은 대상에 덮여 있던 상징과 암유暗喩의 때를 벗겨서 대상이 눈에 보이지 않고 비정하고 순수하게 될 정도로 만들어 놓은 것이다.

—J.콕토 암살暗殺로서의 미술美術

44 시란 감정의 해방이 아니고 감정으로부터의 탈출이며, 인격의 표현이 아니고 인격으로부터의 탈출이다.

—T.S.엘리엇 전통傳統과 개인個人의 재능才能

45 시라는 것은 사상의 표현이다.
사상이 본디 비겁하다면 제아무리 고상한 표현을 하려 해도 이치에 맞지 않으며, 사상이 본디 협애하다면 제아무리 광활한 묘사를 하려 해도 실정에 부합하지 않는다. 때문에 시를 쓰려고 할 때는 그 사상부터 단련하지 않으면 똥무더기 속에서 깨끗한 물을 따라 내려는 것과 같아서 일생토록 애를 써도 이룩하지 못할 것이다. 그러면 어떻게 할 것인가? 천인 성명의 법칙을 연구하고 인심 도심의 분별을 살펴 그 때 묻은 잔재를 씻어 내고 그 깨끗한 진수를 발전시키면 된다. —정약용 丁若鏞/증언 贈言

46 시에는 그림이 있고, 그림에는 시가 있다. —중국 속담

47 시詩는 낳는 것이지 만드는 것은 아니다.

The poem is born, not made. —영국 속담

48 작품에는 그 시상詩想의 범위, 리듬의 변화, 또는 그 정조情調의 명암에 따라, 비록 같은 한 사람의 시작詩作이라고는 할지라도, 물론 이동異同은 생기며 또는 읽는 사람에게는 시작 각개의 인상을 주기도 하며, 시작 자신도 역시 어디까지든지 엄연한 각개로 존립될 것이다. 그것은 또 마치 산색山色과 수면水面과 월광성휘月光星輝가 모두 다 어떤 한때의 음영에 따라 그 형상을 보는 사람에게는 달리 보이도록 함과 같다. 물론 그 한때 한때의 광경만은 역시 혼동할 수 없는 각개의 광경으로 존립하는 것도, 시작의 그것과 바로 같다. —김소월 시혼 詩魂

49 시는 천계天啓다.

그러나 그 천계는 스스로가 만든 것이다.

—조지훈 영원永遠과 고독孤獨을 위한 단상斷想

50 시란 사랑이다. —김영일 金英一(아동문학가) 동심 童心

부록 2

사랑에 관한 명언 모음

1 사랑은 끝없는 신비이다.
그것을 설명할 수 있는 것이 전혀 없기 때문이다. –타고르

2 미워하는 사람을 만들지 마라. 보면 괴로우나니. 사랑하는 사람을 만들지 마라. 못 보면 괴로우나니. –법구경

3 만약 한 사람의 인간이 최고의 사랑을 성취한다면, 그것은 수백만의 사람들의 미움을 해소시키는데 충분하다. –간디

4 가장 완성된 사랑은 모든 사랑을 사랑하는 사람이다.
그 사람들이 좋건 나쁘건 가리는 일 없이 모든 사람에게 착한 일을 하는 사람이다. –마호메트

5 사랑은 첫인상과 함께 시작된다. –셰익스피어

6 구해서 얻은 사랑은 좋은 것이다.
그러나 구하지 않고 얻은 것은 더욱 좋다. –셰익스피어

7 사랑의 마음 없이는 어떠한 본질도 진리도 파악하지 못한다.
사랑은 오직 사랑의 따뜻한 정으로써만 우주의 전지전능에 접근하게 된다. 사랑의 마음에는 모든 것이 포근히 안길 수 있는 힘이 있다. 사랑은 인간 생활의 최후의 진리이며 최후의 본질이다.
–슈와프

8 사랑의 비극이란 없다.
사랑이 없는 가운데서만 비극이 있다. –데스카

9 사랑 받지 못하는 것은 슬프다.
그러나 사랑할 수 없는 것은 훨씬 더 슬프다. —M.D.라이크

10 그대가 사랑을 거부한다면,
그대도 사랑으로부터 거부당하리라. —테니슨

11 사랑이란 상실이며 단념이다.
자기의 모든 것을 남에게 주어 버렸을 때 사랑은 더욱 풍부해진다.
—구코

12 사랑은 우리를 행복하게 하기 위해서 있는 것이 아니라 우리가 고뇌와 인내에서 얼마만큼 견딜 수 있는가를 보이기 위해서 있다.
—헤세

13 참다운 사랑의 힘은 태산泰山보다도 강하다.
그러므로 그 힘은 어떠한 힘을 가지고 있는 황금일지라도 무너뜨리지 못한다. —소포클레스

14 지혜가 깊은 사람은 자기에게 무슨 이익이 있을까 해서, 또는 이익이 있으므로 해서 사랑하는 것이 아니다. 사랑한다는 그 자체 속에 행복을 느낌으로 해서 사랑하는 것이다. —파스칼

15 사랑은 오직 사랑을 선물할 뿐이다. 그리고 사랑만이 그 대가로 받을 수 있는 유일한 것이다. —그라시안

16 사랑은 규칙을 알지 못한다. — 몽테뉴

17 사랑은 화관에 머무는 이슬방울같이, 청순한 혼의 그윽한 곳에 머

문다. —F.R.라므네

18 사랑은 아낌없이 준다. —톨스토이

19 사랑은 달콤한 꽃이다.
그러나 그것을 따기 위해서는 무서운 벼랑 끝까지 갈 용기가 있어야 한다. —스탕달

20 사랑은 홍역과도 같은 것. 누구나 한 번씩은 치르게 된다.
—제롬

21 사랑은 신뢰의 행위다. 신이 존재하느냐 않느냐는 아무래도 좋다. 믿으니까 믿는 것이다. 사랑하니까 사랑하는 것이다. 대단한 이유는 없다. —로망 롤랑

22 사랑은 여자에겐 일생의 역사요,
남자에겐 일생의 일화에 지나지 않는다. —스탈부인

23 사랑은 죽음의 두려움보다 강하다. —뚜르게네프

24 남자의 첫사랑을 만족시키는 것은 여자의 마지막 사랑뿐이다.
—발자크

25 너그럽고 상냥한 태도, 그리고 무엇보다 사랑을 지닌 마음!
이것이 사람의 외모를 아름답게 하는 말할 수 없이 큰 힘이 된다.
—파스칼

26 사랑에는 한 가지 법칙밖에 없다.
그것은 사랑하는 사람을 행복하게 만드는 것이다. —스탕달

27 사람은 사랑할 때 누구나 시인이 된다. —플라톤

28 사랑은 찾기보다 지키는 것이 더 어렵고 힘들며 자신보다는 상대방을 배려함이다. — 마시마로

29 다른 사람으로부터 사랑을 받지 못하는 사람은 다른 사람을 사랑하지 않는다. —라파데르

30 사랑은 결점을 보지 못한다. —T. 풀러

31 사랑은 군주나 제왕, 영주나 법률을 초월한다. —R. 그린

32 사랑은 삶의 최대 청량, 강장제이다. —파블로 피카소

33 사랑은 악마이며 불이며 천국이며 지옥이다.
쾌락과 고통, 슬픔과 후회가 거기에 함께 살고 있다. —반필드

34 사랑의 고뇌처럼 달콤한 것이 없고, 사랑의 슬픔처럼 즐거움은 없으며, 사랑의 괴로움처럼 기쁨은 없다. 사랑에 죽는 것처럼 행복은 없다. —E.M.아른트

35 사랑의 법은 치외법이다. —J. 가우어

36 사랑의 신비함이 끝나면, 사랑의 쾌락도 끝난다. —A. 벤

37 사랑이란 인생의 종은 될지언정 주인이 되어서는 안 되는 법이다. — B.A.W.러셀

38 사랑이란 마치 열병 같아서 자기 의사와는 관계없이 생겼다간 꺼진다. -스탕달

39 사랑하는 것이 인생이다. 기쁨이 있는 곳에 사람과 사람 사이의 결합이 있는 곳에 또한 기쁨이 있다. -괴테

40 사랑하지 말아야 되겠다고 하지만 뜻대로 안 된 것과 같이 영원히 사랑하려고 해도 뜻대로 되지 않는다. -J.라브뤼이엘

41 한 사람도 사랑해보지 않았던 사람이 인류를 사랑하기란 불가능한 것이다. -H.입센

42 아무도 사랑하는 것을 가르쳐 주는 사람은 없다.
사랑이란 우리의 생명과 같이 날 때부터 가지고 태어나는 것이다.
-F.M.밀러

43 진실한 사랑에 빠진 남자는 그 애인 앞에서 어쩔 줄을 몰라 제대로 사랑을 고백하지도 못한다. -칸트

44 사랑은 깨닫지 못하는 사이에 찾아 든다.
우리들은 다만 그것이 사라져가는 것을 볼 뿐이다. -도브슨

45 사랑은 홍역과 같은 것이다.
나이가 들어서 걸리면 걸릴수록 중증을 나타낸다.
-윌리암 제롤드

46 사랑은 행복을 죽이고, 행복은 사랑을 죽인다. -스페인 명언

47 남자의 사랑은 그 인생의 일부이고 여자의 사랑은 그 인생의 전부이다.

–빠 이론

48 어떠한 나이라도 사랑에는 약한 것이다.
그러나 젊고 순진한 가슴에는 그것이 좋은 열매를 맺는다.

– 푸슈킨

49 남자들은 자기보다도 못한 것을 사랑할 수가 있다. 보잘것없는 것, 더러운 것, 불명예스러운 것, 그런 것까지 사랑할 수 있다.
하지만 여자는 사랑하고 있을 때는 그 사람을 존경한다.
만약 그 존경을 잃어버린다면 여자는 모든 것을 잃어버리고 만다.

–오스카 와일드

50 사랑을 하고 있는 사람의 귀는 아무리 낮은 소리라도 다 알아듣는다.

–세익스피어

부록 3

러브스토리 속의 스타들의 사랑 명언

1 마르코스는 밤에 잠을 자다가 일어나서 내 얼굴을 물끄러미 보면서 내가 보고 싶었다고 얘기하곤 했죠. 잠든 그 순간에도 나를 그리워했던 그 사람은 지금 얼마나 내가 보고 싶을까요.

—이멜다 마르코스

2 나에게 기적은 다시 일어서는 것이 아니라 사랑하는 아내와 하루하루를 함께 하는 것입니다. 사랑하는 사람과 함께 하는 삶은 날마다 기쁨이고 기적입니다.

—크리스토퍼 리브

3 진짜 사랑은 언젠가는 상대의 마음에 가서 닿는다는 사실을 깨달았습니다. 그 사랑이 조용한 것일수록, 닿았을 때 마음의 울림은 더 크다는 것도 말입니다.

—왕조현

4 사랑은 온 우주가 단 한 사람으로 좁혀지는 기적이라고 생각해요. 내게 우주는 나의 남편, 대니 그 사람 하나뿐이에요.

—줄리아 로버츠

5 사랑은 내가 선택할 수 있는 것이 아닙니다.
그저 내게 다가오는 것입니다.
100여년을 살면서 내가 깨달은 단 한 가지 사실이 바로 이것입니다.

—캐서린 햅번

6 아름다운 이별은 없습니다.
다만 아름답게 사랑한 후에는 좋은 추억이 남습니다.
소중한 추억을 남겨준 사랑에 감사합니다.

—샤론 스톤

7 아름다운 장미가 먼저 꺾이듯 아바와 제니퍼 역시 아름다운 영혼

을 가졌기에 먼저 하나님 앞에 불려갔을 것입니다.
사랑하는 그들을 만날 날을 기다립니다. –키아누 리브스

8 나는 다시 태어난다고 해도 영화를 할 것이고 지금 내 곁의 여인을 만날 것이고 그녀를 사랑할 것입니다. 또다시 태어난다고 해도 모든 것은 마찬가지입니다. –주윤발

9 내 인생에서 단 한 가지 후회되는 일이 있습니다.
베로니크를 조금 더 빨리 알아보지 못했다는 겁니다.
알아보지 못한 만큼 사랑해 주지 못해서 무척 미안합니다.
–그레고리 팩

10 심한 고통과 분노의 시간이 있었지만 내 인생의 절반을 그와 함께 했습니다. 그는 좋은 사람입니다. 어떤 일이 있어도 이어질 깊은 끈이 우리 사이에 존재합니다. 그것은 사랑입니다.
– 힐러리 로드햄 클린턴

11 난 이제 쉰여섯 살의 중년 남자입니다.
그리고 이 나이에 와서야 사랑이 무엇인지 알았습니다.
그것은 믿음입니다. –아놀드 슈왈츠제네거

12 그녀는 부족한 나를 가득 채워주는 느낌입니다.
그녀와 함께 있으면 내 삶은 영화보다 더 아름답습니다.
– 브래드 피트

13 사람들은 나를 마릴린 먼로와 비교하곤 해요.
하지만 난 그녀와 비교되고 싶지 않아요.
그녀가 빨리 죽어서가 아니라, 사랑을 이루지 못하고 죽어서기 때문이에요. 난 이 세상에서 사랑을 이루고 싶어요.
–다이애나

14 처음 빅토리아를 보았을 때는 눈부시게 예뻤습니다.
지금 아이를 안고 있는 그녀는 성스러워 보입니다.
사랑은 그 사람의 백 가지 모습을 모두 아름답게 볼 줄 아는 마음이 아닐까요?

–데이비드 베컴

15 내 아내는 나를 사랑하는 팬들까지 포용할 줄 알았던 지혜로운 여자였습니다. 나를 사랑한다는 이유로 너무 큰 희생을 강요당했던 그녀에게 진심으로 사랑한다는 말을 하고 싶습니다.

–성룡

16 인생은 쇼에요. 사랑은 이 쇼의 클라이맥스죠.
돈이나 명예나 성공과는 비교하지도 못할 만큼 소중한 사랑을
내 두 아이와 남편에게 주고 싶어요.

–마돈나

17 사람들은 내가 아름답다고 칭찬하면서 내 사랑 역시 환상적일 정도로 아름다울 거라고 얘기합니다.
그렇지만 난 너무 부족한 여자라서, 늘 사랑 때문에 아파하고 울곤 하지요. 그래도 죽을 때까지, 난 사랑을 하고 있을 거예요.

–브룩쉴즈

18 사랑은 마법과 같아서 어느 날 갑자기 사라져 버릴지도 몰라요.
하지만 난 지금 영원한 마법을 꿈꾸죠.
우리가 늘 오늘처럼 사랑하게 해 달라고 밤마다 기도합니다.

–소피 마르쏘

19 난 평생 존 F.케네디를 잊을 수 없었어요.
그를 사랑해서가 한 가지 이유고 그에게 더 잘해 주지 못해서가 다른 한 가지 이유에요. 여러 가지 이유로, 그는 내 마음 속에 아직 있어요.

–재클린 케네디 오나시스

20 우린 너무 어렸고 너무 성급했으며, 너무 사랑했어요.
그 사랑의 기억으로 난 평생을 행복할 수 있었어요.
– 올리비아 핫세

21 한 번도 사랑다운 사랑을 해 보지 못한 사람들은 모를 거예요.
내가 불륜을 저지르는 게 아니라, 사랑을 하고 있다는 것을.
– 잉그리드 버그만

22 나는 평생 화려한 보석들에 둘러싸여 살아왔어요.
하지만 내가 정말 필요로 했던 건 그런 게 아니었어요.
누군가의 진실한 마음과 사랑. 그것 뿐 이었어요.
–엘리자베스 테일러

23 나는 사람들에게 부끄럽지 않은 인간으로 기억되기를 바랍니다.
그러나 내가 사랑했던 사람에게는 그저 아름다운 한 여자로 기억되고 싶습니다.
–그레이스 켈리

24 우나 오닐을 좀 더 일찍 만났다면 사랑을 찾아 헤매는 일은 없었을 것이다. 세상의 단 한 사람에게만 느낄 수 있는 것이 바로 사랑이다.
–찰리 채플린

25 로렌스 올리비에가 없는 긴 생을 사느니 그와 함께 하는 짧은 생을 택하겠어요. 그가 없으면, 사랑도 없으니까요.
–비비안 리

26 요꼬와 내가 만나기 전에 우리는 반쪽짜리 인간이었습니다.
우리는 함께 있을 때 비로소 완전한 인간이 되었습니다.
사랑조차, 우리 두 사람 사이를 비집고 들어올 수 없었습니다.
–존 레논

27 나는 어림잡아 천명이 넘는 여자들을 만났다.

하지만 사랑을 느낀 것은 단 한 번 뿐 이었다. -엘비스 프레슬리

28 절망의 늪에서 나를 구해준 것은 많은 사람들의 사랑이었습니다.
이제 내가 그들을 사랑할 차례입니다. -오드리 햅번

29 나는 동양무술과 동양인을 사랑한다.
내 영화에서, 폭력이 아닌 사랑을 발견해 주길 바란다. -이소룡

30 어릴 땐 지나가는 사람들이 모두 날 바라봐 주었으면 했어요.
하지만 지금은 오직 한 사람만 날 바라봐 주었으면 해요.
그것이 사랑이라고 믿어요. -마릴린 몬로